J’étais Dora Suarez

Du même auteur
dans la même collection

Cauchemar dans la rue (n° 64)

dans la collection Rivages/Thriller

Cauchemar dans la rue
J'étais Dora Suarez

Titre original : *I was Dora Suarez*

27, rue de Fleurus - 75006 Paris
10, rue Fortia - 13001 Marseille
ISBN 2-86930- 476-5
ISSN 0764-7786

Robin Cook

J'étais Dora Suarez

Un roman en deuil

Traduit de l'anglais
par Jean-Paul Gratias

Collection
dirigée par François Guérif

rivages/noir

Pour Gisèle, Chopin, Claude
et Marie-Pierre Franqueville :
Sans vous quatre, je n'aurais
jamais pu terminer ce livre.

« La tragédie de l'assistance,
c'est qu'elle n'arrive jamais. »

1

Interrompu par la vieille, venue voir ce qui se passait dans la pièce d'à côté, alors qu'il n'en avait pas encore terminé avec la fille, le tueur se rua sans un mot sur l'intruse, l'empoigna comme un paquet de linge sale, puis l'expédia à travers le panneau frontal de son horloge à balancier, située à l'entrée de l'appartement, avec une violence dont lui-même ne se savait pas capable. Il vit tout de suite qu'il avait bien travaillé ; la vieille mourut sous le choc. Après le vacarme que provoqua son corps en brisant l'horloge – le fracas soudain du bois qui éclate, le bruit de linge mouillé d'un cerveau heurtant le fond d'un crâne – elle poussa un unique soupir, macabre réplique d'un sanglot ; et ce son qui franchit ses lèvres, tandis qu'elle mourait, la tête dans l'horloge, éclipsa tous les autres bruits de la pièce.

Le tueur, cependant, n'entendit rien. Distrait, il resta figé sur place pendant une bonne minute ; absorbé, absent, subjugué par l'extase et l'excitation des deux meurtres qu'il venait de commettre. Il avait un tel vide à combler : de longs mois, un enchaînement inexorable de jours et de nuits voués à un combat atroce et sans merci, à un entraînement et un châtiment impitoyables. Parfois, serrant de toutes ses forces les montants noircis de sa fenêtre sans vitres, il avait gémi et hurlé dans la nuit de College Hill, se demandant s'il pourrait un jour passer de nouveau à l'action.

Quant à Betty Carstairs, sa seconde victime de la soirée, elle avait quatre-vingt-six ans, et ce fut ainsi qu'elle mourut cette nuit-là. Elle ne s'était jamais véritablement demandé si la longue et pénible histoire de sa vie avait eu le moindre intérêt, ni même le moindre sens. Mais, en revanche, elle avait toujours supposé qu'elle possédait un certain droit sur son propre corps : celui de le donner ou de le refuser tant qu'il méritait encore qu'on le regarde, et celui de continuer à y vivre après qu'il eut cessé d'être désirable. Elle avait enduré deux guerres, acceptant au cours de chacune d'elles la perte, inévitable en de telles périodes, d'êtres qui lui étaient chers. Elle redoutait moins les bombardements que certaines interrogations qui revenaient sans cesse : par exemple, pourquoi tant de gens qui constituaient son univers personnel périssaient-ils ainsi, d'une façon apparemment aléatoire ? Et pourquoi avait-il fallu qu'elle s'exhorte à la patience – une patience qui ne lui avait jamais fait défaut – à chaque fois que son mari, aujourd'hui mort depuis longtemps, l'avait envahie physiquement ? Car elle était écossaise, et n'avait jamais possédé une sensualité exacerbée. La seule activité qui lui procurait un certain plaisir était la marche à pied. Puis, plus récemment, lorsqu'elle avait été atteinte d'une grave maladie cardiaque et qu'elle s'était su condamnée, elle n'avait pu s'empêcher de se demander, quand elle ne souffrait pas, pourquoi il fallait donc qu'elle eût si peur et qu'elle se sentît aussi seule.

Quoi qu'il en soit, elle était morte, désormais, tuée dans sa propre horloge ; tout était dit, et telle avait été la fin sinistre et sordide de Betty Carstairs. Plus tard, après l'autopsie, elle devait passer à travers les flammes, alimentées au gasoil, d'un cimetière londonien, dans un cercueil récupérable, telle la statue d'un ange franchissant un mur de feu. La cérémonie avait été commandée, à un prix défiant toute concurrence, par son petit-neveu Valerian qui avait des relations et qui, fouillant l'appartement avec un de ses copains juste après notre départ, y avait raflé le plus d'objets possible, puis, emportant ses trouvailles à Chelsea dans deux valises de sa grand-tante, les avait refourgués en se faisant arnaquer au passage.

C'était un de ces jeunes gens pleins d'avenir qui s'imaginent tout savoir ; mais, bien plus tard, je finis par le coincer, indirectement, en lui faisant porter le chapeau dans une autre affaire qui avait besoin d'un coupable. Cela lui valut de passer deux ans à l'ombre. D'une certaine façon, je n'appréciais guère Valerian ; quant à vous dire pourquoi, je n'en sais foutrement rien.

* * *

En tout cas, ce fut la fin de Betty en notre monde.

* * *

Quand il reprit ses esprits, le tueur regarda l'horloge d'un œil vague ; l'objet ne signifiait rien pour lui. Il soufflait, haletant, fin prêt pour la suite des événements, et il était déçu, troublé qu'il n'y eût plus que le silence, à présent, autour de lui. Du revers de la main, il se frotta les lèvres ; elles s'écartèrent à regret, comme engluées l'une à l'autre, recouvertes d'une pellicule qui avait le goût de l'effort et du désir. Sa bouche se mit à béer de plaisir, bien qu'il n'en fût pas conscient.

Le cadran de l'horloge montrait une vue de la Tamise, avec le château de Windsor à l'arrière-plan. Le fleuve avait l'aspect qui était le sien en 1810. C'était une horloge campagnarde, qui n'avait jamais eu beaucoup de valeur ; à présent, elle était irrécupérable. Quel que fût l'intérêt qu'on eût pu lui trouver, quelle qu'ait été l'habileté de celui qui l'avait construite, qui avait peint les chiffres romains sur son cadran en émail blanc, avant de le décorer d'une scène représentant le fleuve, tout cela était détruit, désormais. Comme le tueur avait brisé la vitre de protection que la poussière rendait opaque, chaque détail de la petite barque, peinte sur une lame de cuivre séparée, puis montée sur le pignon de la trotteuse qui la faisait osciller, ressortait à présent avec une clarté, une fraîcheur nouvelles. Les trois aiguilles de l'horloge – heures, minutes, secondes – la petite barque et les deux personnages qu'elle transportait, avaient été conçus pour indiquer le passage du temps tel qu'on le ressentait à cette époque : un processus lent et invariable. Mais cela, aussi, était terminé à présent – l'aiguille arrachée à son axe, la fine lame d'acier délogée de son support.

Malgré tout, le temps, qui avait toujours arpenté le tour du cadran d'une façon solennelle et mécaniquement imperturbable, bien qu'il fût désormais figé, était en un certain sens resté le même ; car la barque peinte (représentant un de ces bateaux qu'autrefois, sur la Tamise, on appelait un « parfait ») était toujours là, flottant au loin sur ce fleuve que les marées agitent. Ce jouet animé transportait un couple miniature d'un âge disparu, un jeune homme et une jeune fille, à travers le haut du cadran ; penchés l'un vers l'autre, leurs bras nus reposant sur les rames, ils se contemplaient pour l'éternité. Amants, ils se regardaient avec une adoration que cent quatre-vingt-quatre années n'avaient pu effacer, bien que leurs visages, dont la peinture s'écaillait, ne fussent plus parfaitement distincts – soit parce que le minuscule pinceau de l'artiste n'avait su les reproduire dans les moindres détails, ou parce que le soleil se couchait, ou bien parce que l'échelle était trop petite. Quoi qu'il en soit, les traits des deux amants n'étaient que partiellement visibles. Mais les avirons immobiles plongeaient toujours dans les vagues ourlées couleur de plomb, la barque flottant en travers du courant languissant du fleuve – et si l'on avait pu remettre l'horloge en marche, le bateau avec ses deux passagers rêveurs aurait recommencé à s'enfoncer dans les flots au rythme du mécanisme, comme il l'avait toujours fait, berçant les deux amants à chaque oscillation du balancier. Mais, bien sûr, cela était désormais impossible à tout jamais ; si grande avait été la force du tueur que la tête de Betty Carstairs avait fracassé la porte de l'horloge, la brisant en deux, et rien n'aurait pu changer cela.

Puis, après ce qui parut être un long silence, le marteau qui sonnait les heures se détacha brusquement, tombant sur le visage de Betty Carstairs. En réaction à ce nouveau déséquilibre, ce fut l'ensemble du coffre de l'horloge qui bascula dangereusement vers l'avant, et la corniche, en forme de toit pointu, glissa lentement sur ses coulisseaux avant de s'écraser sur les jambes de la vieille femme. Quand ce nouveau vacarme eut cessé, son corps gisait sur le flanc pour toujours, enseveli sous les éclats de bois et de verre brisé. Autour d'elle, aussi, le désordre était considérable. Sur le sol, par exemple, étaient répandus les débris de son pot de chambre, qu'elle portait aux toilettes quand elle avait jeté un coup d'œil dans la pièce voisine en y entendant du bruit ; d'un coup de pied, le tueur le lui avait arraché des mains à la seconde où elle mourait. Et puis, il y avait l'odeur. Il se pinça le nez ; car s'il était une chose que le tueur détestait, c'était l'odeur de l'urine des autres. Seule la sienne ne le dérangeait pas.

Il y avait du sang, aussi. Tout ce qu'il avait fait se résumait à d'abominables petits détails : ainsi, dans son ultime spasme, Betty Carstairs avait à moitié recraché entre ses lèvres la partie supérieure de son dentier, ce qui lui donnait le sourire d'une folle critiquant une mauvaise pièce de théâtre.

Le tueur mit ses mains en cornet autour de sa bouche ; il faisait froid, dans l'appartement, et il souffla très fort sur ses doigts. Dans un miroir doré, il aperçut, sans s'y attarder, le reflet de ses propres lèvres, pour lesquelles il avait une passion, et il fut ravi de constater qu'elles étaient aussi charnues, aussi rouges qu'elles ne l'avaient jamais été, prêtes à attirer n'importe quelle femme. Seules ses mains lui déplaisaient ; car malgré ses gants, qu'il ôta un moment, les paumes étaient marquées par la gouttière qu'il avait escaladée. Elles étaient sèches, teintées par la rouille, et c'était un détail qui jurait. Il renfila ses gants rapidement.

– Putain, qu'est-ce qu'il fait froid ! hurla-t-il. Il n'y a pas un poil de chauffage, dans cette saloperie de baraque. Bordel de merde !

Brandissant vers le plafond un doigt long et souple, il le secoua en signe d'avertissement, comme si la pièce l'avait menacé de représailles – mais déjà, le plaisir fugitif qu'il avait éprouvé à « s'occuper » de la vieille fouine s'était dissipé. Bon, elle était crevée, d'accord ; et alors ? Qu'est-ce qu'on en avait à foutre ? Son erreur fatale, à cette rombière, c'était d'avoir passé la tête dans le salon pour voir d'où venait le bruit pendant qu'il achevait la fille ; sinon, il n'aurait même jamais su qu'elle existait. Mais elle en avait trop vu. C'était logique. Il ne pouvait pas se permettre de laisser mémé en vie, et de toute façon, il avait horreur d'être interrompu quand il était absorbé par son travail. Donc, il fallait que la vieille bique disparaisse.

– Toi aussi, il serait temps que tu disparaisses, dit-il tout haut.

Sa voix lui revint en écho, comme si le mur avait poussé un cri.

D'ailleurs, à propos de cris, la fille avait commencé par hurler à s'en faire péter les tympans, la sale petite pute – mais, à vrai dire, elle avait toujours fait des histoires pour un oui, pour un non, il s'en souvenait très bien – alors, bon débarras. Mais, au fond de lui, la question qu'il tentait réellement de se poser, c'était de savoir s'il pourrait se tirer de sa situation actuelle ; il devait prendre des précautions, à présent, pour s'en sortir proprement. Cependant, s'il connaissait le sens de l'expression « s'en sortir », il ignorait tout de l'adverbe « proprement », si bien qu'il se retrouva confronté à un vrai problème pendant une minute. Il n'avait pas la moindre idée de ce que signifiait le terme « culpabilité ». Il se contentait d'obéir à sa propre force, à ses impulsions. Il était absolument incapable de formuler ces impulsions à l'aide de phrases. Simplement, de façon mécanique, il se mettait en mouvement quand elles lui en donnaient l'ordre. Le caractère imprévisible de son comportement, en faisant de lui une sorte de joker caché dans ce jeu de cartes qu'est notre société, le rendait terriblement dangereux. Sans un bruit, il fit demi-tour sur ses semelles ultra-fines ; pour cette expédition, il avait mis une paire de chaussures de sprinter flambant neuves. Penser aux femmes, de quelque façon que ce fût, le transférait immédiatement à un niveau vital, bien que mal défini, à l'intérieur de lui-même, et l'emplissait du désir immédiat de se punir en se masturbant. Avec curiosité, il caressa sa queue, qui lui faisait encore mal après la dernière séance ; mais depuis quelque temps, pendant son entraînement, il la meurtrissait plus subtilement – car il ne voulait pas que cet autre lui-même en miniature, cette entité imbue d'elle-même et pleine d'insolence (parce que, apparemment, indépendante de lui) ne lui claque entre les doigts maintenant. Non ; au lieu de cela, il allait l'assassiner lentement. Et la façon dont il semblait (mais, comme un flic conduisant un interrogatoire, dont il *semblait* seulement) lui laisser un peu de répit signifiait que le suspect allait bientôt reconstituer ses réserves, et qu'ensuite il devrait continuer à rendre compte de ses actes comme il avait toujours eu à le faire. Palpant son pénis, le tueur découvrit qu'il saignait, et l'abandonna temporairement, le remettant dans son pantalon de sport. Puis il regagna la chambre où gisait le corps de la fille.

Il s'adossa au montant de la porte, sa chevelure formant une tache d'un noir intense sur le mur d'un jaune morne. D'où il se tenait, il contempla son œuvre principale, en ne jetant qu'un bref regard au miroir pour admirer ses yeux repus qui, il devait le reconnaître lui-même – bien qu'il sacrifiât à l'absurde et solennel rituel consistant à se demander si c'était vrai – étaient absolument superbes. Habitué à croire que leur regard dominateur était unique, il n'avait jamais pris conscience de l'aspect que présentaient véritablement ses yeux. Objectivement, cependant, ils ne ressemblaient pas le moins du monde à l'idée qu'il se faisait d'eux. Bien au contraire. Loin d'être séduisants, comme il en était convaincu, ils apparaissaient aux autres comme les yeux d'un homme ayant péri de mort violente plusieurs siècles plus tôt, et ils étaient recouverts d'une sorte de voile qui leur donnait le regard inexpressif des cadavres.

Baissant la tête pour examiner ce qu'il avait fait, le tueur chuchota :

– T'aurais pu travailler plus soigneusement que ça, mon pote. Beaucoup plus soigneusement, même.

Il n'y avait personne pour lui répondre, bien sûr, mais de toute façon, il ne doutait pas une seconde d'avoir parfaitement raison.

Cela dit, la pièce était déjà dans un triste état avant même qu'il y fît irruption. La vieille chambre glaciale au plafond haut où il se tenait avait été réduite, par la négligence de ses occupants, en dépit de leurs vains efforts, à l'état de ruine immonde et pourrissante, aux murs de plâtre moisi dont le papier peint se décollait, glissant vers le plancher, sous l'effet de l'humidité ambiante. En fait, la pièce était si moite que le souffle du tueur émergeait de ses lèvres comme un brouillard et flottait, immobile, dans l'atmosphère surie pour, finalement, s'éloigner lentement de lui en direction du mur, comme de mauvais jeux de mots échappés de la bouche d'un personnage de dessin humoristique. La chambre contenait deux lits crasseux, placés à cinquante centimètres l'un de l'autre, et sur lesquels traînaient des assiettes contenant des restes de nourriture. Les couvre-lits indiens, en tapisserie rouge, étaient décorés de petits disques en verre cousus dans le motif. C'était dans l'espace séparant les lits jumeaux, sur un carré de tapis graisseux, que le tueur avait abattu Suarez. Elle gisait là, le côté gauche de son crâne à demi arraché ; son sein gauche, sectionné à ras de la cage thoracique, s'était échappé de sa robe décolletée et reposait non loin d'elle, en partie dans une flaque de son sang, en partie dans le bonnet de son soutien-gorge.

– Eh bien, dis donc, pour un massacre, c'est un massacre, non ? hurla le tueur. Une vraie boucherie. Tu aurais pu faire mieux que ça, mon pote ; beaucoup mieux que ça, même. Tu ne crois pas ? Espèce de petit amateur minable !

A vrai dire, oui, il aurait pu faire mieux. Seulement, il avait complètement perdu la tête quand la fille avait levé la main pour le raisonner. Elle avait commencé par dire : « De toute façon, je t'aime », et le seul énoncé de ce mot, qui jurait tellement avec ses propres intentions, l'avait complètement écœuré. Perdant patience, il avait frappé, à hauteur d'épaule, le bras tendu vers lui avec le tranchant de sa hache ; à certains moments, il écoutait encore avec le plaisir intense d'un mélomane le bruit de l'acier luisant qui s'enfonce dans un os rouge et humide. Mais il avait commis une erreur, parce que la blessure, évidemment, avait arraché à la fille des cris et des hurlements, lui compliquant encore un peu plus la tâche au moment où il voulait la mettre dans la position adéquate pour lui asséner son coup décisif. De plus, cela avait fait jaillir le sang trop tôt, alors que, comme tous les amants, il voulait prendre son temps et s'approcher lentement de son orgasme. Mais, d'autre part, qu'est-ce que ça pouvait bien lui foutre, ce qu'elle avait à dire, alors qu'il n'attendait rien d'autre d'elle que l'assouvissement d'une passion délirante, qu'il désirait seulement respirer l'odeur fraîche de son sang, et plonger en elle son visage, sa bouche, sa queue ?

C'est pourquoi, surexcité par la terreur de la fille et les efforts pitoyables qu'elle faisait pour l'éviter, il avait laissé la hache de pompier – une arme pratique, peu encombrante – tourner dans sa main, qui transpirait à cause de sa fureur et de son énervement, donnant ainsi à la fille une fraction de seconde pour pivoter alors que la lame venait sur elle. Et même à ce moment, lorsque, ayant raté son coup, il avait paru se ressaisir, lui disant, dans un demi-sourire (en imitant plus ou moins l'accent des Midlands, en souvenir d'une occasion semblable, à Nottingham, où cela avait fait merveille) : « On se calme, maintenant, on se calme, d'accord ? », s'efforçant de l'amadouer, tel un palefrenier qui s'approche d'une jeune jument nerveuse en chantonnant distraitement un air agréable, même à cet instant, donc, elle avait refusé la hache lorsqu'il la lui avait montrée, qu'il l'avait présentée de façon rituelle à son cou si blanc. Si bien que pour la mise à mort, le tueur avait dû se ruer sur elle pratiquement en catastrophe, la frappant d'un de ces grands mouvements en arc de cercle qu'il possédait si bien. Stupide petite pute, elle essayait encore de lui échapper alors qu'elle n'avait plus d'issue de secours depuis longtemps, lui répétant encore et encore qu'elle était désormais en paix avec sa conscience, ce qui l'exaspérait d'une manière délicieuse. Et pourtant, le seul résultat de cette panique qu'il avait provoquée chez elle, c'était qu'elle avait trébuché, se prenant le pied dans un drap qui traînait entre les deux lits, compliquant encore davantage la situation. Elle était tombée par terre avec un bruit sourd, et un peu plus tard, quand elle avait finalement réussi à se relever, elle tournait sa petite tête d'idiote dans une position qui ne convenait absolument pas au tueur. Alors, au lieu de pouvoir, d'un geste bien précis, lui trancher la tête, emballer l'objet et décamper, il s'était plus ou moins énervé. Et maintenant, voilà le résultat : un bordel monstre, la merde totale ! Ce n'était pas le sang répandu partout, ni l'odeur des entrailles de la fille dans la pièce glaciale qui contrariait tellement le tueur, mais le fait qu'il eût commis un tel gâchis en la massacrant. Le spectacle qu'elle offrait était plutôt triste, comme un coït qui ne parvient pas à l'orgasme ; les divers lambeaux de son cadavre qui jonchaient les quatre coins de la turne lui laissaient une sensation de vide ; ils lui donnaient envie de reprendre toute la scène depuis le début et de la tourner une seconde fois.

Il ne manquerait pas de se punir pour ça, bien sûr... Malgré tout, en attendant...

Il arriva quand même à se masturber sur elle, finalement, bien qu'il ait failli, par la même occasion, s'arracher la lèvre supérieure à force d'y planter ses dents. La douleur qui lui ravageait la verge, l'état dans lequel était son membre, ne lui facilitaient pas les choses. Cependant, il avait eu la certitude qu'il parviendrait à jouir pour elle, à la posséder, finalement, à sa façon, à la minute même où il avait claqué derrière lui la porte de College Hill, hissant son sac sur son épaule pour foncer au pas de course, rageusement, vers South Circular Road. Oui, bien sûr, cela avait été douloureux, pour lui, de jouir, mais regardez donc par terre pour voir le résultat ! Il avait eu un mal de chien, et il avait dû se plier en deux au-dessus d'elle, en se branlant à toute vitesse, mais la douce délivrance était venue, et il n'y avait qu'à voir comme il l'avait littéralement aspergée : bon Dieu, quelle puissance il possédait encore !

Et puis, il y avait eu ce moment extraordinaire, juste après qu'il l'eut frappée pour la première fois, quand la hache s'était plantée dans son bras droit, tout simplement, comme ça, presque par hasard – et qu'elle avait éclaté en sanglots tandis que son sang jaillissait, et qu'elle s'était écartée de lui telle une jeune mariée effarouchée tout en serrant sa blessure écarlate au spectacle de laquelle le tueur se sentait déjà excité comme un porc en rut. Alors, ils s'étaient mis à valser tous les deux dans la pièce, presque comme des amants, d'avant en arrière, en se cognant dans les meubles. En revivant la scène, il s'était senti gagné par une sorte d'exaltation, si bien qu'il n'avait pu s'empêcher de se vautrer de nouveau sur elle, à même le sol, et de lécher son sang juste une fois de plus, et de sonder ses blessures, les ouvrant délicatement de ses doigts, pour voir où son sperme était allé, et comment ils se mêlaient l'un à l'autre, elle et lui, et de lui murmurer des mots d'amour, parce qu'elle était encore vivante. Puis, quand il en avait eu finalement assez, il l'avait relevée, la serrant contre lui, son visage sanguinolent contre le sien, et il lui avait dit :

– Je suis prêt, maintenant, Dora. C'est la fin, mon amour.

Et il l'avait frappée en travers de la gorge avec le mauvais côté de la lame, le tranchant émoussé de la hache, tandis qu'elle agrippait son bras blessé comme un mauvais nageur s'accroche au bord de la piscine, et il l'avait achevée sans quitter des yeux les taches que son sperme avait laissées sur la robe neuve de la fille. Puis, après qu'elle fut morte, il avait tenté sans conviction de la décapiter, mais comme elle ne pouvait plus réagir, ce petit jeu l'avait lassé tout de suite. Peu après, cependant, il fit une constatation qui, en toute objectivité, suscita son étonnement : c'était quand même invraisemblable, le bruit que faisaient ces gens-là quand on leur réglait leur compte. Non mais, franchement ! Bon Dieu, oui, c'était encore un souvenir à garder précieusement pour se le rappeler plus tard ; ce soir, il n'avait pas fait de détail. A vrai dire, ce qu'il avait entendu ressemblait plus à un gargouillis étranglé qu'à un vrai cri ; puis il y avait un son bref, comme une sorte de halètement, au moment où la gorge se fendait en deux lèvres souriantes et ruisselantes. Le bruit lui rappelait son père coupant la tête d'un poulet, mais en beaucoup plus fort.

A présent, il avait envie de regagner l'endroit, près de la fenêtre, où il avait laissé son sac. Rampant comme un rat, audacieux mais prudent, il recula centimètre par centimètre, et il tendit l'oreille. Mais aucun bruit ne lui parvint ; sortant un chiffon de son vieux fourre-tout Adidas, il commença à essuyer sa hache, en faisant bien attention de ne pas se couper – nom de Dieu, elle était aussi tranchante qu'un rasoir ! Quant au silence qui régnait dans les appartements, cela ne le surprenait pas du tout, car ils étaient situés dans un quartier résidentiel de premier ordre. Ici, les gros consortiums immobiliers, qui possédaient presque toutes les habitations, s'employaient à satisfaire les besoins d'une clientèle de riches vieillards ; ces gens-là se moquaient bien du loyer ou des impôts qu'on leur faisait payer, tant qu'on les préservait du voisinage des chômeurs, des minorités ethniques, des handicapés et de tout ce qui pouvait être un tant soit peu dérangeant. A vrai dire, c'était justement parce que les locataires d'Empire Gate voulaient rester à l'écart de tous les aspects désagréables de la réalité que le tueur pouvait y aller et venir à sa guise, un peu comme s'il était chez lui.

Ces gens-là ne vivaient que par procuration, à travers le filtre que leur proposait leur journal préféré. Le *Times* leur fournissait les événements de leur existence, et l'impérieuse nécessité de faire vendre des journaux qui s'abritait derrière leurs prétentions, intellectuelles ou autres, signifiait que les basses besognes pouvaient être renvoyées à l'étage inférieur, à quelque tribunal obscur dont la mission était de blanchir le linge le plus sale. Car Empire Gate était une rue peuplée de vieux millionnaires gâteux, dont les portefeuilles avaient les mêmes dimensions que les portiques ou les façades de leurs maisons. Le quartier tout entier, par conséquent, devenait désert dès la tombée de la nuit, et on n'y voyait pas traîner le moindre taxi, à part ceux qui déposaient des professionnelles dans les hôtels arabes et japonais, dont le portier touchait une commission. L'appartement où se trouvait à présent le tueur avait été loué – avec un bail de quatre-vingt-dix-neuf ans – par Betty et Billy Carstairs lorsqu'ils s'étaient mariés aux jours les plus sombres de 1940, à une époque où les personnes sensées qui occupaient la rue aujourd'hui étaient introuvables, car, ayant trop peur des bombes allemandes, elles étaient « parties, à leur grand regret, pour le Canada », comme le voulait la formule en vogue à ce moment-là, et elles y étaient restées jusqu'à ce que les pauvres imbéciles qui n'avaient pas quitté Londres fassent de nouveau fonctionner les lignes électriques de la capitale. De tout le pâté de maisons, l'appartement de Betty Carstairs était donc le seul que les promoteurs avaient été obligés de laisser tel quel, en raison de son bail de longue durée. D'autre part, il était pris en sandwich entre les ambassades de deux pays en folie dont les révolutions faisaient régulièrement la une des journaux du soir. Mais quelle importance, de toute façon ? On pouvait toujours compter sur cette bonne vieille police britannique, pas vrai ? Et voyez un peu ce que cela coûtait !

Cependant, le tueur restait figé, glacial, dans la pièce, sans que personne ne soupçonnât sa présence – heureusement pour les locataires, et leur sommeil hanté de rêves où leurs ex-belles-filles se livraient au chantage. Il se sentait repu, grâce à ses activités, tel un homme affamé au ventre enfin rempli, parmi tous ces vieillards égoïstes au soir de leur vie qui n'avaient jamais rien fait de toute leur existence, sinon investir leur argent et rester discrets. Il connaissait bien ce genre de personnes, car il les avait surveillées pendant plusieurs semaines depuis le jardin abandonné, en contrebas, et il imaginait sans mal les cris d'horreur qui accompagneraient la découverte de ces deux-là. Ce qui ne saurait tarder, sans aucun doute – car le temps était pluvieux et plutôt doux, et les morts à l'abandon font connaître leur état de putréfaction tout aussi nettement à Kensington qu'à College Hill.

Le tueur savait qu'il devrait partir, à présent, mais il ne pouvait se résoudre à le faire tout de suite ; comment aurait-il supporté de tourner le dos à une telle débauche de sang frais avec la même indifférence que s'il refusait un simple verre de bière ? Pour lui, le décor, les vestiges de la chair de Dora, son sang répandu partout, rassemblaient tous les éléments d'un mariage. La cérémonie venait d'être célébrée. Lui, le jeune marié, avait, à l'instant même, accompli le rituel : il avait bu le sang de sa femme, il avait marché dans les flaques pourpres qui s'étalaient sur le sol, il s'était masturbé dans les lambeaux de sa chair tiède, et c'est ainsi que, finalement, il l'avait possédée ; non, il n'était pas question qu'il quitte sa jeune épouse comme ça, sans plus de façons – c'eût été, ni plus ni moins, une insulte. Et puis, plus encore, le hors-la-loi qu'il était ne pouvait qu'être séduit par l'aspect « mariage forcé » de la cérémonie, comme un homme mourant de soif est irrésistiblement attiré par un ruisseau d'eau fraîche. Après tout, imposer sa loi comptait pour beaucoup dans la satisfaction qu'il éprouvait à être de nouveau actif, après ces longs mois d'oubli à College Hill, suspendu comme une chauve-souris qui sommeille, la tête en bas, accrochée tout l'hiver à sa poutre. Après avoir fait le tour de l'appartement, en admirant les flaques de sang et les deux cadavres, ma foi, oui, il se sentait dans la peau d'un homme marié, d'un chef de famille dûment choyé par ses femmes, qui avait mangé et bu tout son content, avait été servi fidèlement et abondamment, et savourait à présent son dessert en attendant le café. Non, ce dont il rêvait, en fait, c'était d'un chocolat à la crème. Comme d'autres tueurs aguerris, il traduisait couramment le langage négatif de la mort en un appétit de nourriture. A peu de chose près, la soirée avait été un chef-d'œuvre, si bien qu'il finissait vraiment par se prendre pour ce jeune amant robuste, mais épuisé auquel il avait tant besoin de s'identifier, et qui se glissait discrètement hors du lit pendant que madame dormait pour aller faire une descente dans le réfrigérateur. Pas une seconde, il n'avait imaginé qu'il pourrait se faire prendre, et l'idée qu'on puisse le punir ou lui faire des remontrances pour son travail de la soirée lui aurait inspiré un profond mépris, comme si monsieur Tout-le-monde était menacé d'emprisonnement pour avoir tiré un coup.

La différence, bien sûr, était aveuglante.

La soirée aurait été tout à fait convenable (et même franchement réussie, se dit-il) si seulement il n'avait pas salopé le travail en achevant la fille. Ce n'était pas la fille elle-même qui le tracassait (elle lui appartenait), mais quelque chose de plus obscur. En quelque sorte, les événements avaient mal tourné. Il n'était pas satisfait à cent pour cent, et, à son avis, c'était entièrement la faute de la fille : si seulement elle ne s'était pas montrée aussi stupidement obstinée, si elle n'avait pas essayé de l'empêcher d'agir, d'accomplir ce qu'il *devait* faire... Car le tueur, en fait, était semblable à ce soldat de la pire espèce que toute armée redoute sans avoir jamais pu l'éviter : il reçoit d'un endroit mal défini, mais situé plus haut que lui – peu lui importe de savoir exactement d'où – des ordres qui doivent, littéralement, être exécutés. Il n'a pas la moindre faculté d'analyse. (En tuant la fille, il croyait obéir à ses désirs, car il représentait la véritable quintessence de la stupidité : l'imbécile qui commet des meurtres.) Cependant, il possédait une certaine forme d'intelligence. C'était indispensable, puisqu'il était une armée à lui tout seul : à la fois le stratège du quartier général, et le fantassin au fond de sa tranchée, avec sa bombe et son fusil. En vérité, dans sa tête, le tueur était pareil à un bureaucrate devenu fou, détenteur d'une arme dont il connaîtrait, grâce à un hasard terrifiant, le mode d'emploi. S'en servir lui donnait le sentiment d'être utile, cela l'aidait, en quelque sorte, à prendre son pied en solitaire, et il pouvait ainsi, à la fin du jour, regagner son glacial petit chez-soi en se frottant les mains, après avoir froidement et logiquement exécuté le Plan reçu de, euh, quelque part, en souriant à sa femme avec une chaleur que lui inspirait l'ordre magnifique régnant dans ses fichiers, ce qui n'est absurde que pour les autres. Les besoins des autres ne signifient rien pour des gens de cette espèce. La seule chose qui leur importe, c'est que le plan venu d'en haut, quoi qu'il exige, doit être obéi à la lettre, coûte que coûte ; c'est aussi le seul orgasme qu'ils connaîtront jamais. Car tout plan autoritaire assure l'existence de ceux qui n'ont aucune autorité, et c'est pourquoi nombreux sont ceux qui font l'amour *et* la guerre ; en attendant, ledit plan vous procure aussi, si vous faites ce qu'on vous demande, un chèque à la fin du mois. Tueurs ou bureaucrates – mais, après tout, si vous êtes déjà mort en venant au monde, la vie des autres ne vous coûte rien, de toute façon – ces individus misérables (les assassins, les gratte-papier, enfin, les êtres absents) seraient risibles s'ils n'étaient si redoutables ; et, bien sûr, c'est précisément parce que nous nous moquons d'eux, que nous éteignons nos récepteurs à chaque fois qu'ils apparaissent à la télévision, qu'ils font autant de mal, à cause de ce désespoir profond qui est en eux et dont ils ne peuvent se permettre d'accepter la réalité.

A présent, le tueur découvrait qu'il se trouvait en un endroit mal défini à l'intérieur de lui-même, contemplant le sol couvert de flaques de sang, le cadavre de la fille, et d'où sa propre image (dont il était extrêmement fier) lui déplaisait vaguement ; il avait le sentiment que quelque chose, en lui, tentait de capter son attention, en martelant, depuis le mauvais côté, la porte blindée qui le préservait : une vague entité, exclue, ignorée, et affamée. Il s'agissait de lui-même, bien sûr, bien qu'il n'eût aucun moyen de s'en rendre compte. Il avait toujours eu, à pratiquement tous les niveaux, de graves problèmes avec lui-même ; et il en aurait toujours, car il ne possédait aucun moyen de les détecter. Ces troubles se manifestaient chez lui, comme chez les pensionnaires d'un asile psychiatrique, par le fait qu'ils lui donnaient le sentiment d'être parfaitement normal – ce qui est la raison même pour laquelle ces gens-là sont internés. Leur problème, c'est eux-mêmes, et il est trop écrasant pour qu'ils puissent le résoudre : désir sexuel, tristesse vague et inexplicable, sensation d'être soudain perdu, ou désir violent de tuer, ou de fourrer ses doigts dans le nez d'un inconnu, ou de déféquer dans un train bondé. Ma foi, si vous n'avez aucune idée de la nature d'un problème, il est extrêmement improbable que vous parveniez un jour à le résoudre. En ce cas précis, le tueur présentait le syndrome classique du raseur : celui qui consiste à coller littéralement à l'existence faute d'en conserver le moindre souvenir – autrement dit, en gardant un souvenir exact du présent, et absolument aucun du passé. Cela procurait au tueur – mais à lui seulement – l'illusion de vivre. Tous ceux qui perçaient ce secret, prenant conscience qu'il ne s'agissait que d'une illusion, devaient disparaître ; c'est à ce moment-là que le sac de sport s'était ouvert. Par définition, cependant, son état n'avait aucune chance de changer, encore moins de s'améliorer – car comment espérer se libérer d'une situation que l'on ne comprend pas ?

Les raseurs et les assassins sont assez semblables ; l'ennui et le désespoir expliquent la plupart des meurtres. Les assassins tuent parce qu'ils gaspillent beaucoup trop d'énergie à se montrer polis d'une manière que les gens normaux n'adoptent jamais. La plupart des meurtriers sont d'origine bourgeoise ; ou, pire encore, élevés dans une atmosphère prolétarienne, ils ont été forcés de copier les maniérismes bourgeois. Pendant toutes ces années où j'ai travaillé pour l'A14, je n'ai jamais rencontré un seul meurtrier doté d'une personnalité intéressante ; et si l'on n'en rencontre pas là, je doute fort qu'on puisse en rencontrer ailleurs.

Chez celui-ci, il y avait de très graves problèmes sexuels – dont les origines lui échappaient complètement, bien sûr, puisqu'il était incapable de les analyser. L'une des formes que prenait son dérèglement (si seulement cela avait pu ne pas aller plus loin !), c'était la haine absolue, bien qu'inconsciente, qu'il portait à la seule partie de lui-même sur laquelle, bien qu'elle fût reliée au reste de son corps, il n'avait aucun pouvoir : son phallus. C'est pour cette raison qu'il avait commencé à le punir alors qu'il était encore très jeune – depuis la première fois, en fait, qu'une femme l'avait sollicité, et qu'il s'était révélé incapable de remplir sa fonction. Son membre lui avait fait faux bond, comme un pneu crevé, la première fois qu'il l'avait mis à l'épreuve à l'âge de quinze ans, à cet instant redoutable, dans la vie d'un jeune homme, où, par son refus obstiné et catégorique de se dresser, une partie de son corps lui avait démontré qu'il n'était pas l'être supérieur que le reste de lui-même croyait être. Bien au contraire : cette petite portion toute ratatinée, et pourtant vitale, de son anatomie pendait mollement contre sa cuisse, comme elle l'avait toujours fait depuis, avec une insolence exaspérante et pourtant inévitable, étant donné la situation, comme un vieux poivrot avachi contre un comptoir, lui adressant plus ou moins une sorte de clin d'œil narquois, pour le mettre au défi de remédier à la situation. Finalement, il avait flanqué à son propre phallus une claque si violente qu'il avait hurlé sous la douleur qu'il s'infligeait ainsi à lui-même, et la fille avait fui au spectacle navrant de son impuissance. Si bien que son premier crime de sang, il l'avait commis contre lui-même. Quant à la fille qu'il s'imaginait déjà posséder, elle avait réagi sainement en quittant à toutes jambes cette chambre d'hôtel minable de Caledonian Road.

Après avoir attendu, psychiquement assoupi, pendant près d'un an après cet incident, il commit l'erreur de pleurer avec la seconde fille. May était plutôt grasse, et portait des lunettes dont les verres se couvraient constamment de buée. Elle était surnommée Poupoule par ses rares amis, et Bouboule par ses ennemis – nombreux, car c'était une donneuse notoire, et elle avait déjà reçu une sérieuse raclée pour avoir mouchardé à tort et à travers. Son second faux pas avait été de sortir avec ce type justement parce que toutes les autres filles l'évitaient, malgré son physique avantageux – et aussi, parce qu'elle commençait à désespérer, depuis le temps que ça ne lui était pas arrivé, de se faire sauter un jour. Pour en revenir au type en question, son physique de don Juan – elle s'en rendit compte peu à peu – ne résistait pas à un examen détaillé, et May se trouva bientôt confrontée à d'autres problèmes, comme ses explosions de folie furieuse ; elles étaient d'une intensité qu'elle n'avait jamais rencontrée chez personne d'autre. Son propre problème était double : May avait le don de s'attirer des ennuis, puis, une fois confrontée à une situation impossible, de s'y complaire pour essayer d'en tirer satisfaction. Elle était trop stupide pour se rendre compte que si ce type ne disait pas un mot et se conduisait correctement dans les bars où ils allaient ensemble, c'était seulement parce qu'il essayait de comprendre en quoi consistait une attitude naturelle, en observant les autres clients avec la même résolution, la même intensité qu'un mauvais acteur, pour s'efforcer de copier ce qu'il ne pourrait jamais devenir.

Quoi qu'il en soit, la première fois qu'ils se trouvèrent ensemble dans une chambre d'hôtel, après une soirée passée à boire de la bière, May se débarrassa adroitement de son soutien-gorge, de son pantalon moulant et de sa culotte, après avoir expédié dans un coin de la pièce ses chaussures à talons plats. Etendus sur le lit, ils commencèrent à se caresser ; mais la fille finit par trouver les préliminaires interminables, et même déprimants. Elle était désolée pour lui, mais les efforts du type, qui n'aboutissaient à rien, suscitaient chez elle une répugnance physique de plus en plus grande. May pensa : on court tout droit à la catastrophe, si cezigue ne se décide pas à passer à l'action ; et puis, il est tellement pénible...

D'un naturel stupide, May était innocente, et elle n'avait pas la moindre idée du danger avec lequel, littéralement, elle jouait. Elle ne savait pas à quel point il était urgent pour cet homme de la posséder. Son ignorance devait lui coûter cher – en fait, elle lui coûta la vie. Quand il se mit à pleurer, après des heures d'efforts infructueux, quand il se plaignit de n'arriver à rien malgré ses tentatives incessantes, May commit une erreur vraiment magistrale : sautant du lit, elle l'envoya paître, parce qu'elle était épuisée, frustrée, et qu'elle en avait assez de se démener sous lui.

Ce fut la dernière action de sa vie. Comme toutes les autres femmes qu'il devait connaître par la suite – il ne fut jamais sûr, jusqu'à la fin, s'il y en avait eu onze ou douze – May mourut aussitôt ; elle mourut parce que, sans rien exiger d'extraordinaire de lui, elle lui avait demandé l'impossible : une bonne baise bien sentie, à la régulière. Seulement, elle ne savait pas à qui elle avait affaire. C'était comme si on avait demandé à une brave institutrice de désamorcer une bombe rouillée mais prête à exploser. Sans émotion particulière, le tueur pensait encore à elle, de temps en temps, et reniflait le slip qu'il portait ce jour-là, et qu'il conservait à College Hill avec d'autres souvenirs ; puis, secouant la tête, il souriait à l'évocation de cette fille, comme si elle n'était qu'un personnage d'une histoire qu'il aurait lue, ou vue à la télévision, en se disant : regarde-moi ça, hein, qu'est-ce que tu en penses ? Elle avait dû jouer dans un feuilleton, du genre de cette série policière de la quatrième chaîne qu'il regardait en silence au pub, où l'assassin avait planté sa lame juste un poil trop profond, si bien que la fille, saignant trop vite, était morte un peu trop tôt. C'était ça, l'ennui avec presque toutes ses victimes ; aucune n'était vraiment à la hauteur. A part une ou deux petites garces un peu rétives, plus entraînées, peut-être, et qui avaient fait mine de se défendre, les autres se laissaient ouvrir en deux comme du poisson frais, en poussant leur espèce de gargouillis mouillé, et vous claquaient dans les doigts bien avant que votre propre orgasme se pointe seulement à l'horizon – dans le cas contraire, si vous aviez la chance de jouir au bon moment, alors, bravo.

Voilà comment cela se passait. Il ne prenait aucune précaution particulière pour éviter de se faire coincer – pas davantage, par exemple, qu'une fille qui ne prend la pilule que six mois par an. Il passait à l'action à chaque fois qu'il se savait obligé de le faire, c'est-à-dire, quand il n'était plus capable de se maîtriser ; puis il lisait ses exploits le lendemain dans la presse, avec détachement, et même avec l'attitude d'un citoyen responsable car, comme il était de nouveau assoupi, il n'imaginait pas un instant qu'il puisse être cet individu que les gens présentaient comme un monstre. De plus, les articles de journaux laissaient beaucoup à désirer, et les flics s'y prenaient tellement mal pour mener leur enquête qu'on se demandait comment ils arrivaient à pincer qui que ce soit dans les autres affaires.

Et c'est pourquoi il n'avait jamais été arrêté. De son point de vue, le coupable était quelqu'un qui lui était totalement inconnu, en dépit du répugnant fouillis des reliques qu'il conservait, de leur odeur, et de la présence, de temps à autre, d'une tête qui restait posée sur une vieille assiette pendant un bon moment, jusqu'à ce que la puanteur devienne vraiment insupportable et qu'il soit obligé de la jeter. Il lui arrivait même, en découvrant dans la presse, les méfaits de ce type, de marmonner tout seul : « Ce salaud-là, j'espère bien qu'ils vont finir par le coincer, quand même. C'est une vraie brute. » C'est vrai, il avait parfois l'impression fugitive que l'assassin de cette pauvre petite ici, en page une, était un type qu'il pouvait peut-être connaître vaguement ; il n'en était pas sûr, mais est-ce qu'il ne sortait pas de temps en temps avec un mec brun, très séduisant, qu'il rencontrait dans un bar et avec qui il allait draguer ? La prochaine fois qu'ils se verraient, il faudrait qu'il en touche deux mots à ce type, quel que soit son nom – il en avait probablement plusieurs. Cela dit, il ne fallait quand même pas l'enfoncer – après tout, c'était seulement un gus dans son genre qui aimait se balader et se payer des filles. C'est le genre de choses que tout le monde fait sans arrêt ; à quoi bon se scandaliser pour un peu de sang qui coule ?

Bon, d'accord, ce type s'était laissé emporter un petit peu trop loin par ses passions ; malgré tout, c'était un artiste de grande classe.

– Ton drôle de petit oiseau est vraiment minuscule, tu ne trouves pas ? lui dit May en l'examinant avec intérêt, la première et la dernière nuit de sa vie où elle devait le voir nu.

Elle se pencha sur lui, se pliant gauchement en deux, gênée par son embonpoint, et tenta de déposer un baiser sur sa verge. Aussitôt, il eut un mouvement de recul, se dérobant avec la rapidité d'une vipère.

– Du calme, fit May, ne te mets pas dans des états pareils, je le regardais seulement, mon chou. On dirait qu'il est couvert de bleus, ou je ne sais quoi. Ça fait mal ? (Elle ajouta :) A la façon dont tu es entré dans le pub, je pensais que tu étais plutôt bien monté, comme papa. (May était la fille d'un pasteur qui portait la bonne parole en milieu ouvrier, mais à l'activité sexuelle exubérante.) J'en ai vu de toutes sortes, mais le tien est pratiquement inexistant, non ? poursuivit-elle. Il est tout noir, et il a l'air d'être tout meurtri. Est-ce qu'il fonctionne ? C'est à peine si j'arrive à le trouver, tu vois, je le cherche...

Les remarques de May partaient d'un bon sentiment ; elle y avait mis beaucoup de gentillesse, et même d'affection – comme si le tueur avait pu comprendre ce que signifiait ce terme. Ces paroles – les dernières qu'elle devait prononcer – avaient été jetées avec une certaine désinvolture, comme beaucoup d'arrêts de mort ; et elles produisirent le même effet. Il se souvenait encore de la lampe de chevet, du côté de May – dans l'hôtel bon marché à deux pas de la gare de Waterloo, vingt-huit livres pour deux, en liquide, sans questions inutiles – de cette lampe dont l'ampoule brillait trop vivement ; et il se rappelait aussi, à la fois avec tendresse et indifférence, l'aspect qu'avait présenté l'arrière de son crâne quand elle avait piqué du nez dans le cendrier Schweppes de la table de nuit, au moment où il lui avait tranché la gorge. Il en avait profité, aussi, pour s'occuper de ce pli profond et rouge qui barrait le ventre de May, à l'endroit où l'élastique de la culotte s'enfonçait dans la graisse, et qu'il ne pouvait supporter de regarder ; de même, il avait sérieusement retouché le sillon de plus en plus large qui séparait en deux les cheveux de May à l'arrière de sa tête, et qui indiquait qu'elle serait devenue chauve si elle avait vécu assez longtemps pour ça – ce qu'elle n'avait aucune raison valable de faire. Malgré tout, telle une photo passée d'une famille qu'il aurait vaguement connue, le souvenir de May le rendait nostalgique de temps en temps – quel dommage, quand même ; qui avait bien pu se donner la peine de la tuer ? Ce devait être simplement le genre de fille qu'on lève dans un bar. Enfin, de toute façon, elle aurait dû s'estimer heureuse qu'on lui ait épargné toute humiliation supplémentaire – seulement, à chaque fois qu'il pensait à elle, pourquoi fallait-il que ce soit lui qui se rappelle avoir essuyé son couteau, l'avoir rangé dans son sac de sport noir, avant de s'enfuir par un escalier d'incendie rouillé ? Malgré tout, quelle importance ? Toutes ces histoires se résumaient à quelques détails insignifiants, quelques images d'un vieux film de série B exhumées d'on ne sait où et qui vous laissent complètement froid – aucun rôle n'était tenu par une vedette.

* * *

A présent, le tueur se sentait obligé de partir – non par raison de sécurité, mais pour préserver la précieuse saveur de son copieux dîner, et emporter ce succulent souvenir en regagnant la nuit froide de la rue. Et pourtant, c'est à ce moment précis que ce copieux banquet tourna soudain à l'aigre, pour lui. A peine avait-il décidé de s'en aller que le festin trop riche dont il s'était repu, et toutes ses sauces épaisses, lourdes et gorgées de sang, se mirent brusquement à bouillonner dans ses tripes, lui soulevant l'estomac. Il parvint à atteindre les chiottes à temps et vomit pratiquement tout ce dont il venait de se régaler. Puis, en revenant dans la pièce, il découvrit qu'elle ne contenait plus rien de réjouissant pour la vue, mais seulement les répugnants reliefs d'un festin interrompu ; tout à coup, le moment était venu de débarrasser la table. Le sang de la fille avait perdu son bouquet, son parfum frais et épicé ; quant aux parties de son corps dont, déjà rassasié, il n'avait pas eu le temps de se repaître, elles gisaient à même le sol, déjà figées. Son sang avait maintenant une odeur âpre, acide, comme celle d'un vin éventé. Ses membres en désordre n'évoquaient qu'une seule image – ce n'étaient plus que des morceaux de viande de boucherie mal coupés, saisis par le froid, et son sourire maculé de sang, le regard fixe, vide et pourtant indolent de ses yeux noirs étaient la pire des sentences, celle qui condamnait un assassin en regardant au-delà de lui. Oui, quelque chose était allé de travers, cette fois-ci. Maintenant, le tueur trouvait la pièce sinistre ; elle avait acquis une intensité qui lui était propre. Comme il n'était, en aucune façon, de taille à affronter l'effrayant résultat de sa boucherie, furieux, il s'en prit au décor. Pendant qu'il était sorti pour aller vomir, la pièce avait dû saisir une subtile occasion de comploter contre lui, et c'était pourquoi l'air qui stagnait entre ces quatre murs, l'éclairage électrique déficient, avaient pris de l'épaisseur, pour le menacer sournoisement. C'était aussi pourquoi les diverses odeurs de la chambre, évoquant tout ensemble la viande froide, le gaz de ville, les petits pois, ainsi que la puanteur douceâtre des dessous de la vieille, se combinaient pour lui faire remonter dans la gorge le terrifiant scénario de la soirée, si bien qu'il découvrit instantanément un nouveau goût de vomi sur sa langue. Il consulta le miroir auquel, si peu de temps auparavant, il avait adressé un sourire de triomphe. « J'ai de la gueule, non ? » hurla-t-il, faisant jouer ses muscles. Mais un observateur hypothétique n'aurait découvert là qu'une ombre creuse et voûtée, un visage jaunâtre et couturé, et des yeux qui auraient frappé d'horreur même une infirmière expérimentée.

Incontestablement, il se sentait frustré, floué. Il n'avait rien souhaité de plus que ce qu'il faisait d'habitude, à chaque fois que c'était possible : trancher la tête de la fille d'un seul coup, l'emballer, et la rapporter tout droit à College Hill. Rentré chez lui, il l'aurait posée par terre, dans une assiette, juste en face de lui, comme il l'avait fait avec les autres, pour qu'elle puisse le regarder pendant qu'il s'infligeait sa punition. Il l'aurait laissée là, pendant ses séances d'entraînement, aussi longtemps que possible. Mais, bien sûr, cela se terminait toujours de la même façon. Tôt ou tard, la tête finissait par pourrir, si bien qu'il fallait la casser et la jeter à la poubelle. Cela laissait un vide ; c'était comme si on lui avait volé un bibelot, un souvenir, jusqu'à ce qu'il y ait une prochaine fois.

Quant à cette tête-ci, il n'était pas question de l'emporter – regardez un peu ça ! C'était comme le jour où papa avait posé du papier peint dans le salon – un vrai massacre.

Soudain, il commença à entendre du bruit à l'extérieur ; quelqu'un frappait à la porte d'entrée. Il n'y prêta pas attention ; il avait déjà en tête un autre projet qui n'allait pas tarder à lui remonter le moral. Malgré tout, il se dépêcha de ramasser son vieux sac de sport, en passa les poignées autour de son cou, et, soulevant le châssis inférieur de la fenêtre à guillotine de la cuisine, il se glissa au-dehors pour s'agripper à la gouttière grâce à laquelle il était monté. Il avait déjà effectué le quart de la descente quand il s'arrêta un instant pour tendre l'oreille ; une main timide donnait de petits coups secs sur la porte de l'appartement, et une voix de femme âgée demandait :

– Betty ? Madame Carstairs ? *Madame Carstairs !* Betty ! Dora ! Tout va bien ? Vous pouvez me répondre, s'il vous plaît ? S'il vous plaît !

Le tueur sourit, en glissant le long de la gouttière, son pénis mutilé, sommairement entouré d'un bandage pour arrêter l'hémorragie, contraint de frotter contre la tubulure en fonte ; la douleur lui arrachait de petits gémissements, mais il prévoyait déjà les exercices impitoyables qu'il allait bientôt s'infliger.

Nous ne devions pas tarder à découvrir que la vieille dame qui avait frappé à la porte de Betty Carstairs était une voisine, une certaine Mme Drewe, et qu'elle n'avait rien d'utile à nous apprendre – ce qui devait se révéler être constamment le cas chez elle.

– Tel Cupidon, je suis très timide, et plutôt aveugle, vous savez, m'expliqua-t-elle, bien que, évidemment, comme n'importe quelle femme moderne, je puisse paraître très mondaine.

J'eus l'impression qu'elle n'était pas très sûre de ce que signifiait ce mot. Je pris un air aussi attentif que possible, dans l'espoir qu'elle me dirait quelque chose d'important si je la regardais suffisamment longtemps. J'en fus pour mes frais. Modelant ses vieilles lèvres rouges et craquelées en une moue pensive, elle poursuivit :

– Je me contente de décocher mes petites flèches, inspecteur, sans jamais vraiment savoir où elles risquent d'atterrir. Mais à la police, je dois dévoiler mon âme, et reconnaître qu'en mon temps, j'ai connu plusieurs petites aventures très excitantes. Par exemple, lorsque j'étais à Buenos Aires en 1953...

Cependant – ainsi qu'elle devait finir par l'admettre – depuis qu'elle avait quitté Turnbridge Wells en 1938, elle n'avait jamais rien eu de véritablement intéressant à raconter, à part les ragots habituels, et c'était pour cette raison que son mari l'avait larguée dans un bar de Shepherds Market, une nuit de 1949 où le champagne rose avait coulé à flots. Elle ajouta qu'elle était terriblement riche, mais se sentait très seule, et, bien qu'elle ait perdu l'habitude d'avoir affaire à des hommes aussi jeunes que moi, nous pourrions peut-être faire un saut à son appartement, à l'étage au-dessus, pour s'offrir un petit verre de gin vermouth, un chacun, pas plus.

Mais je me trouvais à plusieurs années-lumière de Mme Drewe, et je l'interrompis en lui assurant que si elle avait frappé trois minutes plus tôt à la porte de Betty Carstairs, le meurtrier l'aurait ouverte, auquel cas elle serait morte, à présent ; c'était son sens instinctif du contretemps qui lui avait sauvé la vie.

Pendant que j'y étais, j'ajoutai également qu'elle n'avait aucune chance de réaliser son unique ambition – qui était, de toute évidence, de vivre jusqu'à l'âge de deux cents ans – si elle ne se débarrassait pas d'une sale habitude : celle d'écouter aux portes et de regarder dans les trous de serrure. De toute façon, c'était le genre d'activités stupides qu'elle pouvait laisser à des gens comme moi, puisque j'étais payé pour ça.

Le seul résultat tangible de cette petite mise au point plutôt sèche fut que Mme Drewe téléphona à l'Usine, pour se plaindre de mes mauvaises manières. L'inspecteur de permanence l'envoya promener ; il fit la sourde oreille comme le jour où il avait eu en face de lui, pendant une heure, un touriste intarissable en costume et perruque qui lui avait patiemment expliqué en suédois qu'aux dernières nouvelles, son caniche brun, répondant au nom de Hooki, était en train de pisser contre un pilier d'Albert Bridge.

* * *

Dans l'état d'excitation, d'exaltation qui était le sien, le tueur lâcha un pet terriblement nauséabond en atteignant l'extrémité de la gouttière, dont la couleur jaune vif avait laissé des traces que nous devions découvrir plus tard, ainsi que d'autres taches, sur l'un de ses vieux caleçons à College Hill. Il traversa le petit jardin à l'abandon, jonché de sacs de ciment vides et d'autres déchets moins faciles à identifier, et découvrit une zone d'ombre épargnée par les réverbères ; c'est là qu'il s'arrêta pour ôter son sac de sport de son cou, et remettre de l'ordre dans ses vêtements – plus précisément, son pantalon et son caleçon – qui avaient été mis à mal pendant la descente, tout comme ce qu'ils contenaient.

Ce qui s'était passé là-haut, dans l'appartement,

devenait déjà confus dans son esprit. Comme n'importe quel homme qui a eu de nombreuses maîtresses au cours de sa vie, il avait du mal à dénombrer toutes ses conquêtes, et tentait rarement de le faire. Il ôta ses gants écarlates et détrempés et les fourra dans son sac, en se disant que la prochaine fois, il devrait s'en procurer une paire de meilleure qualité, des vrais gants de pilote de course, avec une bonne adhérence. Puis, ayant reculé de quelques pas, il courut vers le mur bas qui le séparait de la rue, et le franchit d'un saut énergique.

La rue était déserte. Le brouillard tourbillonnait lentement autour des lampes à sodium ; les réverbères étaient encerclés par des sacs de détritus effondrés contre leurs fûts en fonte, et qui attendaient la benne à ordures comme des vieillards fraîchement fusillés. Le tueur enfonça ses gants imbibés de sang dans une déchirure qui béait au flanc d'un sac, puis traversa la rue en direction d'une Fiat Uno de couleur rose garée de l'autre côté.

Bien qu'il l'ait fauchée seulement trois jours plus tôt à Kennington, il s'installa au volant avec la même aisance que s'il la conduisait depuis des années, facilitant la tâche du démarreur en ouvrant le starter à fond, parce que la batterie était plutôt faiblarde.

* * *

A présent, tandis qu'il s'éloignait au volant de la Fiat, le tueur semblait dans un état d'effervescence totale, car il n'était absolument pas fatigué. Fini, l'entraînement ; il était au cœur de l'action, maintenant, et il vivait ces moments rares où la nuit s'enrichit de quelques morts majeures. Il s'agissait pour lui de rejoindre sans tarder la résidence princière de Felix Roatta, à Clapham Common North Side, pour y régler une affaire urgente. Il y parvint bien après une heure du matin. Le brouillard, qui venait d'apparaître, s'épaississait à vue d'œil. Le tueur laissa la

Fiat dans Marjorie Grove, après avoir dégagé, à grands coups de pare-chocs, un espace suffisant entre deux autres voitures garées le long du trottoir. Puis, de son pas nerveux, saccadé, il revint vers le domicile de Roatta, le pied léger dans ses petites chaussures de sprinter. En deux bonds, il escalada les marches menant à la porte d'entrée en chêne massif somptueusement verni, et pressa le bouton de l'interphone. Après avoir répété le code deux fois, le tueur entendit la voix de Roatta grommeler dans le haut-parleur métallique :

– Qui est-ce ?

– Ça pourrait être Cendrillon, répondit le tueur, alors m'emmerde pas.

– Tu sais l'heure qu'il est ?

– Je croyais qu'il n'y avait pas d'heure pour toucher du fric.

C'était aussi l'avis de Roatta, apparemment, car un déclic ouvrit la lourde porte. Le tueur entra. Son corps apprécia la chaleur soudaine du prétentieux vestibule, ses pieds mal protégés par des semelles trop fines s'enfoncèrent avec délice dans le somptueux tapis.

– Monte tout de suite, lança Roatta depuis le haut de l'escalier.

Il aurait pu s'épargner cette peine, car l'autre l'avait déjà rejoint. Le tueur s'approcha de Roatta, qui le renifla.

– Tu as une drôle d'odeur, constata Roatta.

– Mais je suis un drôle de type, répondit le tueur.

– Par ici, fit Roatta en désignant son salon aux meubles imposants.

Conseiller municipal conservateur et citoyen de premier plan, il détestait son visiteur. Mais les deux hommes avaient des intérêts communs. C'est pourquoi Roatta devait supporter sa présence, que cela lui plût ou non ; et cela ne lui plaisait pas. Il était trop ramolli, à présent, pour trouver grand-chose à son goût, excepté son confort. Les intérêts communs du tueur et de Roatta consistaient en une boîte de nuit du West End nommée le *Parallel Club*, qui rapportait énormément d'argent, mais dégageait tout à coup une forte odeur de roussi, à cause d'un stupide article de journal. Si bien que les flics eux-mêmes, pourtant généreusement arrosés, commençaient à se sentir nerveux. Roatta voulait se retirer de l'affaire, son fric en poche, pendant que le club fonctionnait encore. Comme il possédait des photos, prises sur place, où l'on voyait son visiteur se livrer à certaines activités très spéciales, il était persuadé de le tenir à la gorge ; il lui avait donc demandé un gros paquet de fric, pour enterrer l'affaire, en quelque sorte. Roatta était un homme qui voulait toujours plus d'argent. Mais il arrive, n'est-ce pas, qu'on ne sache pas toujours à l'avance ce qu'il vaut mieux ne pas réclamer...

– C'est la première fois que je mets les pieds ici, fit remarquer le tueur. Pas mal, ton appartement. A condition de vivre assez longtemps pour en profiter.

Il fourra sa main entre ses cuisses. Un peu de sang suintait à l'entrejambe de son pantalon ; il l'essuya avec son index.

Roatta était comme hypnotisé, l'air stupide, le regard braqué sur la tache de sang.

– Allons, dit le tueur à voix basse, un peu de tenue. Ce n'est pas bien de laisser tes yeux traîner là où ils n'ont rien à faire.

Du doigt, il recueillit une seconde goutte de sang à travers la toile. Mais cette fois, il la tint sous son nez pour la renifler. Puis, de nouveau, il considéra Roatta – non pas son aspect extérieur, mais ce qu'il y avait en lui. Son regard transperça Roatta pour se perdre très loin. D'un geste, Roatta désigna l'immense armoire à liqueurs, de l'autre côté de la pièce, et proposa :

– Un verre ?

– Non, répondit le tueur.

– Alors, assieds-toi, et mets-toi à ton aise, reprit Roatta.

En lui-même, cependant, il se faisait du souci pour ses coussins, car c'était, au fond, un être plutôt efféminé.

– Non, répéta le tueur.

Il se contentait de rester planté là, devant Roatta, bien trop près de lui. Parfaitement immobile, semblant ne pas même respirer, il resta muet si longtemps que Roatta, perdant son calme, dut briser le silence.

– Bon, alors, fit Roatta, tu l'as apporté ?

– Apporté quoi ? demanda le tueur.

– Mon fric. Mon pognon. Tu l'as sous la pogne ?

C'était l'astuce la plus minable de l'année, mais Roatta éclata de rire comme s'il en était particulièrement satisfait – une bonne chose pour le jeu de mots en question, car de toute évidence, il n'y avait, dans la pièce, personne d'autre pour en rire.

– Oui, je l'ai, répondit le tueur. Le voilà.

Avec l'aisance un peu lasse d'un prestidigitateur faisant son numéro devant quelques admiratrices, il fit surgir de nulle part un gros automatique Quickhammer 9 millimètres, et engagea une balle dans la chambre avec un claquement sec.

– Maintenant, Felix, dit-il à Roatta, je veux que tu te tiennes bien tranquille pendant que je m'occupe de toi, parce que j'ai l'impression que tu vas tout saloper.

Aussitôt, Roatta se mit à hurler : « Attends ! Attends ! », mais ses yeux étaient plus brillants qu'il ne l'était lui-même, et savaient déjà à quoi s'en tenir. Avant lui, ils avaient cessé de bouger ; ils avaient compris que, pour eux, il n'y avait plus rien d'intéressant à regarder. Alors, ils s'étaient mués en une paire de cailloux sombres et huileux braqués sur la dernière chose qu'ils verraient jamais : l'éternité dans le canon d'un pistolet. De même, avec l'intensité d'un concertiste, Roatta tendait l'oreille pour surprendre le plus infime déclic en provenance de l'arme, alors que l'index du tueur se contractait sur la détente, car il savait aussi qu'il n'entendrait plus jamais d'autre son. Ainsi, il passa les dernières secondes de sa vie – ses sens, tour à tour, interprétant chacune d'elles à sa manière – assis dans son fauteuil, à guetter l'explosion de l'arme, aussi attentif qu'un mélomane, à l'Opéra, se délectant de l'interprétation de sa cantatrice préférée, se penchant toujours plus vers l'avant jusqu'à ce que son existence, canalisée, réduite au canon du pistolet, se résume à l'arme seule.

En même temps, de grands changements s'opéraient en lui. Du point de vue de l'âge, tel que nous le concevons, Roatta n'avait que cinquante ans ; mais lorsqu'il détecta le premier déclic, à peine perceptible, issu du mécanisme du pistolet, il eut soudain cent cinquante ans, puis mille ans, puis deux cent mille ans ; et quand le tueur fit feu, le visage de Roatta était jaune vif, et il avait un million d'années, les traits figés par une concentration d'acier avant même que la balle ne le touche.

Les munitions étaient vieilles, comme l'arme, et la balle destinée à Roatta fendue en croix à son extrémité. Le canon était muni d'un silencieux, mais c'était un gros pistolet, malgré tout. Si bien que, même s'il n'émit, en guise de détonation, qu'un *feup* discret – un son à mi-chemin entre un éternuement et un pet – la balle produisit sur Roatta un effet bien plus précis et autrement spectaculaire qu'une quelconque flatulence.

Une étourdissante succession d'événements se produisit. La moitié supérieure du crâne de Roatta disparut complètement ; elle se volatilisa dans le rideau écarlate d'une explosion de sang et d'os, et quand cet écran se dissipa, il ne restait plus rien de sa tête sinon sa mâchoire inférieure et une langue sournoise, d'où s'écoulaient des choses bizarres, et qui pendait, molle et baveuse, sur le menton, évoquant un indic qui tente de fourguer un numéro de téléphone. A présent, Roatta ressemblait à une sorte d'orchidée folle, au périmètre orné de dents en or sur le devant, et de simples amalgames type « sécurité sociale » sur les molaires, car cela ne coûtait pas cher et ne se voyait pas. Sinon, on aurait pu le comparer, aussi, à un coquetier branlant et gigantesque, le bol rouge de sa gorge surmontant comme une couronne sordide le reste de son corps toujours penché en avant, attentif, dans son fauteuil en cuir. Alors que sa cervelle commençait à dégouliner le long de ses murs décorés avec soin, glissant sur les vitres de protection de ses tableaux si méticuleusement choisis, un bloc de matière flasque provenant de ce qui avait été son nez traversa la pièce dans un bruissement mat, et retomba sèchement sur un guéridon de rencontre, avec la même détermination que ces femmes inflexibles qui exigent un divorce immédiat en frappant la table du plat de la main – sinon que cette main-là était d'un vert vif. Dans le même temps, d'autres fragments du crâne de Roatta, des morceaux d'os, une quantité de matières liquides, de moelle, d'éléments qu'une armée de grands chirurgiens auraient eu bien du mal à identifier zébraient l'atmosphère, s'écrasant contre les obstacles avec divers tintements et crépitements ; ils tombaient en pluie sur les meubles coûteux et de mauvais goût, sur les coussins dont le sort inquiétait tant Roatta, sur la moquette où ils s'étalaient comme des flaques de vomi – bon sang, il en pleuvait dans tous les coins.

Mais le tueur riait, parce qu'il trouvait irrésistible la façon dont le pantalon, autrefois blanc, du cadavre, restait soigneusement relevé pour préserver un pli impeccable. Ce n'était pas le genre de rire qu'une personne normale aurait eu envie d'entendre ; tant qu'il dura, le visage du tueur garda la même expression figée, et ce n'était pas vraiment un visage fait pour le rire.

Si la mort de Roatta pouvait difficilement prouver quelque chose de nouveau, elle rappela malgré tout à l'inspecteur chargé de l'enquête à quel point il est dangereux, en affaires, de vouloir faire pression sur un tueur – autrement dit, comme Roatta était pédé comme un phoque, d'en serrer un de trop près. Un homme qui est déjà mort n'hésite pas à tuer, et la preuve de cet adage s'étalait partout dans le salon de Roatta.

Le tueur cessa de rire aussi brusquement qu'il avait commencé. A l'aide d'un chiffon, il essuya le Quickhammer maculé par les éclaboussures de Roatta ;

il éjecta la douille vide et laissa tomber l'arme dans son sac de sport, près de la hache. Puis il en sortit une poche en plastique contenant des vêtements de rechange, qu'il enfila dans la salle de bains de Roatta. Finalement, quand il eut tout remballé, il descendit l'escalier, sortit de la maison et referma la porte ; il arracha ses gants, en passa une nouvelle paire, et retourna à la voiture. Il abandonna le véhicule à quinze cents mètres de College Hill, et fit le reste du chemin au pas de course, se tenant l'entrejambe d'une main, portant son sac de l'autre. Dans l'épais brouillard, il ne croisa personne. Quand il parvint, à College Hill, à l'ancienne usine ravagée par un incendie dans laquelle il s'était installé, il escalada à toute vitesse l'escalier de secours du mur de derrière, et se glissa à travers une fenêtre sans vitres. Il n'était même pas essoufflé. Aussitôt, il regagna son coin, celui où son sac de jute était étalé par terre, se déshabilla et s'allongea sur le ciment, son sac de sport lui servant d'oreiller. Il n'y avait ni lumière ni eau courante dans l'usine, mais cela ne le gênait pas ; il n'était pas civilisé. Il avait très rarement besoin d'eau, et il détestait la lumière plus que tout. Pendant ses rares moments de tranquillité, les seuls endroits où il pouvait se replier sur lui-même et se suspendre comme une chauve-souris étaient immanquablement obscurs, et ici, l'obscurité ne manquait pas. Seul, un lointain réverbère diffusait une lueur orangée à travers le brouillard, une centaine de mètres plus loin, à l'endroit où Lovelock Road croisait College Hill, et les feux de signalisation, au carrefour, s'allumaient et s'éteignaient avec régularité. Oui, ce local ferait l'affaire jusqu'à ce que les fouille-merde du conseil municipal se décident à venir y jeter un coup d'œil, mais ce n'était pas pour demain ; pour le moment, rien ne pressait. Il était sur le point de s'endormir, et il n'avait déjà plus de souvenir conscient des deux femmes ; même l'image de la tête de Roatta, vieille d'une heure à peine, devenait floue. Demain, à sept heures, au lever du jour, il reprendrait l'entraînement ; la punition serait pour demain soir.

Il ferma les yeux.

Il rêva qu'il était au bord de la mer ; il n'y avait pas de ciel. La mer était de couleur brune, et tandis que les vagues avançaient en plis soucieux vers la plage, des cerveaux veinés de fils rouges roulaient dans les brisants lents et lourds. Le rêve ne le troubla pas, mais il se réveilla sur le sol humide et glacé parce que la punition qu'il s'était infligée en descendant la gouttière d'Empire Gate avait fait saigner de nouveau les lambeaux de son phallus. C'était la douleur qui l'avait réveillé.

A peine eut-il repris conscience qu'il ôta son caleçon. Le tenant près de son visage, il le pétrit mollement pendant quelques instants, puis, brusquement, il y enfouit son nez, ouvrant tout grand ses yeux sombres, le visage soudain monstrueux parce qu'il reflétait la sagesse du mal. En plus du sang et des suintements de son éjaculation de la nuit précédente, il s'était abondamment conchié dans son sommeil, libérant un flot de liquide jaunâtre et poisseux. Après y avoir enfoui son visage un bon moment, il replia son caleçon et le rangea soigneusement près de lui avec les autres, au sommet de la pile. Chaque sécrétion qui s'était répandue dans ses sous-vêtements – avant, pendant ou parfois juste après l'action – constituait un souvenir à conserver et préserver soigneusement. Le tueur n'était pas un être propre, dans aucun des sens de ce mot ; il était intimement lié à ses odeurs corporelles comme si elles seules, à défaut d'autres preuves, pouvaient lui démontrer qu'il existait. Parmi ces déjections, il choisissait de temps à autre un spécimen, sec depuis plusieurs années, et le consultait, humant ses odeurs riches en réminiscences ; puis, généralement, il se mettait alors à explorer toute la pile, lentement, avec nostalgie, tel un homme qui se replonge dans son passé – caressant et reniflant les petites croûtes fétides de la façon même dont n'importe lequel d'entre nous pourrait regarder, mélancolique, les fleurs qu'il avait pressées entre les pages d'un livre quand il était enfant. Finalement, posant son caleçon sur la pile, le tueur se leva pour aller, d'un pas saccadé, jusqu'à la fenêtre. Il secoua la tête ; perplexe, il dit à mi-voix :

– Il y a des moments où je ne sais vraiment pas comment je fais pour ne pas devenir fou.

Ses lèvres, grises et pincées, étaient violemment incurvées vers le bas, en forme de faucille. Ses yeux forçaient l'attention parce qu'ils abritaient le regard d'un homme totalement perdu sur cette terre, et son aspect était bien la chose la plus hideuse qu'on pût redouter de voir un jour.

2

J'étais descendu à Brighton pour la journée. La promenade longeait la mer, ce qui n'était pas une mauvaise idée ; le seul détail choquant, c'était la présence de la ville, derrière moi. Dommage. J'aurais préféré un joli paysage du Sussex, des chemins étroits menant à un ou deux villages, mais il n'y avait plus aucun espoir que ce souhait se réalise. Debout sur la plage de galets, je me tenais à une certaine distance de la mer – et ce n'était pas par crainte d'être mouillé, parce qu'il pleuvait de toute façon. Les vagues verdâtres tournaient en grondant entre les murs du vieux port et les brise-lames, sous la jetée. Elles semblaient aussi déprimées que moi, si bien que, finalement, je décidai que le meilleur remède serait d'aller descendre une bière dans un pub que j'avais repéré, à deux pas, et dont j'étais sûr qu'il était ouvert. L'établissement s'appelait *La Chaloupe* ; c'est le nom que les gros brasseurs de Londres, navigateurs intrépides comme chacun sait, donnent à pratiquement tous les pubs jusqu'auxquels parvient l'odeur du varech, si la concurrence ne s'en est pas déjà servie pour un des siens. En entrant, je remarquai une porte latérale ; ce qui restait du mot « Messieurs » sur l'épaisse vitre dépolie était copieusement étoilé. Quelqu'un avait dû y fracasser une bouteille, ou plus probablement une tête.

Les clients étaient encore peu nombreux, car il était tôt. Je commandai une pinte de Kronenbourg et je l'emportai pour m'asseoir à l'autre bout d'un comptoir interminable, près de la fenêtre, et contempler de nouveau la mer agitée par la marée d'équinoxe. La pluie tombait à verse, à présent. Je m'en rendais bien compte tout seul ; le petit barman, en veste rouge, qui astiquait ses chopes de bière à cinq mètres de moi, n'avait pas besoin de me le rappeler. Je regardai la mer comme s'il s'agissait, en fait, d'un sportif à l'entraînement – un joueur de cricket d'un bon niveau régional, qui n'a pas besoin de forcer son talent pour le match, mais qui doit travailler la relance de la balle : inlassablement, elle renvoyait des bouteilles de plastique d'une crête à l'autre de ses vagues visqueuses. En buvant une gorgée de bière, je vis trois autochtones en cirés, suroîts et bottes de caoutchouc qui descendaient lentement la pente abrupte de la plage de galets pour examiner la même scène. En même temps qu'eux, je l'observai depuis le bar, puis mon regard partit plus loin, au-delà des trois hommes, vers le sud, où la mer cessait d'être verte comme le rivage pour prendre le bleu lointain et glacé de la Manche, se retirant avec le reflux jusqu'à rencontrer, je suppose, les côtes de France ou tout autre obstacle suffisamment solide pour l'arrêter.

Je n'avais aucune raison particulière de me trouver là. C'était un dimanche ; en me réveillant, ce matin, je m'étais levé et habillé aussitôt, comme si j'étais encore pressé de me rendre à l'A14, avant de me rappeler – comme je finissais toujours par le faire une fois bien réveillé – que j'étais au chômage. Mais aujourd'hui, pris d'une envie soudaine de m'éloigner d'Acacia Circus, j'avais arraché la Ford aux mauvaises herbes qui lui rongeaient les pneus au bord du trottoir, et j'étais descendu à Brighton parce que ce n'était pas loin. C'était une occupation comme une autre – une façon d'oublier, au moins pendant une après-midi, qu'il m'était, en permanence, interdit de faire mon vrai travail parce que j'étais chômeur. J'avais une phrase-clé pour ne pas juger ma situation avec amertume. Je pensais sans cesse, comme je me le disais à ce moment même en buvant ma bière : « Après tout, si Frank Ballard – un type courageux, le meilleur copain que j'aie jamais eu, et qui se retrouve paralysé des deux jambes après une blessure par balle – si Frank Ballard peut supporter l'inaction sans devenir fou, alors, je peux bien en faire autant ». Finissant ma bière, je pensai : « D'ailleurs, est-ce que j'ai le choix ? » J'étais à la fois un être humain et un officier de police discipliné, et c'est pour concilier mon devoir et ma conception de la justice que j'avais frappé un autre officier de police, ce qui m'avait valu d'être jugé par mes supérieurs et mis à pied. L'incident s'était produit dans le cadre d'une enquête, l'affaire Mardy. A plusieurs reprises, j'avais conseillé à ce collègue de ne pas faire d'excès de zèle et de me laisser le champ libre, pour son bien et plus particulièrement pour celui de l'accusé ; mais comme il s'entêtait à se mêler de mes affaires, parce qu'il venait d'être promu inspecteur et qu'il n'aimait pas ma façon de travailler seul, j'avais fini par le frapper, lui brisant la mâchoire. C'est pourquoi je m'étais retrouvé devant une commission de discipline, où j'avais été entendu par trois officiers supérieurs, jugé coupable et mis à pied – et cela remontait à un an, maintenant.

Mais s'il fallait le refaire, je recommencerais ; je sais que j'ai les mains propres.

Comme j'avais envie de sortir un moment, je me rendis jusqu'à Palmyra Square, où l'on m'avait envoyé, bien des années plus tôt, pour enquêter sur le décès d'un jeune couple qui habitait l'appartement du dernier étage, au numéro 8. En fait, cela n'avait pas servi à grand-chose que je me rende sur place, car ils étaient morts tous les deux, et il n'y avait rien que j'aurais pu découvrir ni ajouter à ce que la police de Brighton savait déjà : le couple pratiquait, depuis un certain temps déjà, le vol de cartes de crédit, et cela devait, fatalement, mal se terminer. Avant de mourir, ils firent un déjeuner somptueux chez Wheelers, invitant les autres clients à leur table au moment du cognac ; puis, main dans la main, ils descendirent la plage de galets d'où je venais de contempler les vagues, et ils avancèrent dans l'eau. La mer fit d'eux ce qu'ils attendaient d'elle, et les ramena sur la plage à son heure, gorgés d'eau et couverts d'algues verdâtres, le visage d'un blanc grisâtre, encore presque enlacés. Je ne sais pas pourquoi, mais quand je les découvris ainsi à la morgue de Brighton, je fus pris d'une fureur que je ressentis, au fond de moi, comme légitime.

Je regardai de nouveau vers la mer. Nous étions à la fin du mois de février, le vingt-six, et brusquement la brève après-midi d'hiver préféra renoncer ; elle se dispersa dans une fuite éperdue vers la nuit, poursuivie par de petits nuages sales.

Après cette affaire, je m'en souviens, j'étais rentré chez moi vers deux heures du matin pour y retrouver ma femme, Edie.

– Tu as une tête épouvantable, me dit-elle. De quoi s'agissait-il ?

– D'un double suicide à Brighton, un garçon et une fille. Banques, cartes de crédit... On a demandé à l'Usine d'envoyer quelqu'un.

– Pourquoi te mets-tu dans un état pareil ? demanda Edie. Ce genre de choses arrive tous les jours. Tu n'as qu'à ouvrir le journal.

– Je le sais bien, et j'ai toujours voulu comprendre pourquoi.

– Eh bien, c'est pour ça qu'on te donne un salaire – chercher une explication – si on peut appeler ce que tu gagnes un salaire.

– C'est justement ce que je viens de faire, répondis-je ; mais la question n'est pas là ; il s'agit de savoir si deux vies humaines ont moins de valeur qu'une saloperie de rectangle en plastique.

– Il faut bien que le public soit protégé.

– Mais le public, c'était eux, espèce d'idiote.

– Ils ont essayé de mettre la main dans la caisse, et ça n'a pas marché, conclut Edie d'un ton sévère.

Cela avait toujours été une cause de mésentente entre elle et moi : Edie et son père considéraient qu'en dehors des gradés, les membres de la police leur étaient socialement inférieurs. Ce n'était pas pour rien qu'elle était la fille d'un important grossiste en fruits et primeurs, qui faisait venir des pommes du Kent par trains entiers.

Je me souviens qu'elle me demanda ensuite :

– Gratte-moi le dos, tu veux bien ? Ça me démange entre les épaules, à un endroit que je ne peux pas atteindre.

En me couchant près d'elle, j'ajoutai :

– Je les ai vus.

– Tu as vu quoi ? Ecoute, arrête un peu, tu veux bien ? Pourquoi tu n'arrêtes pas cinq minutes ?

– J'ai vu leurs cadavres, expliquai-je.

– Alors ?

– La mer n'en a pas laissé grand-chose, bon Dieu !

– Ah oui ? fit Edie. (Elle ajouta :) J'aimerais vraiment que tu t'abstiennes de jurer.

– Dans mon métier, Edie, on ne peut pas s'en empêcher, tu sais ; parfois, les mots remplacent les larmes.

– Si seulement tu pouvais dormir, dit-elle. Il est presque quatre heures.

– Je n'y arrive pas, Edie. Pourquoi ne peux-tu pas te comporter, ne serait-ce qu'une minute, comme une épouse, et me tenir dans tes bras un instant sans dire un mot ?

Mais elle poursuivit :

– Je pense que tu devrais le savoir, et papa est de mon avis : par moments, j'en ai assez de te traîner comme un boulet, avec tes idées malsaines et ton petit grade de simple inspecteur qui n'aura jamais d'avancement parce que Monsieur estime que ce n'est pas le rang qui compte.

Se redressant bien droite sur son séant, Edie montra son ventre avant de hurler :

– Oui, c'est ça, puisque tu es content de toi, regarde ce que je traîne à cause de toi, Monsieur le petit inspecteur aux idées grandioses – par moments, je te le jure, tu me parais bien trop sensible pour travailler dans la police ; et maintenant, il y a cette gosse qui va naître au mois de mai, avec toutes les dépenses que ça va entraîner, et il n'y a pas de danger que ça t'empêche de dormir ! La naissance est pour le vingt, a dit le docteur, et je te préviens que je suis à deux doigts de ne plus vouloir en entendre parler.

Mais bientôt, Edie s'étendit de nouveau et sa voix s'estompa ; j'en fus soulagé. Cette nuit-là, je compris que j'avais épousé Edie pour son corps fatal, son corps extraordinaire, et non pour ses opinions. Je me rendis compte qu'un corps de femme, si fabuleux fût-il, ne suffisait pas à compenser des opinions totalement opposées aux miennes. Je savais déjà que je désirais cet enfant à naître (qui allait être, pendant neuf courtes années, ma fille Dahlia) infiniment plus qu'Edie ne la désirait elle-même. J'aimais déjà Dahlia avant même qu'elle fût née, ce qui explique peut-être pourquoi Edie l'a toujours détestée – qui sait ? – et l'amour que je portais à cette enfant signifiait que, pour son bien, je trouverais toujours le moyen de tolérer Edie ; je parviendrais bien, d'une façon ou d'une autre, à devenir sourd. Cette nuit-là, je n'avais rien désiré de plus que de serrer Edie contre moi à un moment où, après cette journée à Brighton, j'étais fragile et vulnérable. Ce dont j'avais besoin, c'était un peu de cette sécurité primitive que le corps d'Edie procurait à l'enfant qu'elle portait. Il ne m'en fallait pas plus pour me ressaisir, puis, une fois rassuré, me sentir capable de replacer dans son contexte l'image de ce couple verdâtre encore enlacé dans une étreinte minée par la décomposition, de leurs visages boursouflés, vides d'expression, et rongés par les poissons – ce que j'attendais d'Edie, c'étaient ses baisers, son réconfort, pendant quelques minutes seulement, et qu'elle me prouve ainsi que l'amour peut bannir la pourriture indolente et glacée de deux paires d'yeux qui ont passé huit jours sous l'eau.

Nous avons tous nos moments de faiblesse.

* * *

Quand je revins à Acacia Circus, le téléphone sonnait. Je me dépêchai de glisser ma clé dans la serrure, mais le temps que j'ouvre la porte, la sonnerie avait cessé. Malgré tout, quelque chose me disait qu'elle n'allait pas tarder à retentir de nouveau ; c'est une impression que j'avais eue en entendant le téléphone, rien de plus, et il ne s'agissait pas d'une intuition. D'abord, il est très rare qu'on m'appelle ; et puis, sur le chemin du retour, je m'étais arrêté à Battersea pour boire une Kronenbourg à la *Princesse de Galles*, et le hasard avait voulu que trois clients entrent après moi, dont l'un tenait l'édition du dimanche du *Recorder* qu'il posa sur le comptoir, près de moi, ouvert à une page intérieure. Le titre annonçait : « Massacre à la hache : un odieux double meurtre ». Je demandai à mon voisin :

– Ça ne vous ennuie pas que je jette un coup d'œil ?

– Je vous en prie.

Dépliant la page sur le comptoir, je me penchai dessus.

Mme Betty Carstairs, 86 ans, demeurant 19 Empire Gate, South Kensington, et une femme d'une trentaine d'années répondant au nom de Dora Suarez, ont toutes deux été trouvées mortes, assassinées dans des circonstances épouvantables, tard dans la soirée d'hier, par une de leurs voisines, Mme Philippa Drewe. Il ne fait aucun doute que le meurtrier a pénétré dans l'appartement par une fenêtre du salon donnant sur l'arrière du vieil immeuble victorien, et qu'il est reparti par le même chemin. L'appartement se trouve au rez-de-chaussée, mais il y a une certaine hauteur entre la façade de derrière et le sol, et la police a acquis la certitude que le meurtrier s'est servi de la gouttière qui descend jusqu'à un carré de jardin en friche situé à sept mètres cinquante en contrebas. Mme Carstairs, catapultée avec une rare violence dans le coffre de son horloge à balancier, est morte sur le coup ; son amie, ou sa locataire, a été, quant à elle, littéralement taillée en pièces à coups de hache. L'inspecteur principal Charles Bowman, de la Criminelle, qui est actuellement chargé de l'enquête, nous a déclaré avec son franc-parler habituel : « Vous pouvez difficilement vous attendre à ce que je fasse un commentaire sur cette affaire répugnante alors que je viens à peine d'arriver sur les lieux ; il se pourrait très bien que je confie l'enquête à des collègues, car je m'occupe en ce moment de la disparition de la princesse yougoslave à Walthamstow. »

C'était un simple entrefilet, mais en le lisant, j'éprouvai une impression étrange. Finissant ma bière d'un trait, je partis aussitôt.

Au volant de la Ford, en rentrant à Acacia Circus, je repensai aux nuits, aujourd'hui lointaines, où j'avais fait l'amour avec Edie. Une fois, juste avant la mort de Dahlia – je veux dire, juste avant qu'elle tue notre fille – Edie m'avoua que de toutes les fois où nous avions fait l'amour, il n'y en avait eu que trois où elle s'était sentie proche de moi ; le reste du temps, m'apprit-elle, elle était complètement absente. Quelque part, au fond de moi, je l'avais compris, moi aussi ; certaines nuits, pendant que mes mains caressaient son corps, j'avais su qu'Edie était plongée dans des rêves de haine, ou, tout simplement, absorbée par ses projets d'achat d'une paire de rideaux neufs. A cause de son déséquilibre mental – dont je n'avais pas su admettre l'existence avant qu'il fût trop tard – elle n'était jamais sincère avec moi, sur aucun sujet, mais réagissait à toute approche de ma part avec une gentillesse parfaitement superficielle que je me surpris, dans les derniers temps, à ne plus pouvoir supporter, malgré tous les efforts que me poussait à faire l'éternel désir physique que m'inspirait son corps ; jusqu'à ce que, vers la fin, même cette sinistre coquetterie – seule ressource que lui laissait sa folie pour affronter les autres – ne parvînt plus à se manifester qu'après une soirée passée au *Maid's Head* à boire des rhum-coca. Parfois, elle pouvait très bien, aussi, se mettre à hurler si je faisais mine de la toucher, alors que le bébé dormait dans la chambre voisine.

Depuis longtemps déjà – cela faisait huit ans que Dahlia était morte et Edie internée à Banstead – je me surprenais à ne penser à Edie que lorsque je sentais qu'il allait m'arriver quelque chose d'abominable, un événement capital et irrévocable de mon existence. Et, ce soir, pour la première fois depuis que j'avais été renvoyé de la police, alors que j'étais au volant de ma voiture, une image d'Edie hantait mon esprit de nouveau, Edie qui avançait vers moi d'un pas lourd, dans sa robe indéchirable, en radotant ses insanités incohérentes. Edie m'avait si profondément imprégné que je me souviendrai d'elle toute ma vie, sans espoir qu'elle me laisse en paix ni que je puisse la remplacer ; et comme elle avait elle-même commis un meurtre, elle m'a permis de comprendre les meurtriers bien mieux que je n'aurais pu le faire autrement : leurs écarts, leurs fugues tapageuses, les tiraillements destructeurs de leur propre insécurité qui se manifestent par une violence absente, leurs désirs exprimés d'une façon que l'on croyait depuis longtemps disparue... Mais le mal ne disparaît jamais. Autrefois, lorsque j'atteignais l'orgasme avec elle, Edie gémissait, criait, hurlait comme au comble de l'extase. Mais je découvris par la suite qu'elle n'avait jamais compris ce que signifiait ce mot. J'avais toujours été trop absorbé par mon travail, et, en même temps, trop aveuglé par mes sentiments envers elle pour voir Edie avec objectivité ; mais ce que je compris peu à peu, c'est qu'elle essayait patiemment, vis-à-vis de moi, différentes attitudes, toutes copiées ; et que de son point de vue, je n'étais qu'un morceau de carton, sans épaisseur, découpé de façon à ressembler vaguement à un homme. Comme tous les meurtriers, elle savait qu'elle ne devait pas commettre trop d'erreurs grossières. C'est pourquoi elle s'appliquait, patiemment, avec intelligence, à formuler ces simulacres de sentiments qui me rendaient aveugle et m'asservissaient à elle. Dans son jeu, après tout, elle détenait l'as de cœur – ma passion pour elle – et c'est ainsi qu'elle finit par me dominer en se jouant de moi, sachant que sa haine ne devait jamais transparaître, ces nuits-là, et qu'il était inévitable que je la possède si elle voulait passer pour normale. Alors, quand je la rejoignais, ses longs cheveux étaient toujours étalés sur l'oreiller, et elle m'entourait aussitôt de ses épais bras blancs, m'ouvrait ses cuisses, son ventre, fermes et apparemment brûlants, que contredisaient totalement cette bouche acerbe et ce regard faux qu'elle a encore aujourd'hui quand je vais la voir à Banstead ; et d'une voix à peine audible, elle me parlait de son amour pour moi...

Malgré l'accablement qui envahissait mon cœur et mon esprit, je n'ai jamais voulu admettre que cet amour était un faux-semblant, car je ne pouvais pas me passer de son corps, comme j'aurais dû le faire si j'avais jugé Edie sur sa raison.

J'ai payé le prix fort pour apprendre ce que je sais ; cette expérience m'a été utile dans mon travail, pour juger les actions et les mobiles des autres ; et j'ai compris depuis longtemps que le justicier, pour être véritablement la flèche qui arrêtera les assassins, doit avoir eu affaire, au cours de sa vie personnelle, à l'un d'entre eux.

Sortant une boîte de bière du réfrigérateur, je perçai l'opercule et m'assis à ma table de cuisine aux pieds chromés dont le plateau de formica est d'un bleu glacial. J'avalai une gorgée de bière en essayant de réfléchir à ce que cela représentait d'être assassiné. Je tentai d'imaginer la terreur de Carstairs et de Suarez quand le tueur avait soudain fait irruption dans l'appartement, samedi soir, jusqu'à ce que, finalement, pour un instant très bref, je devienne physiquement Suarez subissant l'assaut du tueur, et que je me sente aussi pétrifié qu'elle lorsque la hache se planta dans son bras avec toute l'énergie accumulée pendant sa descente en arc de cercle.

Le téléphone sonna de nouveau. Je décrochai.

– Oui ? fis-je.

La Voix annonça, comme si je n'avais jamais été absent :

– Voilà, c'est fait. Vous êtes réintégré dans la police.

– A l'A14 ?

– Oui.

Je demandai :

– Ça n'a strictement rien à voir avec ce double meurtre à la hache à Kensington, je suppose ? Carstairs et Suarez ?

– Si, au contraire. Vous en avez entendu parler ?

– J'ai lu un entrefilet dans le journal, en revenant de Brighton. (J'ajoutai :) Je suis un simple citoyen, à présent ; rien ne m'oblige à me laisser si facilement convaincre de retourner à Poland Street.

– Bien sûr que si, affirma la Voix. On vous attend ; venez tout de suite.

– Rien n'est fait, dis-je. Il y a l'affaire Fox, la commission de discipline, sans oublier tous les dégâts que je peux provoquer, quand on essaie de me faire travailler en équipe avec une bande de connards.

– Tout est arrangé ; l'affaire Fox est oubliée parce que je suis à court de personnel.

– Vous faites tout pour me donner le sentiment qu'on tient à me revoir.

– Personne ne tient particulièrement à vous revoir, précisa la Voix, mais moi, j'ai besoin de vous. Ce n'est pas du tout la même chose. Alors, vous allez venir tout de suite à l'Usine. Magnez-vous le train. A propos, il y a un copain à vous, l'inspecteur Stevenson de l'A14, qui s'occupe d'un autre meurtre commis à Clapham moins d'une demi-heure après la mort de Carstairs et Suarez, et il voudrait vous parler. En arrivant ici, vous demanderez mon adjoint, le commissaire Jollo, vous signerez un papier contre lequel il vous remettra un mandat. Ensuite, vous irez voir l'inspecteur principal Bowman, à la Criminelle ; c'est lui qui est arrivé le premier sur les lieux. Il vous emmènera à Kensington. Voyez aussi Stevenson le plus tôt possible. Maintenant, au travail, dépêchez-vous. A part vous, je n'ai personne d'assez obstiné à mettre sur cette affaire, alors, faites vite. On me harcèle en haut lieu pour que j'obtienne des résultats.

– Et pourquoi ? demandai-je.

– C'est aux cadavres que vous devrez poser vos questions, répliqua la Voix. Pas à moi. Ça ne sert à rien.

La communication fut coupée.

* * *

En arrivant à Poland Street, je tombai sur Bowman. Il portait un blouson de cuir noir flambant neuf qui me fit comprendre à quoi finiraient par ressembler les vieux hippies aux approches de la soixantaine, et son visage avait une couleur bizarre.

– Qu'est-ce qui t'arrive ? demandai-je. Tu as la grippe ?

– Ne commence pas, fit-il. Je te conseille simplement de ne pas commencer, sergent, un point, c'est tout. Maintenant, allons-y, la voiture nous attend.

Ce pauvre Bowman me faisait pitié. Et ce qui avait toujours provoqué des tensions entre nous, c'était que cela se voyait.

Empire Gate est une artère qui descend plein sud, perpendiculairement à la Tamise, et derrière laquelle se trouvent Kensington Palace et l'ambassade soviétique. Bien qu'elle s'étende sur plus de quinze cents mètres, ce fut assez facile de repérer le porche en stuc que nous cherchions : un agent en uniforme était en faction sous le portique, au pied de l'escalier menant à l'immeuble. Il était onze heures, ce dimanche matin, au moment de notre arrivée. Le soleil de février, de la couleur d'une fausse pièce d'or, baignait d'une lumière pâle le trottoir sale et désert, et les grosses Mercedes des troisièmes secrétaires garées devant des ambassades douteuses. Avec son charme habituel, Bowman lança au flic de garde :

– Bowman, de la Criminelle. Ouvre-nous, fiston. (Il ajouta en me désignant :) Et dis à tes copains que c'est cet inspecteur qui reprend l'enquête, pour que tout le monde soit au courant. D'accord ?

– D'accord, répondit le flic en me dévisageant. Je vois qui c'est.

Ouvrant la voie, il nous emmena dans un long couloir au tapis usé qui traversait tout le rez-de-chaussée jusqu'à une porte sombre encastrée sous un escalier.

– Ils sont déjà tous passés ? demandai-je à Bowman, en parlant des gars du labo.

– Oui, répondit l'agent en tenue.

Il sortit une clé plate de sa poche et me la tendit. Bowman lui dit :

– Maintenant, retourne à l'entrée, et restes-y jusqu'à ce qu'on te demande de faire autre chose.

L'agent répliqua :

– Dire qu'on m'a offert une bonne place dans une boulangerie à Camden Town...

– Alors, n'hésite pas, fiston. Prends-la. T'as bien raison. A quoi ça rime de faire le pied de grue dans les courants d'air, à se geler les couilles ?

Quand le flic fut parti, Bowman me demanda :

– Tu entres le premier ?

– C'est toi le général en chef, dis-je, à voir la façon dont tu viens de débarquer ici.

– Oui ; seulement, ce n'est que la deuxième fois que je vais entrer là-dedans, fit Bowman.

Il avala sa salive.

– C'est si moche que ça ? demandai-je.

– Oui.

– D'accord. Alors, reste dans le hall avec le boulanger en uniforme.

– Pas la peine, dit Bowman, mais j'aimerais bien que tu entres le premier.

Je n'avais jamais vu Bowman dans un état pareil. Prenant la clé plate, je la glissai dans la serrure, ouvris la porte, et entrai. Ce que je vis en premier, ce furent les membres inférieurs de Betty Carstairs, parce qu'ils étaient juste devant mes pieds. Ils sortaient de l'horloge oblique qui gisait, affalée, contre le mur crasseux, juste derrière la porte, comme un ivrogne qu'on aurait passé à tabac. Le haut de l'horloge était tombé sur la tête et la poitrine de la vieille femme, et autour du cadavre, parmi les flaques de sang, le sol était jonché de débris divers – des éclats de bois, des morceaux de verre, les fragments d'un pot de chambre, et même l'un des poids en plomb du mécanisme. Je remarquai, fugitivement, que le cadran de l'horloge était décoré d'une vue sur la Tamise, avec le château de Windsor en arrière-plan. Une sorte de barque flottait sur le fleuve.

Ensuite, je pris conscience du désordre insensé qui régnait dans le petit vestibule victorien. Une forte odeur d'urine envahissait tout. Un vieux bonnet de laine traînait sous la table du téléphone ; les fils de l'appareil étaient arrachés. Il y avait du sang sur le bonnet. Il avait dû jaillir du crâne de Mme Carstairs, au moment où elle avait percuté l'horloge. Juste derrière le cadavre, un étroit couloir partait en biais vers une porte de cuisine coincée en position ouverte par un tapis gorgé d'humidité. Dans toute cette partie de l'appartement, le vestibule et la cuisine, il faisait un froid noir.

Je pénétrai dans la cuisine ; elle était encore éclairée par une ampoule sale et anémique perchée près du plafond. La pièce était très haute, mais elle était bourrée de vieilleries entassées jusqu'aux vestiges de sa corniche en stuc. Des malles, des téléviseurs antiques datant de l'époque où Dieu réclamait encore son biberon, servaient de support à des piles de valises et de cartons cabossés, débordant de ce genre de camelote qu'on essaie d'éviter dans la partie miteuse de Portobello Road ; des piles d'assiettes fêlées s'élevaient sur des fauteuils inconfortables recouverts de moleskine de style chemin de fer. Sur le plancher traînaient des fourchettes à poisson en métal rouillé, à manche de simili ivoire ; des coupons de tissu, une pile de feutres pour homme datant des années trente, des jupes en serge, des bas en rayonne, des dessous roses de nouveau à la mode après une éclipse de soixante-dix ans – tout ce bric-à-brac débordait de valises aux serrures déglinguées portant des étiquettes de compagnies maritimes : *P & O - Bagages accompagnés,* ou bien de sacs poubelle du modèle standard distribués gratuitement par la municipalité. Si bien que le seul espace libre était une enclave située sous une fenêtre masquée par du papier rouge foncé. L'odeur de pourriture douceâtre qui infestait la pièce provenait d'un lit bas, défait, au sommier calé par des bouquins et garni de deux matelas. Tirant les draps, je découvris que les matelas étaient imbibés d'urine et incrustés de crasse.

Perpendiculairement au lit se dressait un vieux réfrigérateur General Electric dont le moteur ronronnait continuellement ; il allait continuer de tourner jusqu'à ce qu'il finisse par flamber, parce que la carcasse de l'appareil était depuis longtemps percée par la rouille. En face du frigo, il y avait une vieille cuisinière New World graisseuse, en émail gris moucheté, estampillée « Série I - 1940 » ; le four était bourré de plats immenses comme en utilisaient les familles nombreuses il y a cinquante ou soixante ans. Une bouilloire cabossée, en aluminium, était posée sur l'un des brûleurs, près d'un morceau de lard qu'on avait oublié là et qui commençait à pourrir, et il y avait une fuite de gaz quelque part, probablement dans le chauffe-eau vieux d'un demi-siècle qui alimentait le robinet de l'évier.

Dès que je m'en sentis capable, je retournai dans le vestibule et m'agenouillai près du corps de Betty Carstairs. J'observai sa position dans les moindres détails, évaluant la force avec laquelle on l'avait catapultée dans l'horloge, et j'examinai chaque centimètre carré de ses vêtements. Ce que je remarquai en premier, ce fut un bout de cuisse nue et décharnée, dont la peau fripée apparaissait entre un mi-bas en fil d'Ecosse, et une vieille jupe en tweed épais. Seulement, tout ce dont Betty Carstairs avait pu, autrefois, s'enorgueillir, était devenu à présent aussi absurde qu'un soldat mort après une bataille ; la femme qu'elle croyait être avait volé en éclats sous l'assaut de la violence subie.

L'appartement était si sombre que je sortis ma lampe torche pour examiner ensuite, comme je devais le faire, l'angle de la tête de Mme Carstairs par rapport à ses épaules ; puis, en palpant doucement sa nuque, j'eus la confirmation que le cou était brisé. Au cours de cet examen, je fis légèrement pivoter son crâne ; sa prothèse dentaire, qui était à demi sortie de la bouche, reprit sa place normale comme avec gratitude, et les lèvres de la vieille dame, bien que figées, semblèrent esquisser un sourire. A ce détail près, son visage avait été défiguré par la terreur, son expression annihilée, effacée à tout jamais, et remplacée par cet air espiègle qu'affichent les morts au bout de quelques heures.

Je demandai à Bowman qui se tenait derrière moi :

– On a déjà déterminé l'heure du décès ?

– Les toubibs pensent qu'il n'a pas pu avoir lieu avant onze heures du soir, ni après une heure du matin. Mais, bien sûr, il faudra attendre les résultats de l'autopsie.

– Il me les faudra le plus tôt possible.

– Tu sais comment ils sont, là-bas, dit Bowman. Tu

auras besoin de les bousculer un peu.

– S'il faut les bousculer, je m'en chargerai, fais-moi confiance.

– Tu sais, ajouta Bowman, on panique sérieusement dans les hautes sphères, à propos de cette histoire. Il va falloir que tu te défonces pour les calmer un peu.

– C'est la presse qui les inquiète, dis-je, pas les cadavres. Et pour ce qui est de me défoncer, ne t'inquiète pas, ils ne seront pas déçus.

– Tu ferais mieux de jeter un coup d'œil dans l'autre pièce, maintenant, fit Bowman.

Je caressai la main droite, à demi ouverte, de Betty Carstairs, avant de répondre :

– Bon, d'accord, on va aller voir la fille.

– Attends, dit Bowman. Prenons tout notre temps.

– Qu'est-ce que ça changera ? demandai-je.

Combien de temps avait duré mon face-à-face avec la morte ? Quel effet cela avait-il eu sur moi ? Combien de minutes m'avait-il vraiment fallu pour me pencher sur Betty qui gisait dans l'horloge, pour caresser son visage tuméfié, sa main ouverte, et ôter les éclats de bois répandus sur sa poitrine creuse ?

– Allons-y, fit Bowman.

Mais il était très pâle, et je l'arrêtai en posant doucement ma main sur son épaule ; et ce geste me parut bizarre, car il était destiné à un homme que, d'habitude, je haïssais intensément.

– Non, dis-je. Reste là.

Il n'y avait plus d'atermoiement possible, alors, j'entrai lentement dans la chambre jaune sombre où se trouvait la fille. En poussant la porte, je remarquai quelques traînées de sang qui séchaient sur le seuil. Dans la lumière pauvre de février, elles tiraient vers le noir, tout comme les traces rouges qui maculaient la peinture écaillée de la porte et du chambranle. Je fus tellement saisi par ce que je découvris que je me comportai comme un personnage pris dans un cauchemar ; j'avais l'impression de flotter au-dessus du sol, propulsé malgré moi vers le corps, au lieu de m'en approcher de mon plein gré. Le cadavre était étendu entre deux lits, et l'odeur de ses entrailles commençait à se manifester, mais au bout d'un moment, je me penchai pour toucher la flaque de sang la plus proche du corps. Il était déjà froid, et une croûte se formait à sa surface en raison de la température glaciale qui régnait dans la pièce ; sous la croûte, il était visqueux, poisseux. Il y avait du sang répandu sur le plancher, où il s'infiltrait dans le bois nu ; il s'étalait aussi, en larges taches, sur les couvre-lits, sur les meubles branlants qui puaient la misère, sur les murs ; des amas plus denses restaient collés çà et là sur des surfaces lisses. En poursuivant mon examen, je découvris que le meurtrier avait léché et mangé de petits morceaux du corps de la jeune femme. Il avait aussi éjaculé contre le haut de sa cuisse droite. Près de la cheminée bouchée par des planches, quelque chose attira mon attention ; en allant y voir de plus près, je découvris un petit tortillon d'excréments noirâtres.

Bowman me rejoignit et regarda avec moi le petit étron durci.

– Pourquoi y a-t-il autant de types qui se croient obligés de faire ça ? demanda-t-il.

– C'est une manifestation de leur égoïsme et de leur surexcitation, expliquai-je. Cela fait partie d'un processus extrêmement compliqué qui mène à l'orgasme – c'est aussi la signature d'un illettré, qui trace une croix au bas d'un document.

Bowman remua le colombin du bout de sa bottine de luxe provenant de Regent Street.

– Ce type, tu crois que tu as des chances de le choper ? demanda-t-il.

– Je le coincerai, affirmai-je.

– On t'en croit capable, dit Bowman, mais ne t'imagine pas qu'on va se mettre en quatre pour te rendre service.

– Je me débrouille très bien tout seul pour trouver de l'aide quand j'en ai besoin, répliquai-je. Pour ce qui est des services, tu risques de te mordre les doigts de m'avoir mis sur cette affaire. (J'ajoutai :) Maintenant, tire-toi, Charlie, tu veux ? J'ai envie d'être tranquille.

– Dis donc, sergent, je te conseille de baisser le ton.

– C'est mon enquête, fis-je. Sors. Je veux rester seul avec elle.

Quand Bowman fut parti, je m'agenouillai à côté du corps de Dora, et, aussitôt, je me sentis proche d'elle, et en même temps séparé d'elle par une distance que je n'avais aucun moyen de décrire. Elle était très mince, et portait les vestiges ensanglantés d'une robe neuve au tissu rose et blanc orné de fleurs sombres ; l'ourlet lui couvrait tout juste les genoux. A première vue, en regardant ses jambes repliées sous elle, la partie inférieure de son corps, des hanches jusqu'aux pieds, me parut trop lourde par rapport au reste, en contradiction avec l'élégance de ses épaules frêles et de son visage mat. Puis je compris que c'était dans cette position, calée contre le lit, qu'elle s'était vidée – la loi de la pesanteur avait gorgé ses jambes de sang, comme on remplit une saucisse de viande, et c'est ainsi que la mort l'avait laissée.

Il me fallut un long moment avant de trouver le courage d'examiner de près son visage dont tout un côté n'était plus que balafres effrayantes, entailles béantes, ecchymoses, os brisés... Je n'avais pas voulu le faire avant d'être seul, et pourtant, être seul avec elle rendait les choses plus difficiles encore, pour commencer, car je redoutais, en la regardant, de me laisser emporter si loin que je ne pourrais plus revenir en arrière. J'avais peur de la regarder, comme j'aurais eu peur de me noyer.

Malgré tout, quand je finis par scruter son visage, je m'aperçus que j'étais loin d'avoir peur ; en revanche, j'étais en larmes. L'autre côté était intact, à l'exception d'une traînée de sang qui avait coulé le long de la joue. La hache avait frappé latéralement, avant de plonger de haut en bas. Les yeux avaient été épargnés ; ils étaient noirs, ironiques, aux trois quarts ouverts – telles des amandes aveugles dirigées vers un angle du plafond haut avec la futilité espiègle des morts.

Au bout d'un moment, je sortis ma lampe de poche pour éclairer le corps, car l'endroit où la jeune femme s'était effondrée pour mourir, entre les deux lits, était complètement obscur, et le vieux plafonnier blanc, voilé d'une épaisse couche de poussière, était trop mal placé pour éclairer suffisamment Dora. Dans la lumière crue de la lampe torche, ses yeux indifférents brillèrent d'une lueur froide qui se perdit au-delà de moi. A leur surface commençait déjà à se déposer la poussière de notre grande capitale. Elle était encore très belle, et le resterait pendant quelques heures de plus, si on ne regardait que son profil intact, car il n'y avait que peu de temps qu'elle avait cessé de vivre. Seul son front, plissé d'un trait rigide sous l'effet de la terreur, gâtait son expression, et ses lèvres manquaient de naturel ; légèrement ouvertes, mais avec indolence, elles découvraient les dents, comme si, finalement lassée par quelque discussion interminable, elle laissait transparaître son ennui. La mort avait commencé son travail, ombrant son visage depuis les joues jusqu'à la lisière de ses cheveux qui poussaient en V sur son front. Mais pour moi, le détail le plus triste – parce que totalement incongru – c'était ce bras intact et tendu loin du corps en un geste d'invite, comme si elle faisait signe au monde entier de la suivre sans crainte. Ce fut seulement lorsque, en lui palpant le dos, je sentis sa colonne vertébrale pliée selon un angle impossible contre le rebord du lit, que je compris comment, dans les derniers instants d'une agonie abominable, la pauvre petite avait tenté de se relever, d'échapper à la mort pour quelques secondes encore afin de trouver une explication à tout ce qu'elle allait devoir si brusquement quitter.

Non loin d'elle, à un mètre des lits, il y avait une table basse qui n'avait pas été renversée pendant la lutte ; elle portait un magazine ouvert sur une publicité d'agence de voyages, proposant des vols à tarif réduit pour Hawaii. Il me sembla que c'était sans doute le dernier rêve d'évasion qu'avait fait Dora avant de mourir, et en le lisant, je sentis toute sa présence, un chagrin infini, concentrés sur cette double page. Sur la photographie aux couleurs vives, des palmiers aux feuilles portées par le vent se courbaient vers l'océan, tendues vers les vagues étincelantes ; sous les arbres, un jeune couple contemplait, au-delà de plusieurs kilomètres de plage déserte, le Pacifique qui s'étalait à l'infini, jusqu'à finalement disparaître dans le coupon-réponse à renvoyer tout de suite pour bénéficier de la réduction valable jusqu'au premier juillet seulement.

Ce fut à ce moment-là, et à ce moment-là seulement, que je compris ce que signifiaient vraiment la légitime fureur et le désespoir des victimes, et le désir me vint de me pencher sur Dora Suarez et de lui murmurer : « Ce n'est rien, ma chérie, ne t'en fais pas, tout ira bien ; je suis là, maintenant, tout ira bien... » Cette impulsion fut si forte en moi que je me mis à genoux et j'embrassai ses courts cheveux noirs qui gardaient l'odeur du shampooing à la pomme verte avec lequel elle les avait lavés la veille ; seulement, à présent, ils étaient ternes, poisseux de sang séché, raides et froids.

Sortant de l'immeuble, je traversai la rue jusqu'à la voiture de ronde garée en face, et je dis au conducteur :

– Appelez-les par radio pour les avertir qu'ils peuvent venir prendre les corps.

Sur le siège arrière, Bowman était plié en deux.

– Qu'est-ce qui t'arrive ? demandai-je.

– Mon ulcère qui me travaille.

J'annonçai :

– En attendant l'ambulance, je vais retourner là-bas pour fouiller dans leurs affaires.

– C'est déjà fait, dit Bowman.

– Par l'A14 ?

– Bien sûr que non. Par des vrais pros. Ceux de la Criminelle.

– Pas suffisant.

– Comment ça, pas suffisant ? Tu ne trouves pas que tu charries un brin ?

– Je vais faire ça à ma façon, Charlie. Tu n'as pas besoin d'attendre – je ne veux pas te retarder, ta princesse yougoslave a besoin de toi.

– Finalement, c'était une erreur de te faire revenir, dit Bowman.

Se tenant le ventre à deux mains, il grimaça de douleur.

– Tu devrais voir un médecin, pour ton ulcère, conseillai-je, avant d'ajouter : ce n'était pas une erreur. Je veux coincer l'assassin de Suarez et de Carstairs, quel qu'il soit. Je mène mes enquêtes à leur terme, mais cela me prend beaucoup moins de temps quand je n'ai pas un tas de parasites dans les jambes. Si tu ne me crois pas, demande à l'inspecteur Fox.

Furieux, Bowman partit aussitôt, après avoir claqué la portière qu'il avait ouverte pour cracher dehors. Il était toujours pareil à lui-même, impatient de laisser s'exprimer ses tendances sadiques ; pourtant, il n'avait jamais eu aucune prise sur moi. Il le savait bien, d'ailleurs, mais cela ne l'arrêtait pas pour autant, car ses obsessions étaient beaucoup plus fortes que son caractère.

J'appelai Stevenson à l'Usine. J'aimais bien Stevenson. Il avait rejoint l'A14, venant de Camberwell, peu de temps avant que je sois radié, et nous nous étions entendus tout de suite. C'était un blond au teint pâle, d'une trentaine d'années, qui donnait l'impression – à tort d'ailleurs – d'être sportif jusqu'au bout des ongles. Son sport favori, c'était de coincer les malfaisants en liberté – psychopathes ou truands – et il ne crachait pas sur une pinte de bière quand on lui en offrait une. Il était aussi partisan, comme moi, d'une réduction draconienne des tarifs demandés par les indics, ce qui trahissait peut-être son sang écossais. Il ne laissait pas une minute de paix à l'usine qui fabriquait les « Westminster bout filtre », fumant pratiquement la totalité de sa production du jour au lendemain. De nuit comme de jour, Stevenson recrachait leur fumée immonde au visage des types qu'il cuisinait dans le bureau 202, à l'Usine. A tous les niveaux, il était généralement bien noté, et sa réputation était celle d'un homme intelligent, pacifique, mais à qui il valait mieux éviter de chauffer les oreilles. En fait, Stevenson était plutôt un type dans mon genre, ce qui voulait dire qu'on pouvait discuter tranquillement, entre nous, sans être obligés de sortir le dictionnaire.

– Alors, demanda-t-il, comment va le moral ? On t'a mis sur l'affaire d'Empire Gate ?

– Oui, et c'est pour ça que je t'appelle, répondis-je. Sur les conseils de la Voix. Et c'est vrai que tu t'occupes de la mort de Roatta à Clapham ?

– Tout juste.

– C'était comment ?

– Ça dépend des goûts. Il faut aimer les salons décorés en rouge et gris. J'ai lu dans le *Recorder* que c'était de plus en plus à la mode, le style néo-macabre. Mais ce qui m'intéresse, c'est le peu de temps qui sépare ton affaire de la mienne.

– Il faudrait que ton meurtre ait été un vrai massacre pour qu'il s'agisse du même type, fis-je observer.

– Ne t'inquiète pas pour ça, dit Stevenson. C'est justement le cas.

– Ma foi, il me semble qu'il y a tout juste trois kilomètres d'Empire Gate à Clapham Common North Side, et on sait que les truands adorent les bagnoles. Oui, ça pourrait coller ; pourquoi pas ? Le temps de franchir quelques feux rouges, de passer le pont à une heure du matin... Et Roatta, comment est-ce qu'on lui a réglé son compte ? On ne lui a pas fait de cadeaux, tu m'as dit ? Je n'ai rien lu dans les journaux.

– Tout le haut du crâne éclaté, expliqua Stevenson. Il n'y a plus que la mâchoire inférieure, le reste décore le papier peint, sans supplément de prix. On l'a abattu avec un Quickhammer, 9 millimètres, et une balle dum-dum, si tu appelles ça un cadeau…

– En tout cas, j'appelle ça un manque évident de politesse.

– Ces tordus-là ne sont pas foutus d'apprendre les bonnes manières, dit Stevenson.

– D'un autre côté, ajoutai-je, je ne peux pas dire que ça me fende le cœur que Roatta nous ait quittés. On savait tout sur ce vieux Felix : membre du conseil municipal, notre ami et notre père à tous, et, en même temps, gros ponte des clubs du West End, et des réseaux de prostitution – sauf qu'on n'a jamais pu l'épingler pour quoi que ce soit. Malgré tout, c'est le tueur qu'il faut coincer, alors, d'accord, parlons-en pas plus tard que tout de suite ; parce que si la chance, pour une fois, était de notre côté, il se pourrait bien qu'il s'agisse du même bonhomme. On ne sait jamais. De toute façon, il faut bien commencer quelque part.

– A propos, demanda Stevenson, qui c'était, cette fille dont tu t'occupes, cette Suarez ? Quelqu'un de connu ?

– C'est justement le problème, répondis-je. Je me renseigne sur son compte dans tous les azimuts, mais pour autant que je sache, jusqu'à maintenant, elle est blanche comme neige. Rien au casier.

– Alors, ton hypothèse s'écroule, dit Stevenson, parce que si cette fille avait ne serait-ce qu'un lointain rapport avec Roatta, il est impossible que son casier soit vierge. Donc, on est à la recherche de deux meurtriers, et non d'un seul. Et c'est bien dommage.

– N'en sois pas si sûr, dis-je. J'ai passé Empire Gate au peigne fin, et j'ai trouvé un cahier, écrit de sa main, que je suis en train de lire – je n'ai pas encore fini, faute de temps, mais Suarez n'était pas irréprochable. Elle n'apparaît pas sous un jour très favorable, à mes yeux du moins, à travers ses propres confidences. (J'ajoutai :) Il y a quelque chose de très bizarre, dans cette histoire de double meurtre. Voilà deux femmes qui ont été littéralement massacrées, dont une taillée en pièces ; mais après avoir lu le journal intime de Suarez, je suis persuadé que l'assassin n'était pas n'importe qui, un fou furieux qui passait par là par hasard, sa hache à la main, et qui est entré parce qu'il y avait de la lumière. Je crois que Suarez était une prostituée. Je pense qu'elle aimait quelqu'un, d'un amour à sens unique. Ce que j'ai appris en la lisant, c'est qu'elle était au bout du rouleau. Et ce que j'ai vu en visitant l'appartement avec Bowman, c'est que ce dernier soir, elle s'était habillée comme une princesse, pour séduire... ou pour mourir. Son journal ne donne jamais de dates, seulement des jours de la semaine, mais je suis presque sûr que le samedi où elle annonce qu'elle va se supprimer, c'est précisément le jour où on l'a assassinée. Et, toujours d'après son journal, elle était aussi, sur le plan physique, très gravement malade. Pour moi, c'est une affaire qui sent le coup pourri.

– Ça nous arrangerait bien, dit Stevenson, si elle sentait aussi son Roatta.

– Ma foi, Carstairs/Suarez dégage effectivement ce genre de puanteur, fis-je. Si seulement on pouvait trouver un lien quelconque entre les deux. (J'ajoutai :) En tout cas, je serai là dès que la circulation me le permettra. Je pars tout de suite. Tu sais où on m'a mis ?

– Tu retournes au bureau 205.

– Je parie que mes tulipes en plastique ont disparu.

– Oui. Un connard a laissé la fenêtre ouverte, et un vautour échappé du zoo est entré dans le bureau pour chier dessus. Alors, une gentille petite auxiliaire féminine les a prises à bout de bras pour les balancer à la poubelle.

– Tant pis, fis-je, elles commençaient à avoir l'air un peu miteux. C'est dommage, mais j'en achèterai d'autres avec ma première paie, si je vis assez vieux pour l'encaisser. A propos, tu as vu Charlie Bowman dans la maison ?

– Ça alors, comme ça se trouve, dit Stevenson, le

voilà justement qui déboule, et il demande après toi. A voir sa tête, tu ferais bien de rappliquer à ton tour, parce qu'il est tout rouge, et il a l'air bizarre. Je t'attends.

– J'arrive.

– Tu sais, fit Stevenson, je suis content que tu sois de retour. Ça veut dire que j'aurai quelqu'un à qui parler dans la boîte, pour une fois.

– Il y a des gens à qui ça ne va pas plaire.

– Ils iront se faire foutre.

* * *

Quand je me retrouvai – Dieu merci – enfin seul, je retournai dans l'appartement pour l'explorer calmement dans la demi-pénombre. Les gars du labo avaient laissé chaque objet dans l'état où ils l'avaient trouvé. La fenêtre donnant sur le jardin (par laquelle, de l'avis de tous, le tueur était entré et sorti) était restée entrouverte ; la poussière couvrant le cadre, à la base, portait encore les traces laissées par ses gants lors de sa fuite précipitée.

Plusieurs fois de suite, je fis le tour des pièces ; j'étais au-delà des deux cadavres, à présent, parce que j'étais déjà avec eux.

Je savais ce que cela signifiait quand les gens de la Criminelle annonçaient qu'ils avaient fouillé un endroit. Leurs recherches étaient minutieuses, sans aucun doute ; cependant, dans la plupart des cas, elles étaient minutieuses sans être absolues, et c'est ce que je leur reprochais. La raison, c'était qu'ils prenaient rarement le temps de réfléchir pour savoir ce qu'ils devaient chercher. C'est ainsi qu'ils négligeaient, les jugeant sans importance, des indices que je m'empressais de ramasser. De la même façon, ils recueillaient précieusement dans leurs sacs spéciaux des objets qui se révélaient dépourvus d'intérêt.

Ce que je voulais trouver au plus tôt, c'étaient des

traces qu'auraient pu laisser Betty et Dora – des lettres, par exemple, ou même un petit mot griffonné à la hâte – un témoignage qui parle d'elles.

Du moment où j'eus refermé la porte à clé derrière moi pour éviter toute interruption, je commençai à exister dans cette chambre mortuaire. Je fouillai parmi les cartons, les malles et les valises. A elle seule, la cuisine en contenait plus d'une centaine. Mais à part quelques vêtements au bout de son lit, un soutien-gorge et une combinaison en train de sécher sur un fil dans la salle de bains, rien ne semblait appartenir à Dora.

Qu'avait donc écrit Wilfrid Owen sur le front de la Sambre en 1917 ?

« Etait-il bien nécessaire que les rayons d'un soleil
[imbécile
Se donnent tant de mal pour arracher la terre au
[sommeil ? »

L'idée s'imposa à mon esprit que des pièces comme celles-là, des situations de ce genre, constituaient la ligne de front des années 80 – cependant, l'appartement où je me trouvais semblait pire encore que mon lot habituel, car c'étaient précisément les personnes pour la défense desquelles les armées mortes s'étaient battues, qui avaient été assassinées à leur tour, et cette fois, nul n'avait pu les protéger.

Le peu de jour qui pénétrait dans l'appartement se mit à décliner tandis que je poursuivais mes recherches en attendant l'ambulance. Finalement, je dus allumer la lumière ; l'après-midi se refermait sur le crépuscule abrupt et précipité des jours d'hiver, qui teintait les hautes fenêtres d'un jaune sale et noyait d'ombre les platanes du jardin, alors que dans l'appartement du sous-sol quelqu'un jouait éternellement le même prélude de Chopin.

La nuit précédant mon voyage à Brighton, j'avais fait le plus merveilleux des rêves ; j'y rencontrais la femme la plus douce que j'aie jamais vue. J'étais au lit dans une chambre inconnue, dans un pays chaud. Mais la lumière violente du soleil méridional était atténuée, altérée par des volets à demi clos et il faisait frais dans la pièce au plafond haut. Je venais à peine de me réveiller, dans cette chambre, avec un sentiment de regret suscité par une absence mal définie. Cependant, je n'éprouvais aucune tristesse ; c'était un regret plein de tendresse. Et soudain, elle entra et s'agenouilla près de moi sur le lit.

La pièce où je me trouvais avait un air désuet ; le décor devait dater d'une bonne centaine d'années, avec son lit de fer peint en vert et son carrelage de tommettes hexagonales ; il pouvait s'agir, me sembla-t-il, d'une chambre d'hôtel, dans un pays étranger mal défini. L'inconnue, ni belle ni très jeune, avait une silhouette plutôt lourde, mais elle était bien habillée. Elle me sourit, tendant le bras pour me caresser le visage, et dit : « Je n'ai pas de nom. » Mais, quand elle apparut dans mon rêve, il me suffit de la regarder pour penser aussitôt : « Ah, enfin, vous voilà... Maintenant, nous sommes deux. Ensemble, nous allons pouvoir faire du bon travail. » Et cette idée me procura un profond apaisement. La rapidité avec laquelle, d'un seul élan, elle se donna à moi ne me laissa pas le temps de réfléchir, et il n'était pas possible que je prenne conscience, dans l'espace d'un rêve, de tout ce que cette femme pouvait m'apporter. Mais c'est sans aucune hâte que nous nous sommes dévisagés. La seule chose dont je me souvienne vraiment, c'est l'étonnement que j'éprouvai à découvrir la finesse de ses mains, le hâle d'un bronze intense de son visage, ses cheveux mi-longs noués simplement derrière sa tête ; leur parfum, aussi, était inhabituel. Mon rêve achevé, je fus incapable de le retrouver. Cette femme avait le visage d'une déesse, comme un profil gravé sur une pièce de monnaie vieille de mille ans que personne n'aurait jamais touchée, découverte, abîmée ni échangée. En souriant, elle me regarda dans les yeux, releva lestement la jupe de son tailleur au-dessus de ses hanches, et se retrouva aussitôt dans mes bras. Le temps nous pressait, mais je parvins à lui dire : « Vous êtes la femme la plus divine que j'aie jamais rencontrée », et elle répliqua : « Je le sais, et il y a longtemps que vous me cherchiez. C'est pour ça que je suis venue : parce que vous saviez que je viendrais. » Alors, nous avons fait l'amour, et je me suis réveillé dans un état de profonde sérénité, avec la conviction d'être réconcilié avec la vie.

Un peu plus tard, dans ce même rêve, je me suis retrouvé dans un restaurant où tout était blanc. Le soleil aveuglant qui frappait la verrière était atténué par des stores sombres. J'étais assis seul à une table quand l'inconnue entra, accompagnée de ses nombreux enfants, et s'installa à l'autre bout de la salle, la démarche toujours aussi altière. J'étais parfaitement heureux, cependant, de rester à ma propre table, à lui sourire – en fait, je ne m'étais jamais senti aussi heureux. Dès qu'elle vit que je l'avais remarquée, elle tourna sa chaise de façon à me faire face. Puis, une fois assise ainsi, elle ouvrit largement les cuisses pour me montrer son sexe, et ses innombrables enfants, excités et ravis, s'agglutinèrent autour de moi en se bousculant, et l'inconnue me dit, ses yeux brillants rivés aux miens, s'exprimant grâce à son regard puisque nous étions trop loin pour parler : « Alors, ça vous fait plaisir ? » Je n'en savais rien. Je savais seulement que la pitié, l'amour et la justice étaient un même sentiment.

* * *

Avant de partir, Bowman m'avait demandé :

– Est-il possible que l'assassin soit une femme ?

– Bon Dieu, non, répondis-je. Même Squeaky Fuentes n'a jamais tué de cette façon. Tu te souviens d'elle, elle était plus givrée que la banquise.

– D'accord, d'accord, fit Bowman. C'était seulement une hypothèse que je lançais au hasard.

– Eh bien, heureusement pour moi, elle m'a frôlé sans me toucher.

Bowman, économisant ses cartouches, ne prit pas la peine de relever.

– Je peux faire quelque chose pour t'aider ? proposa-t-il.

– Probablement, répondis-je. Mais seulement sur le plan pratique ; je n'ai pas besoin de tes théories.

– Un de ces soirs, après le service, menaça-t-il, je te les ferai avaler de force, à coups de poing dans la gueule.

– Pourquoi tu ne continuerais pas, plutôt, à paumer ton fric au billard en jouant avec Alfie Verlander ? suggérai-je. De cette façon, tu cultiveras peut-être tes palpitations, mais tu éviteras l'infarctus.

C'est sur ces paroles qu'il me claqua au nez la porte arrière de la voiture de ronde, qui partit vers l'Usine dans un rugissement rageur et une bouffée nauséabonde de gaz d'échappement. Je me fis la réflexion qu'il était extraordinaire qu'autant de gens ne supportent pas la vérité, et je retournai dans l'appartement. Une nuit, ma femme Edie m'avait dit : « Tu serais surpris de savoir le nombre de gens qui ne t'aiment pas. » Et je me rappelle lui avoir répondu :

– Non, ça ne me surprendrait pas, mais il me semble que les gens qui ne m'aiment pas ne s'aiment pas non plus, c'est tout.

– Tu n'espères pas faire carrière dans la police avec une telle attitude ? demanda-t-elle.

– Non, répondis-je. Ce n'est pas à cela que sert la police, et j'aimerais que tu cesses de te préoccuper de ma carrière.

– Nous avons besoin d'argent, déclara-t-elle sèchement.

Puis, se retournant lourdement dans le lit, elle s'endormit aussitôt.

J'étais sorti quelques minutes pour prendre l'air et

réfléchir ; au moment de regagner l'appartement, je contournai sur le trottoir humide une équipe de maçons. Après avoir vidé un sac de gravats dans une benne, ils se dirigeaient vers le pub le plus proche, situé à l'autre bout d'une ruelle adjacente, pour y vider quelques pintes de Swan – et d'ailleurs, pourquoi s'en seraient-ils privés ? Coiffés de casques jaune vif, ils échangeaient des plaisanteries, des bourrades et des claques dans le dos tout en rangeant leur matériel, et cela me fit du bien d'être ainsi en leur compagnie pendant quelques secondes. Ils étaient jeunes, sans exception ; et, j'imagine, semblables à ce que je devais être à leur âge – ayant chacun une femme ou une petite amie, ou espérant bien tirer un coup samedi soir après le match ; ils m'aidèrent à me sentir moins seul tandis que je revenais vers toi, Dora.

Car j'ai embrassé tes cheveux, et, bien que je ne comprenne pas pourquoi, je suis lié à toi.

Dora, je ne sais jusqu'où je vais devoir avancer dans les ténèbres pour te découvrir, mais essaie de m'aider à te rejoindre, aide-moi à te retrouver, je t'en prie, ne t'enfuis pas. De toutes tes forces, aide-moi.

Ton assassin ne me fait pas peur, Dora. Ecoute-moi, je vais tenter de t'expliquer ça à travers les paroles d'un autre homme – un de mes meilleurs amis, un officier de police nommé Frank Ballard qui s'est fait flinguer, en face du Golden Bowl de Fulham Palace Road, par un petit con armé d'un calibre 12 à canon scié en train de braquer un comptoir de plats à emporter. Mon copain a reçu dans les reins une balle qui l'a laissé paralysé à vie de la taille jusqu'aux pieds. Ma foi, Frank a organisé sa nouvelle existence d'infirme d'une façon extraordinaire, et j'aurais voulu, Dora, que tu le connaisses, car c'est une rencontre qui t'aurait fait beaucoup de bien. C'est un homme qui sait expliquer les choses difficiles ; je respecte Frank, j'ai de l'amitié pour lui, et je lui demande toujours son avis quand je suis dans le pétrin. Nous étions ensemble à l'A14, où nous avons travaillé sur des affaires plutôt ardues. Juste après qu'il eut été blessé, je suis allé le voir à l'hôpital de Charing Cross, dans une chambre où il était entouré de fleurs et de livres apportés par les collègues. Nous étions seuls, cette après-midi là, et Frank me dit : « A mon avis, ce qu'il y a de pire, dans une enquête importante (je veux dire, dans une enquête concernant un meurtre) c'est que, trop souvent, l'officier de police, aussi bon soit-il, ne peut s'empêcher de se demander ce que ses supérieurs vont penser des résultats qu'il obtient. Il tendra toujours à commettre l'erreur de penser à sa propre carrière. Le résultat, c'est que l'enquêteur ne se préoccupe plus de la victime elle-même ; et, comme c'est un défaut dont il n'a généralement pas conscience, il lui est très difficile de le rectifier. Pourtant, c'est une nécessité absolue. Car s'il est incapable de considérer la victime d'un meurtre de façon objective, il perd tout sens de la justice, et du même coup, les qualités qui font un bon officier de police. S'il n'accorde pas assez d'importance aux victimes, alors, quel poids pourrait-il avoir dans un procès auquel ces victimes assisteraient ? Supposons que les morts puissent encore avoir une opinion sur notre monde, où ils ont vécu aussi ; ils aimeraient savoir : Où cet officier de police plaçait-il son véritable intérêt ? »

Tu sais, Dora, après ces mots, Frank a souri et il m'a dit : « Excuse-moi de parler sans cesse comme ça… »

Mais je n'ai jamais oublié ce qu'il m'a dit, parce que c'était une chose à laquelle j'avais toujours cru moi-même, et Frank le savait.

* * *

J'étais sûr que je finirais par trouver des objets appartenant à Dora si je cherchais suffisamment longtemps. Et j'en découvris, effectivement, dans le quarantième carton que j'ouvris dans la cuisine. Il ne contenait que quelques papiers – sa carte de sécurité sociale, une vieille photo en noir et blanc où on la voyait danser, dans une boîte de nuit quelconque, avec un homme brun qui tournait le dos à l'objectif, et un cahier d'écolier. J'ouvris le cahier ; il était aux trois quarts rempli de notes écrites de sa main. J'eus envie de le lire sur le champ, car j'avais passé tout l'appartement au peigne fin sans rien trouver de significatif la concernant.

J'avais d'ores et déjà acquis une certitude. C'était Dora qui constituait la clé des deux meurtres, et pas Betty Carstairs.

3

En arrivant au commissariat de Poland Street, j'annonçai qui j'étais. Le sergent de faction, relevant vivement la tête, m'informa :

– Il faut que vous montiez tout de suite au quatrième.

C'était l'étage où résidait la Voix. Je me dis que, pour la première fois de ma vie, j'allais peut-être La rencontrer, mais je n'eus pas cette chance. Je pris l'ascenseur pour me rendre au bureau 471. C'était l'adjoint de la Voix, le commissaire James Jollo, qui m'y attendait.

– Eh bien, me voici, annonçai-je.

– Oui, fit Jollo. Et d'habitude, sergent, on m'adresse la parole selon les règles.

– Vous serez moins à cheval sur les principes quand vous aurez appris à me connaître, commentai-je. Le divisionnaire est absent ?

– Qu'est-ce que ça peut vous foutre ? dit Jollo. Il ne fréquente pas votre petit univers sordide.

– Je le sais bien, fis-je. Et c'est justement ça, l'ennui. Comme il ne sait jamais ce qui se passe, il devient exactement comme vous, il ne sait plus du tout où il en est. Et en désespoir de cause, il fait appel à quelqu'un dans mon genre, au lieu de vous faire confiance. C'est bête, non ?

– Je ne vous ai pas fait venir pour qu'on en vienne aux mains, déclara Jollo.

– Bien, dis-je. Restons-en là, dans ce cas. Et parlons plutôt des meurtres de Carstairs et Suarez.

– Vous êtes allé là-bas, n'est-ce pas ?

– Oui, j'en viens, répondis-je en lui montrant mes paumes. Regardez, j'ai leur sang sur les mains.

– Vous êtes un type épouvantable, dit Jollo. Ce n'est vraiment pas la délicatesse qui vous étouffe. Je m'aperçois que vous ressemblez comme deux gouttes d'eau au portrait qu'a fait de vous l'inspecteur principal Bowman.

– C'est parce que je fréquente les morts, Jollo, expliquai-je. Vous devriez faire comme moi, un de ces jours, au lieu de vous déguiser en commissaire et de lécher des culs et des timbres-poste.

– Ne me parlez plus jamais sur ce ton, espèce de connard, dit Jollo. Premier et dernier avertissement.

– Ma foi, c'est le ton que j'emploie avec la plupart des gens, répliquai-je. Alors, gardez vos avertissements, vous gaspillez votre salive.

– Comment pouvez-vous vous en tirer à si bon compte ? demanda Jollo. Vous avez un secret ?

– Il est simple, répondis-je. Le secret, c'est que j'en ai rien à foutre.

Jollo s'apprêtait à ouvrir la bouche, mais je le pris de vitesse.

– Taisez-vous, Jollo. Vous étiez un bon flic, autrefois… A l'époque où vous n'aviez pas encore le trac. Pour le moment, je suis pressé, alors, donnez-moi l'enveloppe que vous êtes censé me remettre, celle qui contient un mandat et que vous planquez dans un de vos tiroirs. Et laissez-moi partir à la recherche de l'assassin de Suarez et Carstairs – je ne suis pas là pour autre chose.

Jollo me donna l'enveloppe parce qu'il y était bien obligé, mais il me la tendit comme s'il s'agissait d'un pistolet avec lequel il m'invitait à me faire sauter la cervelle.

L'ouvrant, j'en sortis un mandat en bonne et due forme.

– Vous vous rendez compte, dis-je, me voilà de nouveau flic.

– Malheureusement, commenta Jollo. J'espère seulement que ce n'est pas pour longtemps.

– Gardez vos commentaires. A propos, il paraît qu'on a toujours parmi nous, à l'A14, un inspecteur qui s'appelle Stevenson ?

– Oui, répondit Jollo. Il s'occupe d'une enquête, en ce moment ; un certain Roatta, à Clapham, a reçu une balle en pleine tête pratiquement à l'heure où vos deux meurtres ont été commis.

– Roatta ? fis-je. Non, vraiment ? Eh bien, voilà au moins un salopard de première classe que personne ne regrettera. Et vous me dites que c'est Stevenson qui est chargé de l'affaire ? Parfait, parce que s'il y a un inspecteur capable de mener une enquête dans cette boîte, c'est bien lui.

Je pris congé. Je fonçai vers l'ascenseur pour redescendre au second, où l'A14 avait ses bureaux, parce que je voulais me mettre le plus vite possible à lire les notes de Suarez. Un des cire-pompes de Bowman – le genre de petit binoclard plein d'avenir, portant tout le poids du monde sur ses épaules, que Charlie aime recruter à la Criminelle – monta dans la cabine en même temps que moi ; son rasoir avait épargné trois poils de barbe sous son menton, mais c'était son affaire, pas la mienne.

– Bonjour, fit-il. Alors, vous êtes de retour parmi nous, à ce qu'il paraît ?

– Ma foi, répliquai-je, votre regard perçant de détective de choc doit déjà vous faire savoir que je ne suis pas absent.

– Vous n'avez rien perdu de votre charme, apparemment ?

– J'ai besoin de tout le charme que je peux trouver, répondis-je. Je ne sais pas comment ça se passe pour vous, mais les cadavres que je découvre ont tout perdu du leur.

Au moment où l'ascenseur ralentit, j'ajoutai :

– Vous êtes un intellectuel ; un de ces jours, demandez-vous donc pourquoi jamais aucune larme ne s'échappe de derrière vos lunettes, et pourquoi aucune angoisse ne vient troubler cette chose que vous protégez de la pluie grâce à un chapeau qui vient tout droit de Regent Street.

– A vrai dire, répondit-il avec le plus grand sérieux, nous avons plutôt tendance à délaisser le travail sur le terrain ; de nos jours, une enquête se passe de plus en plus devant un ordinateur.

– Attendez un peu, ajoutai-je comme les portes s'ouvraient dans un soupir. Un jour, vous verrez la mort de votre femme annoncée sur l'écran de votre saloperie de machine, et en vous précipitant sur place, vous trouverez son cadavre décapité, et une croix gammée barbouillée sur la porte avec sa propre merde. En attendant, amusez-vous bien avec vos jolis programmes. Salut.

– Espèce d'ordure ! hurla-t-il.

– C'est toujours très douloureux, d'entendre la vérité, conclus-je. Vous n'avez jamais appris ça ? De la bouche d'un des milliers de suspects que vous avez interrogés ? A moins que vous n'en ayez jamais rencontré ?

* * *

En débarquant au bureau 205, je balançai un coup de pied à l'horrible chaise en plastique, la plaçant ainsi dans la position idéale pour m'asseoir sans me bousiller les rotules sous le rebord de la table, ni risquer de me broyer les noix. Heureusement pour moi, je n'étais pas sensible au vert écœurant de la peinture des murs, ni à l'affiche contre les dangers de la rage. C'était une bonne chose, aussi, que je ne sois pas sensible au froid, parce qu'il n'y avait pas de chauffage. Le système était conçu pour ne fonctionner à plein régime qu'au mois d'août seulement. Le tiroir supérieur gauche de mon bureau avait été transformé en une sorte de quartier des condamnés à mort par sept mouches de l'année dernière. Mais, à part leurs cadavres, le meuble ne contenait rien. C'est pourquoi je décidai de prouver à toutes les personnes présentes dans la maison, y compris à moi-même, ma propre existence en passant un coup de téléphone. La ligne semblait hors d'usage, mais après avoir composé le 09 et frappé plusieurs fois la table avec le combiné, j'entendis la petite voix joyeuse d'une auxiliaire féminine demander :

– Qui est à l'appareil, s'il vous plaît ?

– Je vais descendre en personne pour me présenter, si vous ne filez pas droit, menaçai-je.

– Mais la ligne 205 n'est pas en service, protesta la petite.

– Alors, c'est ce qui explique pourquoi une paire de branques comme vous et moi est en train de s'en servir pour discuter, pas vrai ? Maintenant, ma petite, vous allez vous démener un peu, pour une fois, et vous mettre à bosser comme si cinq minutes de trop, c'était cent ans de retard. Ensuite, je vous donne la permission d'aller encore plus loin, et même de perdre carrément la tête en vous confiant pour mission de bloquer tous les appels qui me sont destinés – le temps que je m'informe sur une affaire de double meurtre, car, aussi bizarre, aussi sordide que cela vous paraisse, c'est le genre de boulot qu'on fait dans cette partie de la maison.

– En parlant avec vous, dit la fille d'un ton amer, je me rends compte que ça ne me plaît pas, de travailler dans la police.

– Alors, suivez mon exemple ; quittez-la.

– C'est à cause de vos sales manières.

– Mes manières sont comme moi, mon petit, elles viennent de la rue ; et la rue, c'est sale. Maintenant, au boulot.

La Voix m'appela.
– Alors ? fit-elle.
– J'ai trouvé quelque chose que Suarez a écrit.
– Qu'est-ce que vous en avez tiré ?
– Je vous le dirai quand je l'aurai lu, répondis-je, ce que je vais faire dès qu'on cessera de me casser les pieds... (Après coup, j'eus l'idée d'ajouter :) ... monsieur le divisionnaire.
– Je vous conseille de modérer votre langage, dit la Voix. Personnellement, j'y suis habitué, mais ce n'est pas le cas de Jollo, qui sort de mon bureau. A la façon dont il a déblatéré sur votre compte, j'ai cru qu'il allait avoir une attaque.
– Je connais un très bon fleuriste dans Fulham Road, en face de l'église St. Stephen. Les lis y sont très bon marché, mais ils font beaucoup d'effet à un enterrement. (J'ajoutai :) Je coincerai le type qui a tué Carstairs et Suarez, et je le coincerai vite, mais il y a une condition.
– Laquelle ?
– Que personne ne vienne fourrer son nez dans mon enquête.
– C'est d'accord, fit la Voix avant de raccrocher.

4

Suarez.

Je lus : « Autrefois, j'étais Dora Suarez, mais à présent, alors même que je vais mourir, je ne suis plus cette femme qui s'appelait Dora ; je suis devenue un objet de répulsion. Quand je me regarde, nue, dans un miroir, je me rends compte que j'ai perdu le droit de me considérer comme un être normal. Ce qu'il reste de moi est à peine humain. »

(Qu'est-ce que ça veut dire ? pensai-je. Décrochant le téléphone, j'appelai l'officier de service pour lui demander :

– Le rapport d'autopsie de Carstairs et Suarez... il est arrivé ?

– Non.

– Pourquoi ?

– Il y a la queue, en bas, à la morgue.

– Alors, dites-leur de se la remuer, conseillai-je.

L'officier s'esclaffa.

– Arrêtez de ricaner, dis-je. Je veux ce rapport à la seconde même où il sera disponible, et c'est tout ce que vous avez besoin de savoir.)

Suarez.

« Je suis marquée d'une croix. Je n'ai plus que ce bref répit entre le moment présent et celui de ma mort. Ici, chez Betty, je jouis de mes derniers et courts instants de liberté ; je n'ai plus réellement de temps devant moi. J'accepte le fait que je vais mourir à trente ans. Je n'ai aucune envie de me séparer de mon corps – ce qu'il lui est arrivé n'est pas vraiment ma faute. Mais il me dit qu'il veut en finir. »

(Je passai un second coup de fil à la permanence.

– Alors ? aboyai-je. Carstairs. Suarez. Ça vient ?

– Toujours rien. Pourquoi vous ne les appelez pas vous-même, sergent ?

– Parce que je me suis fait assez d'ennemis comme ça pour ce soir.)

Suarez.

« Je ne sais pas ce que je serais devenue sans Betty. C'est tout à fait par hasard que je me trouvais à

Kensington le jour où je l'ai rencontrée. J'avais laissé ma valise non loin de là, chez une amie qui ne pouvait plus me loger parce qu'elle recevait son amant – et, de plus, ma maladie lui faisait peur. J'ai croisé Betty dans Empire Gate. Quand j'ai vu qu'elle avançait péniblement, chargée de ses provisions, contre le vent du nord, sans savoir pourquoi je me suis arrêtée et je l'ai aidée à porter ses paquets. Mon intention était de poursuivre ensuite mon chemin vers le fleuve, dans l'espoir de trouver une chambre bon marché quelque part dans les environs, chez des gens qui ne me poseraient pas trop de questions. Mais les choses se sont présentées de telle façon que Betty m'a proposé, quand nous sommes arrivées devant sa porte, d'entrer chez elle un moment pour m'abriter du vent. Je n'avais pas envie d'être avec des inconnus, je voulais rester seule. Malgré tout, il faisait un froid noir, si bien que j'ai fini par la suivre, et je me suis retrouvée dans cet appartement étrange et sombre, qui regorge de pendules, de meubles délabrés d'un autre âge, de cartons et de valises entassés jusqu'au plafond de la cuisine. Peu après, elle alla préparer du thé à la cuisine. Quand elle l'apporta, elle me fit asseoir en face d'elle, dans le second fauteuil près du radiateur électrique. La pièce était dans un état épouvantable et ne sentait pas bon, comme c'est souvent le cas chez les vieilles gens ; mais, bizarrement, je m'aperçus très vite que je m'en moquais. De plus, j'étais très fatiguée ; j'étais dans l'un de mes mauvais jours.

Au bout d'une heure, environ, Betty commença à m'interroger pour en savoir plus sur mon compte – une chose que je déteste en temps normal – mais au lieu de s'y prendre maladroitement, de façon pressante, elle mêla ses questions à des anecdotes de son propre passé, me prenant la main et la caressant d'un air absent tandis qu'elle parlait. Elle s'exprimait à voix basse ; son ton feutré et son accent écossais évoquaient pour moi une pluie fine et régulière. Plus tard, elle apporta du whisky et une assiette de petits gâteaux pour fêter notre rencontre. Pour sa part, Betty but un quart de verre d'alcool, et avant de se coucher dans le lit de la cuisine, sous la fenêtre, elle chanta des bribes de chants des Highlands, en gaélique, comme si elle avait oublié ma présence :

"Emmène-moi dans la maison aux cent fenêtres
Et j'y resterai avec toi pour toujours..."

Betty avait une voix claire, magnifique – la voix d'une jeune fille.

Au cours de la soirée, je dis à Betty : "Il faut vraiment que je parte, maintenant. Je n'ai pas encore trouvé d'endroit où dormir, et la nuit tombe." Betty me proposa : "Pourquoi ne restez-vous pas ici, Dora ? Cela me ferait plaisir. Je me sens si seule depuis que Reg s'en est allé." J'acceptai tout de suite – et ce n'était pas seulement parce que cela me convenait, ni parce que je me sentais malade et fatiguée ; sur le moment, je ne savais pas vraiment pourquoi j'étais si heureuse de rester. Mais j'ai compris depuis, bien sûr, que c'était parce que Betty m'offrait la paix.

J'avais oublié depuis longtemps ce que c'était d'être traitée avec une telle gentillesse. Les jours suivants, à chaque fois que Betty me prenait la main et me regardait droit dans les yeux pour me dire : "Maintenant, vous êtes ici chez vous, Dora, et c'est tellement merveilleux pour moi que vous soyez là, vous allez rester un moment, n'est-ce pas ?", je sentais une boule dure me monter dans la gorge. Mais je ne pouvais guère lui parler de moi – il y a des choses qu'on ne peut pas dire à une femme de quatre-vingt-six ans. La seule chose qui m'ait échappé, ce fut un soir, après avoir bu quelques whiskies, quand elle me demanda : "Où pensez-vous vous installer, en définitive, mon petit ?" et que je répondis : "N'importe où, du moment que je puisse m'y cacher." Alors, elle me prit la main, la serra très fort et me dit calmement : “Je ne sais pas de quoi vous vous cachez, mais sachez bien que vous pourrez toujours trouver refuge ici.” Et pas une fois elle ne voulut en savoir plus, jamais elle n’essaya de m’arracher quelque chose que je ne pouvais pas lui dire.

Cette femme a un cœur d’or.

L’autre jour, cependant, quittant son fauteuil près du radiateur, elle me prit par les épaules et me tint un moment à bout de bras pour me regarder à son aise, puis elle déclara : “Vous savez, Dora, je n’aime pas beaucoup vous voir cette mine-là ; vous me paraissez mal en point.” J’eus envie de pleurer et de tout lui avouer, mais je me retins, et je répondis, tout simplement : “Je vais très bien, Betty.” Elle insista. “Dora, j’ai un peu d’argent de côté, je veux que vous le preniez et que vous consultiez un médecin, pour un simple examen général. Vous pourriez aller voir le mien, le docteur Mathers, son cabinet est juste au coin de la rue.” Mais j’ai protesté, répétant : “Non, non, non” et je me suis ressaisie de justesse alors que j’étais sur le point d’avouer qu’aucun médecin ne pouvait plus rien pour moi. Je ne lui ai rien dit de plus que : “Non, Betty, je vais très bien, en fait, je vous le jure. Je suis jeune.” Elle ne m’a pas crue, évidemment. Mais Betty est de ces femmes qui savent être discrètes. Elle se retourna, tout simplement, partit à la cuisine pour en rapporter du whisky et ces petits gâteaux secs qu’elle aime bien, et n’aborda plus jamais le sujet. Pendant cette période, je lui ai posé une seule question, et ce fut : “Betty, croyez-vous qu’il reste encore, à part vous, quelque part au-delà de tous ces gens qui n’ont d’humain que l’apparence, des personnes sincères et authentiques ?” Et elle me répondit : “Ah, ma belle, vous ne savez donc pas que mon Reg, bien qu’il soit parti depuis bien des années, vient encore me voir assez souvent pour s’assurer que je vais bien ? C’est vrai qu’il buvait beaucoup, Dora, mais il s’est toujours comporté comme un gentleman – même sous l’emprise de la boisson, il restait correct et maître de lui, et jamais je n'aurais pu avoir un autre homme que lui dans ma vie." Elle garda le silence un moment, contemplant le plancher, puis elle releva les yeux vers moi avant d'ajouter : "Tiens, j'y pense tout à coup, vous n'avez pas d'autres bagages que ceux que vous avez apportés ?" Je me suis mise à pleurer, et j'ai répondu : "Non, je n'ai que mon cœur, Betty, et il est bien assez lourd." Après m'avoir réconfortée dans ses bras frêles, elle poursuivit : "Vous savez, Dora, j'ai toutes sortes de vêtements, ici, dans les cartons de la cuisine, et bien qu'ils soient vieux et démodés, ils ont tous été faits à la main, car Reginald était commandant pendant la guerre, et je devais m'habiller de façon convenable quand je me rendais au mess des officiers pour la soirée des dames."

Mais j'ai prétendu que j'avais tout ce qu'il me fallait. Plus tard, je lui ai fait remarquer : "Betty, quand une personne vous manque, vous ne trouvez pas cela drôle que la moindre chose qu'elle vous ait jamais envoyée – une carte postale, une photo – prend une importance qu'on ne lui donnerait jamais si cette personne était encore là ?" Elle m'a répondu : "Les gens qui vous ont aimée ne vous quittent jamais, Dora." Sans aller plus loin, j'ai ajouté qu'il existait, pour moi, un cas pour lequel j'espérais bien qu'elle se trompait. »

(Je pensai aussitôt : Quel cas ? De qui s'agit-il ? Mais déjà, j'avais compris que Dora n'était pas femme à donner des noms. Les yeux fixés sur le vert atroce des murs du 205, je me rappelai la présence invisible que j'avais ressentie autour de moi tout le temps où j'étais resté dans l'appartement – le fardeau d'un chagrin immense qui pesait sur moi, des mains, des corps incapables de m'atteindre, un désir douloureux de parler, une petite sonate pour laquelle il n'y avait pas eu de paroles avant que je ne les découvre dans la cachette secrète de Dora.)

Suarez.

« J'ai avoué à Betty : "Je n'ai jamais vraiment aimé personne comme vous avez aimé Reg. Jamais." Mais Betty m'a caressé la joue, et elle m'a répondu : "Oh, mais si. Je le sais bien. Parce que vous m'avez, à présent. Je suis ici avec vous, maintenant. Et je le serai toujours."

Je lui ai demandé : "Betty, les années quatre-vingts ne vous paraissent pas étranges ?"."Non, m'a-t-elle dit, car je vis surtout dans le passé, et j'ai des souvenirs merveilleux – imaginez ce qu'a pu être pour moi cette magnifique soirée du printemps 1940 où Reg est arrivé dans notre village. Il est venu à pied depuis la gare, et il avait tellement d'allure dans son uniforme... Même à moi, il ne pouvait dire pour quelle raison il était en poste dans le comté d'Argyllshire, car il craignait, si j'étais capturée par l'ennemi, qu'on me fasse du mal. Oh, comme c'était palpitant pour moi de savoir qu'il était quelqu'un de si important – des filles qui n'avaient pas la moitié de mon âge en étaient vertes de jalousie, et les femmes étaient tellement romantiques, à cette époque. Je revois encore aujourd'hui, Dora, la façon dont nos regards se sont rencontrés, lorsqu'il s'est tourné pour me regarder alors que je venais de le croiser dans notre grand-rue qu'il arpentait pour la toute première fois. Suivi de son ordonnance qui portait son énorme sac d'officier, Reg se rendait à la maison des McGrath, chez qui il était cantonné. Dès ce premier instant, mon cœur a vibré, car j'ai su tout de suite que je l'aimais, bien que je n'aie jamais été belle. Bah, quelle importance...? Ma petite Dora, si vous saviez comme les gens ont été surpris, dans le village, quand le pasteur a publié les bans et que nous nous sommes mariés, alors que tout le monde me considérait déjà comme une vieille fille, puisque je suis née en 1904. Je vous le dis, l'amour est une bien belle chose. Et puis, tout le monde a beaucoup bu après avoir quitté la maison aux grandes fenêtres – le pasteur lui-même titubait un peu, le soir venu, dans le salon. Ah, ce fut une journée pendant laquelle nous avons oublié la guerre !" "N'avez-vous jamais le sentiment, Betty, lui ai-je demandé, que nous ne sommes rien d'autre que des mirages ?" "Non, jamais, m'a-t-elle répondu, je suis écossaise et bien trop réaliste." J'ai ajouté : "Il y a autre chose dont je veux vous parler, Betty – le loyer. Je ne peux pas continuer à rester ici de cette façon sans que rien ne soit décidé ni réglé, mais il faut que je vous dise que je n'ai pas d'argent pour le moment." "Ma chère enfant, ne soyez pas stupide, m'a-t-elle dit. Vous ne comprenez donc pas ? Il suffit que vous restiez ici pour que je sois éternellement récompensée."

Betty est très fragile, et je sais que son cœur la fait constamment souffrir ; elle gémit souvent, la nuit. A chaque fois, je l'entends aussitôt, et je vais auprès d'elle, dans la cuisine, où elle a son lit sous la fenêtre. Je lui apporte ses comprimés, puis je l'emmène aux toilettes, et, ensuite, je m'assieds près d'elle sur le bord du lit, avec un édredon autour des épaules, pour lui parler et la calmer jusqu'à ce qu'elle se rendorme.

Oui, Betty est la seule personne qui m'aime, ou qui m'ait jamais aimée. Comment aurais-je pu imaginer que je connaîtrais l'amour de cette façon, grâce à elle ? Pourtant, c'est ainsi. »

(Je reposai le cahier de Dora. M'approchant de la fenêtre au cadre métallique, je contemplai le magasin Marks & Spencer, de l'autre côté de la rue. Derrière les phrases de Dora, j'imaginais, à présent, les voix des deux femmes ; j'entendais leur conversation, je les voyais presque parler ensemble. En bas, dans Poland Street, une bourrasque dévala brusquement le trottoir gris, cinglant les jambes des passants de rafales de pluie. Avec un cri aigu, le vent s'engouffra sous le châssis supérieur de ma fenêtre, qui ne fermait jamais correctement, puis il se déguisa en courant d'air pour s'enfuir sous la porte en rugissant.)

Suarez.

« Non, je n'aurais jamais pensé que je connaîtrais l'amour de cette façon, grâce à Betty. Mes anciens amants me payaient pour mon visage, mes cuisses, mes mains, mes seins et mon sexe, puis ils me pénétraient. Si je disais quoi que ce soit pour sacrifier au rite, ils étaient choqués ; car, pour eux, mes lèvres n'existaient que pour les encourager à me sauter. L'un d'eux m'a dit un jour que j'étais trop belle pour penser, après quoi je lui ai tourné le dos et j'ai regardé son reflet, dans le miroir de la chambre, tandis qu'il se lavait anxieusement la queue dans la salle de bains. Je lui ai ouvert les bras, quand il a déboulé au petit trot dans la chambre, parce que j'y étais obligée. C'était un homme de soixante ans, maigre, à la voix rauque, aux fesses flasques, à la fois riche et mesquin. Quelques poils rares frisaient sans élégance autour de ses mamelons fripés. Au matin, après une douche froide, je suis restée au lit à le regarder enfiler un caleçon blanc à rayures roses trois tailles trop grand pour lui. Dès qu'il fut habillé, il partit prendre son avion pour retourner dans les Midlands ; il resta très froid, et n'ouvrit pas la bouche, sinon pour me rappeler, en refermant derrière lui la porte de la chambre d'hôtel, que tout avait été payé. Il avait eu son orgasme ; quant au mien, mes efforts pour l'atteindre s'étaient soldés par une crise de larmes. La veille au soir, alors que nous dînions dans un restaurant modérément luxueux près de Leicester Square, il m'avait déclaré : "Dora, je vais quitter ma femme pour vivre avec toi."

Je *vais* ? Quelle plaisanterie ! Je vais, je viens, et je m'en vais.

"Qu'allez-vous faire, Dora, si vous n'avez plus d'argent ?" m'a demandé Betty un soir, à une heure indue. "J'ai touché ma pension, vous savez, et il y a cent livres sous mon coussin si cela peut vous aider."

"Non, Betty, dis-je, jamais. Ce n'est pas du tout

comme cela qu'il faut voir les choses."

Il n'y avait aucun bruit dans l'appartement, ce soir-là ; seuls nous parvenaient le battement lent de l'horloge de l'entrée, et le bruit lointain des voitures qui passaient de temps en temps dans la rue.

"Ce n'est que du papier, après tout", dit Betty.

"Il n'en est pas question, Betty chérie."

"Mais comment ferez-vous s'il m'arrive quelque chose ?"

"Il ne vous arrivera rien, Betty."

Mais elle eut une crise soudaine, à ce moment précis, et plaqua sa main sur son cœur. Je la retins dans mes bras, la fis s'allonger, et la couvris chaudement ; tournant son visage vers moi, elle me dit, les larmes aux yeux : "Ne me quittez pas, Dora !" Je lui répondis : "Grands dieux, vous m'en croyez donc capable ? Vous vous sentez mieux ? Vous voulez vos comprimés ?"

"Pas de comprimés, dit-elle lentement, un sourire aux lèvres, à demi consciente seulement. Pas de comprimés."

Plus tard, elle déclara : "Il y a tant de choses en vous, Dora, qui sont obscures, tant de choses que je ne parviens pas à voir ; je vous aime et je m'inquiète pour vous."

"Il ne faut pas", protestai-je.

"Si seulement je pouvais vous aider."

"Vous avez déjà tant fait pour moi, lui dis-je, bien plus que vous ne le pensez. Vous êtes un ange."

Elle me supplia :

"Dora, je vous en prie, ne m'abandonnez pas maintenant."

"Jamais je ne ferai une chose pareille, dis-je. Je ne suis pas femme à quitter qui que ce soit, je suis seulement quelqu'un que l'on prend."

"Comment cela ?" demanda-t-elle.

"Peu importe, dis-je. C'est sans intérêt. Il faut vous reposer, maintenant."

Elle prit mon bras et le caressa jusqu'au moment où elle s'endormit. »

« J'ai nettoyé la cuisinière et le frigo du mieux que j'ai pu, et c'est moi qui prépare presque tous les repas, à présent. Puis je les apporte au salon, où je dors, et nous nous asseyons devant le téléviseur, qui scintille en silence car son tube a lâché brusquement, mais dont la lumière est douce, tout comme la lueur du radiateur électrique. Quand nous sommes installées, nous bavardons, parfois toute la nuit. Un soir, Betty me demanda : "Vous n'avez pas d'homme dans votre vie, Dora ? Quelqu'un qui vous aime et qui pourrait vous aider ?"

Si seulement elle savait ! Je me suis raidie, terrifiée, en entendant ces mots, et j'ai senti que je m'évaporais comme sont censés le faire les fantômes au lever du soleil. Si bien que Betty finit par me dire :

"Vous m'effrayez avec cette expression."

"Quelle expression ?"

"Dans mon village, on disait : elle marche dans l'ombre de quelqu'un."

"L'ombre de qui ?"

(C'était justement ce que je voulais savoir.)

Un autre soir, Betty demanda, en se réveillant brusquement dans son fauteuil :

"Dora, vous êtes là ?"

"Je suis toujours là."

"Dora, dit-elle, qu'allez-vous faire ?"

J'avais bu quelques whiskies, et je répondis, peut-être un peu trop sèchement :

"Comment ça, ce que je vais faire ?"

"Je veux dire, de toutes ces années que vous avez devant vous."

"Quelles années devant moi ?" dis-je. Et je répétai : "Quelles années ?"

"Vous êtes plus jeune que moi de cinquante-six ans."

"Betty, je suis beaucoup, beaucoup plus vieille que vous. Si seulement vous saviez..."

"Oh Dora, soupira-t-elle, ce serait vraiment terrible si

c'était vrai, parce que Reg et moi n'avons jamais eu d'enfants, je ne semblais pas faite pour ça, mais je suis sûre, mon ange, que vous auriez pu être ma fille."

"J'ai l'impression de l'être, dis-je. J'ai le sentiment d'avoir, enfin, trouvé un refuge, alors, gardez-moi tout près de vous."

Mais elle s'assoupissait de nouveau ; peu après m'avoir souhaité bonne nuit, elle se tourna dans son fauteuil et s'appuya contre l'accoudoir rapé, son chapeau de travers sur la tête, en serrant entre ses doigts ses lunettes posées sur ses genoux.

Je me souviens avoir rêvé, cette nuit-là, que je pouvais de nouveau aller à la selle sans hurler de douleur. Puis, après m'être réveillée, je me suis endormie une seconde fois et j'ai rêvé que j'étais un oiseau tout blanc ; j'ouvrais mon bec effilé et il s'en échappait des larmes. Puis il y eut autre chose, dans mon rêve. Quelqu'un, un homme, courait après moi. Mais il était déjà trop tard. C'était fini, et j'étais loin. »

* * *

(Je cessai de lire l'histoire de Dora. Une main grise s'était abattue sur moi. A mon tour, je me sentais entraîné vers cette arche grise sous laquelle Dora avait disparu ; et des morceaux de mon esprit flottaient çà et là dans ma tête. Le poids de mon ignorance s'enfonçait en moi sous la forme d'un savoir nouveau.)

Suarez.

Dora avait griffonné sur une page séparée : « Un oiseau sait-il pourquoi on lui tire dessus ? A chaque fois que je regarde mon corps dans le miroir, je me rends compte qu'il ne nous reste plus de temps à nous consacrer l'une à l'autre, ni à nous-mêmes. A plusieurs reprises, ces derniers jours, tandis que Betty dormait dans son fauteuil, je suis allée dans la salle de bains et j'ai regardé mon corps nu. A chaque fois, j'ai eu envie de hurler, et j'ai hurlé.

Je sais que je suis gravement malade, parce qu'à l'hôpital, on m'a expliqué mon état. On m'a dit qu'il y avait un lit pour moi, et que je devrais m'y faire admettre. Mais je leur ai répondu que, bien que je me sache condamnée, ce n'était pas de cette façon que j'avais envie de mourir. Malgré tout, ici, je souffre horriblement ; je souffre plus que je ne peux le supporter, et, d'autre part, il me menace toujours, et il va finir par me retrouver. Il faut que je mette un terme à tout cela. »

* * *

Ma patience était à bout. Décrochant mon téléphone, j'appelai la morgue. Au bout du fil, un type marmonna :

– Suarez ? Qui est-ce ?

Je répondis :

– Le moment est mal choisi pour un cours de métaphysique, mon mignon ; alors, contente-toi de faire ton travail, et replonge-toi dans ta paperasse.

– Bon Dieu, comme si on n'avait pas déjà assez de boulot...

Il partit fouiner dans ses registres. Quand il finit par revenir, il annonça :

– Dossiers 87471 et 72 ? Les deux femmes de Kensington ? Bon sang, on n'a même pas encore eu le temps de leur accrocher une étiquette.

– Comment ? Pas le temps ? Vous avez eu trois heures pour ça.

– Allons, voyons, sergent, fit le type de la morgue, laissez-nous respirer un peu. On a comme qui dirait une liste d'attente, ici. (Il ricana.) Avec tous ces braves gens bien tranquilles qui n'arrêtent pas de débarquer... Un vrai défilé. (Il ajouta :) Mais eux, au moins, ils ne gueulent pas comme des ânes dans le bigophone.

D'une voix grise, à peine audible, j'ordonnai :

– Libérez cette ligne tout de suite, et passez-moi quelqu'un qui ait un cerveau normalement constitué.

– Pas la peine de vous mettre en rogne, dit l'autre sur un ton insolent. Il n'y a que moi, dans la baraque. Tout le reste de la bande est parti déjeuner. Je suis seulement ici pour garder les frigos. Désolé.

– Je serai là-bas dans trente minutes, annonçai-je, et si ce rapport n'est pas prêt quand j'arrive, j'arracherai la tête de quelqu'un, sans doute la vôtre. A propos, vous vous appelez comment ?

Il finit par saisir le point le plus important pour lui : je n'avais aucune envie de plaisanter.

– Veale.

– Vous m'avez l'air aussi sinistre que le troisième larbin du diable, la nuit où l'enfer a été inventé. Maintenant, remuez-vous sérieusement. Je veux ce rapport, je veux que ça bouge, et je veux tout ça maintenant, tout de suite, immédiatement, et pas jeudi de la semaine prochaine, espèce d'abruti.

– Mais il n'y a pas le feu, tout de même, bêla-t-il. Elles ne risquent pas de s'envoler. Je ne comprends pas ce qu'il y a de si pressé.

– Dieu merci, on ne vous paie pas pour comprendre, dis-je. Mais si vous voulez le savoir, je suis pressé d'avoir ce rapport parce que j'en ai besoin pour coincer le salaud qui a massacré ces deux femmes. Vous ne saviez pas que c'était à ça que servaient les inspecteurs ?

– Il va falloir que je change l'ordre des dossiers, dit Veale, et ça, sur le plan administratif, c'est un sacré problème.

– Le problème, c'est vous, fis-je, pas vos dossiers.

– Vous, les flics, commenta Veale d'un ton amer, ce n'est pas l'abus de pouvoir qui vous fait peur. Vous ne vous sentez vraiment plus pisser.

– Ce doit être le printemps qui arrive, conclus-je.

Je savais qu'à la morgue, il n'y aurait rien de nouveau avant la fin du déjeuner. Je décidai donc de quitter l'Usine et d'aller voir Frank Ballard. En voiture, je pouvais être chez lui en dix minutes. Je le trouvai dans son fauteuil en osier, près de la fenêtre du salon, affalé contre le dossier du siège comme un musicien épuisé après un concert.

– Salut, fit-il. Tu m'as l'air préoccupé. Assieds-toi. Que se passe-t-il ?

– J'ai sacrément besoin de te parler, répondis-je.

– C'est parfait. Je ne demande rien d'autre. Ça me fait du bien ; comme ça, j'ai l'impression de servir à quelque chose. (Il ajouta :) Alors, ils t'ont réintégré, à l'Usine ? J'étais sûr qu'ils y viendraient tôt ou tard.

– Ecoute, Frank, cette histoire me tient vraiment à cœur ; est-ce que je peux t'en toucher deux mots ?

– Carstairs/Suarez ?

– C'est ça.

– Je me tiens au courant, dit-il.

– Il semblerait qu'il y ait des détails assez troublants, dans cette affaire.

– De quel genre ?

– Suarez avoue d'elle-même qu'elle était gravement malade.

– Comment le sais-tu ? Tu es extra-lucide ?

– Non. J'ai fouillé l'appartement et j'ai trouvé son journal.

– Elle a dit ce qu'elle avait ?

– Non.

– Tu l'apprendras en lisant le rapport d'autopsie.

– Je m'en doute, fis-je. Il suffirait que ce foutu rapport se décide enfin à arriver.

– Pour l'instant, comment est-ce que tu vois l'affaire ?

– Je la vois uniquement à travers ce cahier d'écolier que Suarez a laissé. Je ne suis sur l'enquête que depuis ce matin, et c'est le seul élément dont je dispose pour l'instant. Dans ce cahier, elle a noté certaines des conversations qu'elle a eues avec la vieille dame, Mme Carstairs. Il y avait quelqu'un dont elle avait peur, Frank.

– Kevin Loftus vient de passer me voir, et, bien sûr, on en a parlé, fit Ballard.

– Qu'est-ce qu'il en pense ?

– Il m'a dit que tu étais à la recherche d'un dingue qui a des griefs contre quelqu'un, et que la différence entre un dingue et un homme normal, c'est que, chez le dingue, les griefs deviennent une question de vie ou de mort – de mort, surtout. Et je suis d'accord avec lui.

– Oui, fis-je, c'est bien vu. Seulement, à quoi ça nous avance ? Il s'agit bien d'un détraqué, ça ne fait aucun doute ; mais il a opéré avec des gants, ce qui prouve qu'il n'est pas complètement inconscient.

Ballard demanda :

– C'était si moche que ça ?

– Le grand jeu. Il s'est branlé dans les plaies du cadavre, il a bu son sang, il a chié par terre. Tiens, regarde les photos.

Je ravalai quelque chose de dur qui me montait dans la gorge ; un chagrin brutal. Ballard s'en aperçut. Il ajouta :

– Un meurtrier qui opère à la hache... Ça ne court pas les rues. Même s'il était conscient de ses actes, c'est une méthode qui fait beaucoup trop désordre.

– En tout cas, une chose est sûre, dis-je. On n'arrive pas à récolter le moindre renseignement sur son compte. Et pourtant, j'ai l'impression qu'il n'en était pas à son coup d'essai.

Reposant les photos, Ballard me demanda :

– Et le mobile ? Tu as ta petite idée là-dessus ?

– A lire Suarez, j'ai l'impression que ce type a pu l'aimer, autrefois. Il est même possible que ce sentiment ait été réciproque – selon leur propre conception de l'amour, bien sûr.

– Ce ne serait pas la première fois que ce genre de chose se produit, dit Ballard. (Il réfléchit un moment avant de poursuivre :) Y a-t-il un détail quelconque permettant de penser qu'on pouvait avoir prise sur elle ?

– Ma foi, je n'en suis pas sûr, répondis-je. Mais c'est une excellente question, Frank, et j'espère bien que la prochaine carte que je retournerai me donnera une partie de la réponse.

Ballard ajouta :

– Le meurtrier semble très doué pour l'escalade.

– Sans aucun doute. Ce qu'on cherche, c'est un sportif, un athlète. Et combien d'hommes jeunes (ou pas trop vieux), au casier vierge, et répondant à cette description peut-il bien y avoir dans la région de Londres ? En supposant qu'il ne vienne pas d'ailleurs ?

– Tu peux tabler sur un ou deux millions, répondit Ballard.

– C'est bien ce que je pense, fis-je. Voilà qui nous simplifie la vie, non ?

– Tel que je te connais, dit Ballard, un de ces jours, tu vas découvrir sa piste à un coin de rue.

– Je ne m'arrêterai pas une minute tant que je ne l'aurai pas trouvée, affirmai-je.

– Dieu merci, fit Ballard, ils n'ont pas mis un crétin sur cette enquête. (Il ajouta :) C'est une affaire qui te tient particulièrement à cœur, n'est-ce pas ?

– Oui, reconnus-je. Elle n'est pas comme les autres.

Ramassant une photo qui montrait le mauvais côté du visage de Suarez, Ballard déclara :

– C'est l'un des spectacles les plus effrayants que j'aie jamais vus ; et pourtant, je ne manque pas d'expérience en la matière. Suarez devait être une très jolie fille.

– Oui, dis-je. Frank, aurais-tu une suggestion quelconque à me faire pour me faciliter le travail ? Et me permettre de gagner du temps ?

– Deux choses, répondit-il. Je pense que le tueur est peut-être un beau gosse qui n'arrivait pas à la sauter. Et puis, sans trop savoir pourquoi, j'ai l'impression qu'il y a quelque chose à creuser du côté de Roatta – l'affaire de meurtre dont s'occupe Stevenson. Après tout, trois personnes sauvagement assassinées à domicile, en moins de trois heures et dans un rayon de deux kilomètres, c'est assez inhabituel, même à Londres.

– Oui, c'est une idée qui me plaît bien, dis-je. D'autant que je n'ai pas d'autre piste pour l'instant, et j'avais prévu d'en toucher deux mots à Stevenson de toute façon. De plus, nous nous entendons très bien, ce qui ne gâte rien.

– Va chercher ce rapport d'autopsie. Interroge le médecin légiste.

– J'y vais tout de suite. (Regardant l'heure, je me levai.) Bon sang, il faut que je me dépêche. Ils doivent avoir fini de déjeuner, maintenant. Merci, Frank – le simple fait de t'avoir parlé de tout ça m'a beaucoup aidé.

– Moi aussi, je vais m'attaquer au problème, dit Ballard. (Il se tapota la tête.) Avec ça.

C'était très dur, pour lui, d'être inspecteur de police, et paralysé des deux jambes. Il ajouta :

– Tiens-moi au courant.

– Je n'y manque jamais.

– Tu parles ! dit Ballard. Dis plutôt que tu viens voir ta maman à chaque fois que tu te fais un petit bobo. Ne t'inquiète pas. Je te passerai un coup de fil à Poland Street dès que j'aurai du nouveau.

– Au revoir, dis-je en refermant la porte derrière moi.

* * *

En m'éloignant de chez Frank, je découvris par hasard un petit jardin public près du fleuve. J'y dénichai un banc sous un saule pleureur. Je m'y assis un moment, le cahier à la main, pour réfléchir à ce que j'avais appris jusqu'à maintenant sur Dora et sur cette fleur obscure qu'était son existence passée.

Tandis que je restais assis sur ce banc, je me sentis

transpercé par l'immense tristesse que cette affaire avait provoquée en moi. J'étais certain que Ballard, quelques instants plus tôt, avait deviné ce que je ressentais. C'était la première fois qu'une enquête me bouleversait à ce point, et je ne savais pas pourquoi.

De nouveau, j'ouvris le modeste cahier d'écolier.

Suarez.

Dora avait écrit, de son écriture ramassée, anguleuse :

« Avant que ma maladie ne me force à réfléchir, je n'étais ni intelligente ni stupide, mais plutôt passive par nature. Bien sûr, j'attirais les hommes. J'étais jeune, et j'aimais sortir. Quand je m'amusais, cela m'empêchait de penser à ma jeunesse malheureuse. Betty m'appelle. »

Plus loin.

« Adèle, te rappelles-tu ces soirs où je passais devant ta boutique de modiste, au coin de ma rue, en revenant de l'école ? Tu m'invitais alors à prendre le thé dans ton arrière-boutique, et tu me disais toujours : "Courage, petite", car tu savais à quel point la vie était difficile, chez moi. Tu étais l'une des rares personnes à qui je me confiais. Un jour, je t'ai demandé : "As-tu connu l'amour ? Parce que moi, je ne le connais pas – pas encore." Et tu m'as répondu : "Une fois seulement", en te détournant. Je ne sais pas pourquoi, mais c'est à ce moment précis que je me suis dit : "La vie ne me réserve rien de bon."»

Sur une autre page :

« J'ai toujours eu besoin des autres parce que je n'avais pas de chez-moi. Ce qui me servait de foyer, c'était quatre pièces où régnait la violence – mon père qui battait ma mère, ma mère qui se défendait à coups de poêle à frire, ma mère encore qui gisait sur le sol dans une mare de sang, et jamais le moindre sou à la maison. Oui, vraiment, l'école, c'était le paradis, par comparaison. Mon père était espagnol, ma mère juive polonaise. Ils étaient réfugiés, l'un comme l'autre. »

Ailleurs, Dora racontait qu'un soir, dans un pub bondé de Soho où elle se trouvait avec un homme, elle avait écouté un poète déclamer ses œuvres. C'est pourquoi elle avait retranscrit, de mémoire, quatre de ses vers qui l'avaient frappée :

« Racontez bien comment il a perdu ses gaz
Ses pauvres flatulences
Bien qu'obèse, il a pris part à la course
Il était présent dans cette guerre. »

Après son récital, l'auteur avait fait la quête, et Dora lui avait donné une livre.

Sur la page suivante, Dora avait essayé de dessiner Betty Carstairs somnolant dans son fauteuil, les lunettes à la main, sa tête, coiffée d'un bonnet de laine, rejetée en arrière. Au-dessous, elle avait écrit : Avec tous mes baisers, Betty chérie, de la part de ta Dora.

(Bon sang, je me voyais avec elles dans cet appartement d'Empire Gate, à présent. Calme et silence. Le téléviseur en panne qui scintille dans la pénombre au pied des deux lits. Les deux femmes bavardent paisiblement ; Dora sait pertinemment qu'elle vit là la dernière soirée de son existence, puisqu'elle a décidé d'y mettre fin. Betty vient de quitter la pièce pour se rendre aux toilettes ; le chauffage électrique luit doucement. Et brusquement, *clac !* Toutes les lumières s'allument. Dora lève peut-être les yeux de la publicité du magazine – et il est là, brandissant sa hache. La terreur absolue. Et puis la fin.)

Dora était habillée de façon somptueuse le soir de sa mort. Elle venait de se laver les cheveux ; comme tout ce qu'elle portait, sa robe, ses escarpins noirs – que nous avons trouvés près de ses pieds repliés sous elle – étaient absolument neufs. Elle s'était vêtue avec soin pour une grande occasion ; elle ne voulait pas manquer sa sortie. Comme l'a écrit Dylan Thomas, elle était habillée pour mourir.

Ses cheveux noirs étaient vraiment magnifiques. Je les revoyais, en ce moment, me rappelant leur bonne odeur de propre (pour ceux, du moins, qui n'étaient pas imbibés de sang), ce parfum de pomme verte qu'ils conservaient du shampooing dont Dora s'était servie. Tous ces détails – le soin qu'elle avait apporté à sa coiffure et sa toilette, les deux bouteilles de vin qu'elle n'avait pas eu le temps de boire avant l'arrivée de son assassin – me transperçaient le ventre comme une blessure, si bien que j'avais envie de plaquer ma main sur l'endroit douloureux.

Apparemment, ce que je ressentais n'avait aucun rapport avec mon enquête, et malgré tout, cela avait son importance ; car, si j'étais resté indifférent, je n'aurais pas désiré avec autant de rage retrouver l'assassin.

* * *

Car j'avais lu :

« Samedi matin. C'est ce soir que je vais en finir. J'ai tout prévu. Je ne suis plus inquiète. Maintenant que je me trouve au terminus, devant la sortie, mon billet à la main, je suis déjà dans un autre monde, et j'éprouve même un certain plaisir à régler les détails. En un sens, c'est presque comme si je partais en vacances ; il y a une partie de moi-même qui se sent tout à fait irresponsable ! » Elle avait ajouté – plus tard, apparemment, car l'encre utilisée était différente : « Oui, j'en suis sûre, c'est ce soir que je passerai aux actes, ma décision est prise. Pas plus tard qu'hier, j'ai dit à Betty : "Je suppose que nous avons certains droits à disposer de nous-mêmes." »

(Je me dis en moi-même : « Quand je mettrai la main sur lui, il n'aura pas plus de cinq secondes pour dire ses prières, et puis il sera trop content de crever. » Car j'avais déjà appris par cœur un passage que Dora avait écrit, la pauvre petite : « Je vais donc mourir. Betty me comprendra sûrement. Au fond d'elle-même, elle saura pourquoi j'ai fait ça. Elle le sait déjà. »)

Dora poursuivait :

« Comme il s'agit d'une question grave, dont la partie physique est difficile à affronter, j'ai décidé de faire de ma mort une sorte de fête pour moi seule. Tout d'abord, je vais prendre un bain et me laver les cheveux. Puis je m'habillerai du mieux que je pourrai. J'ai acheté une robe et des chaussures neuves, et deux bouteilles de vin pour m'aider à passer le cap, et je mettrai ce parfum que je me suis offert et qui, normalement, est très au-dessus de mes moyens. Je regarderai le prospectus sur Hawaii en écoutant de la musique à la radio ; puis, comme ma mort sera mon mariage, je me dirai en m'en allant que je pars avec mon époux en voyage de noces dans le Pacifique. J'ai tout arrangé avec exactitude, parce que j'ai toujours trouvé rassurant de faire des projets ; cela me donne du courage, tout comme cela m'aide d'écrire ces lignes. Ainsi, avec des intentions sinistres, j'entre dans une pièce obscure comme une mariée en noir. »

Regagnant la Ford aussitôt, je repris le chemin de Poland Street, en roulant trop vite.

En arrivant à l'Usine, je demandai au bureau central :

– Vous avez du nouveau pour ce rapport d'autopsie ? Carstairs/Suarez ?

– Ils ont appelé pour dire qu'il y avait des complications – des choses qui sortent de l'ordinaire. C'était le médecin légiste qui téléphonait. Il a dit qu'il rappellerait.

– Quelles complications ? Qu'est-ce qui sort de l'ordinaire ? Quand va-t-il rappeler ? Dans combien de temps ?

– Il n'a pas précisé.

– Très bien, fis-je.

Avant de partir pour la morgue, je montai au 205 et appelai Tom Cryer au *Recorder*. Quand la standardiste décrocha, je lançai aussitôt :

– Non, M. Cryer n'est pas en conférence avec le rédacteur en chef, et il n'est pas question que je le rappelle plus tard, alors, passez-le moi tout de suite. C'est l'Usine qui le demande.

Elle était probablement divorcée, mère de trois enfants, très consciencieuse, et financièrement aux abois – en tout cas, bien trop intelligente pour rester longtemps standardiste, car elle me passa Cryer sans attendre, et j'annonçai :

– Eh bien, qui l'eût cru ? C'est encore moi, et je t'appelle de Poland Street. Comment vont Angie et le gamin ?

– Bon sang, fit-il. Ne me dis pas que tu es de retour à l'A14.

– Et pourquoi pas ? C'est pourtant bien là que je suis à ma place, non ? Ecoute, est-ce qu'on peut se voir ?

– A quel sujet ?

– Je te le dirai devant une bière au *Navigator*, répondis-je. Mais je n'aurai pas beaucoup de temps. Malgré tout, il est urgent que je te voie.

Cryer insista :

– Sur quelle affaire es-tu en ce moment ?

– Carstairs/Suarez.

– Nom de Dieu, dit-il. C'est l'histoire la plus abominable qu'on ait eue depuis des années. C'est encore pire que Sutcliffe.

– Commande-moi une Kronenbourg, si tu arrives le premier, et apporte-moi un paquet de Westminster bout filtre, ma réserve est à sec.

– C'est noté, fit Cryer. Maintenant, magne-toi le train et rapplique ici en vitesse.

* * *

Cryer et moi étions assis au comptoir du *Navigator*, dans Little Titchfield Street, perchés sur des tabourets à dessus de plastique noir comme une paire de vieilles putes. Je lui expliquai que cette affaire se présentait très mal, pour la bonne raison que je n'avais pas, jusqu'à maintenant, le moindre indice concernant l'assassin.

– Il faut absolument, dis-je, qu'on arrive à le trouver et à le coincer.

– Tes collègues ne nous laissent même pas nous approcher d'Empire Gate, fit Cryer. Alors, pour quelle raison voudrais-tu qu'on vous aide ?

– Parce que ton boulot, c'est de vendre des journaux, répondis-je. Et si tu ne peux pas approcher de l'appartement, c'est à cause des instructions que j'ai données, Tom. Tu me connais.

– Qu'est-ce que le journal aurait à y gagner ?

– C'est moi qui m'occupe de l'affaire, Tom, et ça fait un moment qu'on se connaît.

– Tout ce que j'ai récolté jusqu'à maintenant, grommela Cryer, c'est les conneries habituelles, tu sais, « la presse recevra un communiqué officiel ». Communiqué mon cul ! Ça veut dire que Jollo et Charlie Bowman, le dimanche matin, nous ont fait la leçon en se demandant si le rôti de bœuf serait cuit à point pour midi.

– Si tu me rends service, fis-je, j'ai mieux que ça à te proposer.

– C'est à dire ?

– Le marché habituel. *Le Recorder* sera le premier sur les lieux, et le seul, également. Aucun autre journal ne sera prévenu.

– Qu'est-ce que je dois faire ? demanda Cryer.

– C'est facile. Sors ton stylo et note bien ça. Tu m'écoutes ? « Propriétaire horloge brisée Kensington samedi cherche vandale responsable, récompense intéressante. » Tu ajoutes les numéros de téléphone et de boîte postale du *Recorder*. Avec ça, tous les indics vont être sur les dents. Passe l'annonce pendant une semaine, ou jusqu'à ce que je te dise de la retirer. Dès que tu reçois le moindre renseignement, tu nous le fais parvenir aussitôt par coursier. Idem si tu obtiens de ton côté une piste quelconque sur notre artiste.

– D'accord, fit Cryer en rangeant le message. Ça me paraît correct. Je marche.

– Parfait, dis-je, parce que sans un petit coup de pouce de notre part, de temps en temps, votre page de faits divers paraîtrait un peu vide, tu ne crois pas ? Et c'est ça qui intéresse vos lecteurs, et pas la restauration des châteaux du treizième siècle dans le Somerset.

Mais Cryer fit exactement la même remarque que Ballard :

– C'est une affaire qui te tient vraiment à cœur, non ?

– Si tu avais vu ça, Tom, répondis-je.

Il ajouta :

– Il y a une rumeur qui circule, selon laquelle Suarez était gravement malade. C'est vrai ?

– Comment veux-tu que je le sache tant que la morgue ne m'aura rien dit de précis ? Mais, de toute évidence, il y a du louche dans cette histoire.

– Qu'est-ce qui te le fait croire ?

– Un cahier d'écolier.

– Qui appartenait à Suarez ?

– Oui. (Je me levai.) Il faut que j'y aille, Tom. J'ai peut-être quelque chose qui m'attend à l'Usine, maintenant. On se tient au courant. Embrasse bien Angie. Salut.

En quittant Cryer, je retournai à l'Usine pour voir si la morgue avait rappelé, mais dans ma tête j'entendais parler Betty et Dora. Betty s'était assoupie dans son fauteuil ; elle avait légèrement glissé sur son siège, et sa tête, coiffée de son bonnet de laine, était calée contre le dossier haut. Dora disait :

« Betty, je ne voudrais pas vous réveiller, mais il y a une chose que je dois vous dire.

– Ça ne fait rien, je ne dormais pas, je me reposais seulement.

– Betty, dit Dora, vous êtes-vous jamais demandé quelle impression cela doit faire d'être un cheval ?

– Un cheval ? Non, ma chérie. Pourquoi un cheval ?

– Betty, poursuivit Dora, je me rappelle avoir lu, un jour, dans un journal, une petite annonce qui disait : « A vendre. Jeune jument. Race arabe. Trois mille livres à débattre. Certifiée docile. »

– Je ne comprends pas, Dora.

– Quand un homme qui n'est pas sûr de lui monte un cheval, son instinct primordial est de le dominer et de prouver qu'il est le maître. Il bat l'animal pour le faire obéir. Il se comporte de cette façon parce qu'il a peur du cheval, Betty. L'animal est beaucoup plus gros et plus fort que lui, et l'homme pense que le cheval pourrait facilement le tuer, ou du moins le faire tomber à terre, le ridiculiser. C'est une éventualité qu'il veut éviter à tout prix, bien sûr, et c'est pourquoi il brandit le fouet.

– Dora, qu'essayez-vous de me dire ?

– Ce que j'essaie de dire, c'est que l'homme n'a pas compris que le cheval ne vit pas dans le même monde que lui, et qu'il n'a pas besoin d'être fouetté pour obéir. Il accepte le maître.

– Dora !

– Betty, le cheval, c'est moi.

– Ah, ma chérie, dit Betty, je vois bien qu'on vous a maltraitée. Pourquoi ne demandez-vous pas assistance ?

– Quelle assistance ? fit Dora. Je ne suis qu'un cheval. »

(Elle avait ajouté, à la suite de ce dialogue : « Je

suis brune, et j'ai toujours été fascinée par les chapeaux noirs. A dix-huit ans, j'aimais descendre Singleton Street, vêtue d'un Levi's noir, en souriant à tout le monde, mon chapeau noir à larges bords penché sur mes yeux ; je chantais intérieurement. Je portais des écharpes pourpres, et je me répétais : *je m'appelle Dora Suarez !* »)

« J'ai un peu parlé de ma jeunesse à Betty, aujourd'hui, quand nous avons bavardé, vers trois heures du matin. »

5

De retour à l'Usine, je me dirigeais vers l'escalier pour monter au 205 quand je croisai Jollo une nouvelle fois.

– Eh bien, fit-il, on est content de rentrer au bercail ?

– Je ne vous conseille pas de vous payer ma tête, dis-je. Ce n'est pas le jour. Je prends cette affaire très au sérieux, alors écoutez-moi.

– D'accord. Je vous écoute.

– Suarez, commençai-je. C'était son nom de jeune fille, d'après sa carte de sécurité sociale. Quelqu'un a-t-il vérifié si elle était de nationalité britannique ? Ce n'est qu'un détail.

– C'est drôle que vous me demandiez ça, dit Jollo, parce que c'est moi qui ai vérifié le détail en question, et la réponse est arrivée il y a à peine vingt minutes.

– Alors ?

– Elle était bien britannique, et née ici même, à Londres. C'est son père qui était espagnol. Il est arrivé comme réfugié en mars 39, après je ne sais quelle guerre qu'ils ont eue là-bas, et il s'est fait embaucher comme manœuvre par un maçon.

– Très bien. Et sa mère ?

– Pas vraiment britannique non plus ; une juive polonaise de l'East End, du côté de Whitechapel. Enfin, il faut de tout pour faire un monde, pas vrai ?

– Vos opinions ne m'intéressent pas, dis-je. Je veux des faits, rien d'autre. Il n'y a personne, chez vous, qui soit capable de me dire qui elle fréquentait ?

– Vous vous imaginez peut-être qu'on surveille la population tout entière ?

– Allons, allons, fis-je, pas la peine d'employer les grands mots. Je vous demandais seulement si quelqu'un savait quoi que ce soit, au sujet de Suarez, qui pourrait m'aider dans mon enquête. C'est tout.

– Eh bien, Suarez n'a jamais fait de prison. Cela dit, c'est aussi le cas de beaucoup de gens à qui ça ne ferait pourtant pas de mal d'y aller.

– Autre chose : où en est-on avec ce rapport d'autopsie sur Carstairs et Suarez ?

– Ces choses-là prennent du temps, sergent.

– Je le sais bien. Mais le problème, dans cette affaire, c'est que le temps nous est sans doute compté. (Je continuai :) Ecoutez, montrez-vous un peu à la hauteur, pour une fois. Charlie Bowman et moi, nous venons d'aller voir ce que ce guignol a fait aux deux victimes. Et mon impression, c'est qu'on devrait faire tourner la machine, dans cette boîte, juste un poil plus vite, avant que notre abruti ne nous sorte un nouveau coup fumant qui nous laissera tous patauger, une fois de plus, dans une belle panique. Alors, c'est très simple. Votre bureau est juste au-dessus. Vous n'avez qu'à passer un coup de fil à la morgue – au cas où il y aurait quelqu'un de vivant là-bas – pour savoir ce que devient ce foutu rapport. Après tout, on travaille pour la police, dans cette baraque, non ? Alors ? Vous téléphonez, oui ou non ? Parce que, si vous ne le faites pas, je vais descendre à la morgue tout seul, et il y aura de la casse quand j'arriverai, je vous préviens. Mais c'est vous le commissaire, Jollo, et j'aimerais autant que vous vous en occupiez vous-même, mon joli, parce que la hiérarchie a toujours plus de poids que la bonne parole.

– Bon, j'y vais, espèce de grande gueule ! dit Jollo avant de regagner son bureau.

Il continua de monter l'escalier, pendant que je retournais au 205. J'avais à peine eu le temps de m'asseoir sur le bord de mon bureau que le téléphone sonnait.

– Le rapport est ici, annonça Jollo. Je vous le fais monter tout de suite.

– Ce n'est pas trop tôt, soupirai-je.

Je pris la lettre des mains de l'agent, signai le reçu, et ouvris l'enveloppe dès que je fus seul. Sous mes doigts, elle paraissait étrangement fine – ce qui cessa de m'étonner quand je vis ce qu'elle contenait. Car il n'en sortit qu'une simple feuille de papier à en-tête de l'hôpital, signée par le médecin légiste en chef (et non par celui à qui j'avais affaire d'habitude, un jeune toubib au sourire narquois qui fumait des Gauloises toute la journée pour tromper une anxiété bien réelle.) Le message disait simplement : « Je tiens le rapport sur Suarez à votre disposition, et j'aimerais vous en toucher deux mots si vous pouviez venir me voir tout de suite. »

Je rappelai l'agent qui avait apporté le message pour lui demander :

– A quelle heure ce document est-il arrivé ?

– Je ne sais pas, dit-il. Je ne suis pas sûr. (Il se hâta d'ajouter :) C'est pas vraiment mon boulot, vous savez, sergent.

– Comment ça, vous ne savez pas ? Vous êtes payé pour savoir. Alors, remuez-vous un peu et allez vous renseigner.

– Qu'est-ce qui ne va pas ?

Je le lui expliquai :

– Ce que vous m'avez remis est un message très urgent de la morgue. L'heure à laquelle il est arrivé dans nos locaux aurait dû être inscrite, ici, vous voyez ? Et ça n'a pas été fait. Essayez de savoir pourquoi, qui est responsable, et à quelle heure cette enveloppe nous est effectivement parvenue. Maintenant, j'espère que vous avez compris ce qui n'allait pas.

– Oui, mais, protesta-t-il, ça ne m'est pas très facile pour le moment, j'ai quelque chose en train sur l'ordinateur.

– Et moi, dis-je, j'ai deux meurtres sur les bras. Alors, laissez tomber votre ordinateur et vos fichiers.

Peu après, il revint dans la pièce, la démarche pesante, pour m'annoncer :

– Le message a été apporté par un motard, et il est arrivé ici il y a une heure et vingt-trois minutes.

– Le je-m'en-foutisme général qui règne dans cette maison aurait pu coûter la vie à un inconnu, déclarai-je. Quel est votre matricule ? Tournez-vous un peu, faites-moi voir ça.

– B381, sergent.

– Ça veut dire que vous êtes seulement stagiaire, alors. Eh bien, ne comptez pas trop sur un logement de fonction de la police, pour l'instant. Parce que vous et l'autre abruti qui a planqué ça dans un tiroir pour aller déjeuner tranquille, vous allez vous faire passer un sacré savon, tous les deux. Ça vous apprendra à prendre l'Usine au sérieux – vous aurez le temps de l'admirer depuis le carrefour où on vous enverra régler la circulation. Maintenant, débarrassez-moi le plancher.

* * *

J'appelai le numéro de téléphone que me donnait le message. Quand on décrocha, c'est une voix que je connaissais déjà qui me demanda :

– Qui est-ce ? On est en plein changement d'équipe, ici.

– Alors, faites-bien attention de ne pas prendre froid au passage, avec ce temps glacial, conseillai-je. Et, à propos, vous vous appelez bien Veale, n'est-ce pas ? Votre voix a un côté métallique qui me rappelle quelque chose.

– Oui, répondit mon interlocuteur d'une voix glacée, ici l'auxiliaire Veale.

– Alors, profitez bien de votre emploi d'auxiliaire tant que c'est possible, parce que si vous ne me passez pas le docteur Lansdown tout de suite, vous allez finir dans l'un de vos propres frigos. Appelez-le, dépêchez-vous – dites-lui que c'est l'A14 qui l'appelle au sujet de Carstairs et Suarez.

La mentalité des gens comme Veale me met les nerfs à vif ; ce sont toujours des types dans son genre qui prétendent que la personne à qui vous voulez parler est justement sortie. Que ce soit vrai ou non, ils considèrent que ce maigre privilège, purement négatif, est indissociable de la fonction qu'ils occupent. Ce n'est pas l'humilité qui les étouffe. Seulement, j'avais déjà remis à sa place le dénommé Veale une première fois, et il n'avait pas envie que je recommence. C'est pourquoi j'eus aussitôt Lansdown au bout du fil.

– Je comprends pourquoi vous étiez si pressé d'avoir ce rapport, annonça-t-il. Dans combien de temps pouvez-vous venir ici ?

– J'arrive tout de suite, répondis-je, mais je ne veux rencontrer personne qui réponde au nom de Veale. C'est pour son bien, pas pour le mien.

– Pas de problème, répondit le médecin légiste. Il me remplaçait, simplement, le temps que j'aille aux toilettes.

Raccrochant brutalement le téléphone, je fonçai vers le parking de la police, où m'attendait la Ford, et remontai mon col. La pluie s'était mise à tomber à verse.

* * *

Je pris le chemin de la City, roulant à toute allure. Tout en conduisant, je pensais : « Cette histoire dépasse largement le cadre d'une banale enquête de police sur une mort violente ; pour moi, Dora représente beaucoup plus que ça. » Car je découvrais que sa mort m'avait profondément affecté ; c'était comme si le tueur qui avait profané son visage m'avait sali en même temps. Le souvenir triste, et doux à la fois, de cette jolie robe qu'elle avait achetée et revêtue, les chaussures neuves, le magazine ouvert sur le Pacifique, ses cheveux qu'elle avait fraîchement lavés pour être prête à entrer dans la mort, pensait-elle, de son plein gré... Tous ces détails me collaient à la peau, m'accablaient terriblement. Je n'avais qu'une idée en tête : ramener Dora à la vie, comme Betty Carstairs avait voulu le faire. Mais Betty était trop vieille, et moi, j'arrivais trop tard.

Seule, se croyant condamnée, sans jamais importuner Betty qui était âgée et souffrante, et avec un courage immense qui ne devait rien à personne, Dora avait préparé son départ. Elle avait même fait, maladroitement, ses premiers pas dans les ténèbres, quand elle était tombée aux mains d'une ordure qui l'avait précipitée au fond du gouffre, dans une mare de son propre sang. Tandis que je roulais, je me dis que, même si j'arrivais trop tard pour la sauver, en arrêtant son assassin j'apporterais ma contribution à l'avènement d'une époque où une telle abomination ne serait plus possible, une époque où la société cesserait de produire des monstres. J'avais compris depuis longtemps qu'un tel but méritait tous nos efforts, mais je n'en avais jamais pris conscience aussi clairement qu'aujourd'hui.

En allant vers la morgue, je murmurai dans la voiture : « Donnez-moi la main, vous tous, les vivants et les morts, et accordez une pensée, pendant un moment de générosité, à la pauvre Dora Suarez qui n'aurait jamais dû mourir à trente ans, massacrée à coups de hache. »

En désordre, des phrases qu'elle avait écrites me revenaient à la mémoire : « Si seulement, dans je ne sais quel autre monde, je pouvais aller à la selle sans hurler de douleur... Mais, bien sûr, je ne peux pas parler à Betty d'une chose pareille. Je ne peux en parler à personne. »

Et aussi : « Un soir, il y a peu de temps, je me suis endormie en tenant Betty dans mes bras, et j'ai rêvé que j'étais un oiseau. Et quand j'ouvrais mon bec, il en sortait des larmes qui étaient comme des paroles que le monde entier entendait. »

A présent, j'approchais de la longue façade de l'hôpital qui abritait la morgue. Franchissant le portail principal, je poursuivis mon chemin vers une entrée étroite et anonyme, en brique rouge, juste assez large pour laisser passer une ambulance. Comme la mort elle-même, la porte était discrète et à peine visible.

* * *

Je me garai sur l'aire de stationnement, balayée par des tourbillons de poussière et de vieux papiers, que la morgue réservait à son personnel. Puis, sortant de la Ford, j'affrontai le vent cinglant de la capitale ; mes jambes de pantalon se plaquaient à mes tibias comme des linges humides, et le froid me remémorait tout ce que j'avais toujours voulu oublier.

6

Franchissant la porte de la morgue où s'engouffrait le vent humide de février, je montai trois petites marches en béton dont je sentis la texture à travers mes semelles. L'atmosphère glaciale, détestable de l'endroit me saisit aussitôt, alors que j'avais à peine atteint la réception. Je ne me crus pas obligé de faire des manières, puisque les miennes sont très mauvaises ; m'approchant de l'employé de service, je me contentai de faire claquer ma carte sur le comptoir, et j'annonçai :

– Police, A14.

Le type de l'accueil me demanda :

– C'est à quel sujet ?

– Matricules 87471 et 72, Carstairs et Suarez.

Il me désigna l'ascenseur, à l'autre bout du hall. Je traversai le dallage en faux marbre, remarquant cette odeur si particulière qu'ont les hôpitaux, et m'approchai du portier de service, un barbu prématurément chauve qui nettoyait le sol à la serpillière. Il avait aussi un seau en plastique vert pour lui tenir compagnie ; de temps en temps, il rapprochait de lui le récipient avec son pied. Le seau, la serpillière et l'employé paraissaient fourbus sous l'éclairage au néon payé par le contribuable.

– Est-ce que cet ascenseur de service fonctionne ? demandai-je.

– Ouais, fit le portier, ne vous occupez pas des panneaux « En panne », il est réparé, maintenant. Je vais le prendre, moi aussi, parce que je m'arrête cinq minutes, ajouta-t-il en enfonçant le bouton d'appel. Quel étage ? La cantine ?

– Non, celui de la viande froide, répondis-je. La morgue.

– Alors, c'est au sous-sol que vous allez. Je n'aimerais pas être à votre place. C'est sinistre, en bas, non ? (Comme je ne répondais pas, il ajouta :) Ne vous en faites pas, c'est plutôt normal d'avoir le moral à zéro quand on doit descendre là-dedans. Je vais vous accompagner, je remonterai à la cantine après. Tenez, le voilà.

La sonnerie retentit au moment où s'allumait la flèche désignant la descente. Les portes s'ouvrirent dans un chuintement. Comme nous entrions dans la cabine, il demanda :

– Vous n'auriez pas de quoi fumer, par hasard ?

Je lui donnai mon paquet de Westminster à moitié plein, lui disant :

– Gardez-le. J'en ai un autre.

– C'est sympa, fit-il, en allumant une cigarette. Bon sang, avec ça, j'ai de quoi tenir jusqu'à ce que je retourne chez Manpower. Bon, vous y voilà.

L'ascenseur s'arrêta avec un rebond asthmatique. Le portier m'accompagna hors de la cabine, puis il pressa le bouton de nouveau pour aller boire un thé à la cantine. Au moment où la porte se refermait sur lui, il ajouta :

– Salut, mon pote, et fais bien attention à toi.

* * *

La morgue était un endroit si vaste que ses murs carrelés, couleur de glace fatiguée, paraissaient gris – même à la lumière du soleil qui filtrait comme de l'eau jaunâtre à travers la verrière opaque. L'atmosphère sentait le formol. Les locaux étaient presque déserts ; la seule présence visible était celle de deux assistants, à l'autre bout de la salle, deux gamins chaussés de Doc Martens bleues et avachies, qui fumaient une cigarette, adossés au mur.

Je demandai à la cantonade :

– Le docteur Lansdown est là ?

– Non, il est sorti.

– Allez le chercher.

– Et pourquoi on ferait ça pour vous ?

– Parce que je suis ici aux frais du contribuable. Je suis officier de police.

– Vous avez rendez-vous avec le docteur ?

Je lui répondis :

– J'ai l'impression que vous débarquez, mon petit. La police n'a pas besoin de rendez-vous. C'est nous qui les fixons, et ce sont les autres qui obtempèrent.

– Ça, c'est encore à voir, dit celui qui me faisait face. (Son visage était blafard, constellé de taches de rousseur, et encadré de boucles orange pâle.) Ce que vous avez de mieux à faire, c'est d'aller voir M. Veale, pièce G4. C'est juste au bout du couloir. Il s'occupera de vous.

– S'il s'agit de M. Veale, répondis-je, il se pourrait très bien que ce soit moi qui m'occupe de lui.

– Et pourquoi ça ?

Désignant un téléphone situé dans un angle de la salle, je demandai :

– Est-ce que ce machin fonctionne ?

– J'en sais rien.

– Essayons toujours. (C'est une voix que je commençais à bien connaître qui me répondit, et j'attaquai aussitôt :) Je suis tout près de vous, Veale, à une dizaine de mètres et une poignée de secondes. Alors, amenez-moi le docteur Lansdown ici même. Je suis à la morgue. Ou le docteur vient me voir, ou bien c'est moi qui viens vous voir, Veale, et franchement, ce n'est pas votre intérêt.

Un chevrotement nasillard commença à protester à l'autre bout de la ligne ; je raccrochai le téléphone pour le faire taire.

Bientôt, des pas résonnèrent dans le long couloir par lequel j'étais arrivé. Me tournant vers les autres, je leur dis :

– Vous voyez ? C'est facile.

Mais ils avaient disparu.

Un homme d'une cinquantaine d'années, portant une blouse blanche ouverte sur un costume coûteux, surgit du couloir et se dirigea vers moi.

– Docteur Lansdown ? demandai-je.

C'était un homme d'apparence robuste, mais manifestement fatigué, abattu.

– Carstairs/Suarez ? fit-il.

– C'est ça.

– Il s'agit de Suarez, poursuivit Lansdown. L'avez-vous examinée ?

– Telle qu'on l'a découverte. C'est moi qui m'occupe de l'enquête. Pourquoi ?

– Vous avez les nerfs solides ?

– J'ai déjà vu beaucoup de choses. Pourquoi ?

– Vous allez devoir regarder quelque chose que vous n'avez peut-être jamais vu, répondit le médecin légiste. Voilà pourquoi. Je veux simplement vous faire comprendre à quel point il est important, quoi que vous voyiez, que vous restiez maître de vous et que vous gardiez votre calme. (Il ajouta :) Ça ne sera pas facile.

– Si ce que vous avez à me montrer pouvait m'aider à coincer son assassin, répondis-je, alors je vous garantis que je resterai calme.

– La pauvre gosse, dit Lansdown. Oui, il est possible que cela vous aide. (Il poursuivit :) Cela fait vingt-deux ans que je dissèque les cadavres ici, et j'ai eu beaucoup de mal à conserver mon sang-froid en examinant le sien. (Me regardant droit dans les yeux, il m'expliqua :) C'est cela qui a retardé mon rapport – j'ai dû effectuer quelques vérifications.

Il s'éloigna de moi, et soudain, il prit à mes yeux l'aspect pitoyable d'un rideau bon marché qui pend au bout d'une tringle cassée.

– Pensiez-vous avoir tout vu de Suarez quand vous l'avez examinée ? demanda-t-il.

– Qu'y a-t-il à voir de plus ?

– L'avez-vous touchée ?

Je ne pouvais pas lui dire que j'avais embrassé ses cheveux morts qui sentaient encore la pomme. Je répondis :

– Non.

– Elle était habillée quand vous l'avez trouvée ?

– Bien sûr.

– Vous n'avez pas touché à ses vêtements ?

– Docteur Lansdown, en tant qu'officier de police, j'étais sur les lieux pour noter la position des corps et pour examiner l'appartement.

– J'ai bien peur, dit-il, que vous n'ayez encore rien vu, en ce cas. Vous ne savez absolument rien du matricule 87471.

Il y avait un tabouret près d'un banc vide ; le désignant, Lansdown proposa :

– Pourquoi ne vous asseyez-vous pas ?

Je protestai :

– Bon Dieu, non. Je ne suis pas du genre à tourner de l'œil.

– C'était pour essayer de vous préparer, expliqua Lansdown. Ici, depuis plus de vingt ans, je côtoie la mort tous les jours. Mais je n'ai jamais rien vu de pire.

– Je suis aussi habitué que vous au spectacle de la mort violente, dis-je.

– Je m'en doute, mais tant que vous n'aurez pas vu Suarez, vous n'aurez aucune idée de ce qu'elle a subi. (Il ajouta :) Ne me dites pas qu'elle ne vous a pas marqué, vous aussi. (Puis, se détournant :) Je vais aller chercher Wiecienski. Nous faisons équipe ensemble. Il s'appelle Andrew, il est polonais. A part lui, tous les gens qui travaillent ici sont des guignols.

S'approchant de la porte, Lansdown appela :

– Andrew ! Tu es là ?

Une voix lointaine lui répondit que oui, il était là.

Le médecin légiste hurla :

– Apporte le dossier Suarez, Andrew. Le 87471.

La voix, teintée d'un accent étranger, demanda :

– Qui est avec toi ?

– Quelqu'un qui, apparemment, tient à ce que justice soit faite dans ce monde pourri.

– Quoi ? fit la voix. Je ne savais pas que ça existait encore, des hommes comme lui.

Wiecienski entra. Il posa le dossier marqué « Suarez D-87471 » sur le bord d'un bureau, près de la porte. C'était un homme corpulent d'une cinquantaine d'années, dont les cheveux blonds donnaient l'impression qu'ils avaient reçu la pluie.

– Amène-la nous, Andrew, demanda le médecin légiste. Mais couvre-la d'abord, pour que M. l'inspecteur ne puisse voir d'elle, pour commencer, que ce qu'il en a vu la première fois.

Elle arriva sur un chariot chromé, poussé doucement par Wiecienski. Elle était propre, exsangue et glacée ; ses yeux aveugles, noirs sous leurs paupières lourdes, luisaient d'un éclat dur sous l'éclairage cru que Wiecienski venait d'allumer au-dessus d'elle. Elle gisait, à demi tournée sur le flanc, comme un mets raffiné livré sur un lit de glace à un dîner mondain ; et le côté intact de son visage brun qui dépassait de la serviette, reposant sur sa joue, me faisait penser à une jeune fille dormant d'un sommeil figé – tant qu'on n'y regardait pas de trop près. Ses lèvres étaient entrouvertes comme si elle parlait dans son rêve. Se tournant vers moi, le médecin légiste annonça :

– Je vais ôter la serviette, à présent.

– Allez-y, dis-je.

Très doucement, Lansdown saisit la serviette, sous le menton de Dora, par les deux coins. Il la replia en silence, la faisant descendre jusqu'aux jambes – et quand ce geste révéla le reste du corps de Dora, dont l'état m'avait été caché, dans l'appartement, par sa robe, un violent haut-le-cœur me fit monter la bile au bord des lèvres, et je me dis, bon Dieu, je vais vomir, mais je réussis de justesse à me maîtriser.

– Ça va, dis-je.

Je me penchai sur le corps, et cette fois, je constatai que j'arrivais à le regarder.

– Andrew, fit le médecin légiste, tu veux bien m'aider à la retourner ? (En faisant pivoter le cadavre, il ajouta à mon intention :) Je veux que vous voyiez son anus.

Quand ils l'eurent mis en évidence, je demandai :

– Quelle est cette chose abominable qui ressemble à un champignon ?

– C'est une manifestation d'herpès simplex, répondit Lansdown, agrémentée de sortes de verrues muco-cutanées.

J'y regardai de plus près. Une partie du champignon avait éclaté.

– Comment arrivait-elle à déféquer à travers ça ? demandai-je.

– C'était pour elle une douleur intolérable, aggravée par le fait qu'en s'accroupissant sur les toilettes, elle découvrait ses cuisses et devait regarder ça, ça, et puis ça, vous voyez ?

J'examinai, en haut des cuisses, les plaques sombres, hideuses que me désignait Lansdown. Je lui demandai :

– Qu'est-ce que c'est ?

– Un exemple classique du sarcome de Kaposi. C'est la première fois que vous êtes confronté à un cas de sida ?

– Comment a-t-elle fait pour se retrouver dans un état pareil ?

– C'est ce que j'essaie de découvrir. Et cela explique pourquoi mon rapport sur elle n'est pas prêt. Je suis médecin légiste, pas spécialiste du sida. Alors, j'ai appelé l'hôpital de Westminster, qui possède une équipe de spécialistes. Ils sont venus, ils l'ont examinée, prélevé des échantillons, et j'attends leurs conclusions. Ne les bousculez pas, ajouta Lansdown. Ils font de leur mieux, d'autant plus qu'il s'agit d'une affaire de meurtre, mais cela prend du temps.

– Très bien, dis-je. Cependant, vous comprenez bien que, de mon côté, il faut que je trouve le meurtrier.

– Je sais, fit-il.

– Et plus votre rapport se fera attendre, plus l'assassin sera loin. Pourriez-vous téléphoner à Westminster ?

– Ecoutez, c'est arrangé, dit Lansdown. J'ai une ligne ouverte en permanence, ici. Si je suis absent, Wiecienski est là, et réciproquement. Et à la seconde où ils auront trouvé quelque chose, ils appelleront. L'équipe qu'ils nous ont envoyée est dirigée par Johnson. C'est lui qui supervise l'examen de Suarez, et il n'y a pas six hommes dans ce pays qui en sachent plus que lui sur le sida.

– Est-ce qu'il a dit quelque chose ? demandai-je. Il a donné une indication quelconque ? Parce que, ce qui commence à m'intéresser de plus en plus, c'est la façon dont elle a attrapé cette saloperie.

– Au bout d'une heure, Johnson a déclaré qu'il ne comprenait pas comment son intestin avait pu se détériorer à ce point. Il m'a dit : « Ce qui m'échappe, c'est le vecteur qui a permis la transmission du virus – il ne s'agit pas de l'organe masculin. » Après avoir examiné son intestin par côloscopie et pris des photos, il m'a expliqué : « Le côlon est anormalement dilaté, et semble avoir été gratté à vif et même rongé par endroits. Mais il va falloir que j'analyse les clichés, évidemment. » Puis il s'est tourné vers moi, et il a ajouté : « Pour parler vulgairement, si son côlon était un mouchoir en papier, ça ne vaudrait même pas la peine d'éternuer dedans. »

– A votre avis, demandai-je, avait-elle raison de penser, comme elle l'a écrit dans un cahier que j'ai retrouvé, qu'elle était en train de mourir de toute façon ?

– Oh, sans aucun doute, dit Lansdown. Regardez-la... Ici, et ici, et encore ici. (Prenant une pince, il souleva la lèvre supérieure pour l'écarter de la gencive.) Vous remarquez cette gingivite, les dents déchaussées jusqu'à la racine ? Et cette leucoplasie chevelue sur le bord de la langue, ici ? Et là ? C'est une manifestation du virus d'Epstein-Barr. Muguet, excroissances aphteuses jusqu'au fond de la cavité, infection générale de l'épiglotte. Ce sont des infections secondaires, mais souvent, elles se propagent plus bas, jusqu'aux poumons, se présentant en général sous la forme d'une pneumonie rare, donc difficile à traiter – lobairc à pneumocoques, à pneumocystis carinii, à toxoplasmes. (Il ajouta :) Bien qu'on puisse stabiliser de façon temporaire certaines de ces infections, rien ne garantit qu'elles ne réapparaîtront pas, ou qu'elles ne se manifesteront pas sous une forme différente dans d'autres parties du corps. Le sida à un stade avancé, dans l'état actuel de nos connaissances, est irréversible et le pronostic, en ce qui concerne Suarez, fatal.

– Combien de temps aurait-elle eu à vivre ?

– Difficile à dire. Trois mois, trois ans, qui sait ? Mais d'après Johnson, il lui restait six à douze mois au plus.

– Enfin, dis-je, de toute façon, elle avait résolu de se suicider.

– Je le comprends aisément, commenta Lansdown.

– Oui, mais c'est justement à ce moment-là que notre type se pointe, et qu'il lui épargne cette peine en la massacrant à coups de hache, le soir même où elle avait décidé d'en finir.

Le téléphone sonna, et Lansdown alla répondre. Au bout d'un moment, il annonça :

– Il y a un officier de police, là-haut, dans le hall d'entrée. Il veut savoir s'il peut descendre.

– Il a donné son nom ?

– C'est un certain inspecteur Stevenson.

Prenant l'appareil, je demandai :

– Comment se fait-il que tu sois là ?

– Je crois avoir une bonne raison pour ça, dit Stevenson.

– Descends, de toute façon, fis-je. Quelqu'un te montrera le chemin.

En attendant Stevenson, je m'éloignai des autres un moment pour réfléchir à mon aise. Certaines des phrases de Dora se bousculaient dans ma mémoire : « Je suis trop fragile ; je ne trouverai jamais le courage de me libérer – je suis coincée, je suis en train de mourir, je ne peux aller nulle part. Je l'ai vu hier soir, dans le terrain vague derrière chez lui (c'est là que nous nous retrouvons, à présent), et je lui ai dit exactement ces mots-là. Il s'est tourné vers moi comme une vipère, et il m'a dit : "Je vais te tuer, salope." Il m'a saisie par le poignet, me serrant si fort que j'ai cru qu'il allait me le casser. Il a ajouté : "Il est encore trop tôt." Puis il m'a projetée au sol et il est parti au pas de course, secouant la tête pour chasser ses cheveux de devant ses yeux. »

(Je pensai : oui, mais de qui s'agit-il, bon sang ? Où se trouvait ce terrain vague ? Et pourquoi était-il encore trop tôt ? J'étais certain qu'elle parlait de son assassin, mais Dora ne donnait jamais de noms – ni de lieux, ni de personnes.)

Après cela, il y avait une page où elle avait noté, de son écriture nerveuse et heurtée, marquant le passage d'un astérisque : « Un jour, j'en suis sûre, quelqu'un viendra et me tendra la main. En attendant, la dernière bataille se joue dans le salon de Betty. » (En me remémorant ces mots, je comprenais – maintenant que je savais qu'elle était en train de mourir du sida – de quelle façon Dora, acculée par la maladie, avait à la fois trouvé une détermination nouvelle et perdu la raison face à l'horreur de sa fin toute proche.) « On raconte que pendant la grande guerre, au début du siècle, les hommes qui partaient au front faisaient connaissance de leurs meilleurs amis au dernier moment, tout comme Betty et moi nous nous sommes trouvées l'une l'autre. »

– Chut ! Dora, fis-je, retournant près du corps pour lui caresser la joue. Chut ! Repose-toi, maintenant.

On frappa à la porte. Wiecienski alla ouvrir. Une voix annonça :

– Inspecteur Stevenson.

Je l'accompagnai jusqu'au chariot près duquel se tenait Lansdown.

– Suarez ? demanda-t-il en regardant le corps.

– C'est elle, répondis-je. Tu es un ami, et comme tu es là, je voulais que tu la voies.

Sans rien dire, Stevenson resta un moment à regarder Dora.

Je me penchai, pour sortir de sous le chariot une petite boîte glaciale qui accompagnait le corps. Sans l'ouvrir, mais en posant ma main sur le couvercle, je dis à Stevenson :

– Cette boîte contient un morceau du sein gauche de Suarez, et la majeure partie de son bras droit. Mais j'ai oublié qu'elle n'était pas entière ; pour moi, elle est intacte, et je vais coincer ce salaud. Le monde n'est pas assez grand pour qu'il puisse m'échapper.

– C'est possible, dit Stevenson, mais je pense qu'on pourrait peut-être... Tu sais que je suis sur l'affaire Roatta ?

– Oui. On en parlera en repartant d'ici.

– Je suis venu, expliqua Stevenson, pour être sûr de ne pas te manquer.

– Je comprends.

– Dès que tu en auras terminé ici, je te propose de retourner à l'Usine avec moi. On discutera de tout ça, pour voir si on n'arrive pas à faire coller deux ou trois détails. Il est possible que ça ne débouche sur rien, mais tu as remarqué que les heures concordent, et les truands se déplacent en voiture. Je ne vois pas ce qui aurait pu empêcher notre type de continuer sur sa lancée après Carstairs et Suarez, et de se payer Roatta tout de suite après. Qu'est-ce que tu en penses ?

– Je suis content de te l'entendre dire, approuvai-je, parce que ça me semble très plausible à moi aussi. Il suffirait qu'on trouve une connexion quelconque entre Suarez et Roatta. Le cas de la vieille dame ne pose aucun problème. A mon avis, elle a été tuée parce qu'elle est intervenue au mauvais moment, et qu'elle en a trop vu. En tout cas, c'est un point de départ. (J'ajoutai :) J'ai également mis la presse sur le coup. Cryer.

– Oui, bien sûr, si ça peut accélérer le mouvement. Les truands et les cinglés achètent le journal comme monsieur Tout-le-monde – ce qui ne les rend pas humains pour autant.

Wiecienski frissonna dans la pièce glaciale. Sans regarder personne, il dit :

– Trouvez-le.

J'eus soudain envie de retourner à l'Usine. Je dis à Lansdown :

– Il faut que nous partions. Merci beaucoup. Nous avons appris beaucoup de choses.

Je me disais : elle était donc atteinte du sida, en

phase terminale. Je n'arrivais pas à penser à autre chose. Au moins, il s'agissait sûrement de l'une des choses qu'elle ne pouvait pas dire à Betty Carstairs – mais en m'adressant à Lansdown, j'essayais de prendre un ton détaché, comme si je parlais de la pluie et du beau temps.

Le médecin légiste me répondit :

– Nous vous tiendrons au courant dès que nous aurons du nouveau.

– Oui, merci, fis-je. Autre chose : si vous pouviez me faire savoir quand les obsèques auront lieu...

– Carstairs sera probablement enterrée samedi prochain, dit Lansdown. Les obsèques publiques se déroulent en général le samedi après-midi. Mais pour Suarez, cela prendra plus longtemps. Tout dépendra de Westminster, de notre rapport, du coroner, de vous. (Puis, s'adressant à son collègue :) Tu peux la remmener, à présent.

– Je vais m'occuper d'elle, fit Wiecienski en recouvrant le corps avec la serviette.

Tandis qu'il accomplissait ce geste, les secondes qui s'égrenaient posèrent un point d'interrogation exsangue dans un silence que troublait seulement le couinement des roues en caoutchouc. Puis, l'horreur totale de la mort de Suarez a dû nous frapper tous, brutalement, dans cette haute salle où flottait une buée glacée. Car nous nous sommes regardés au même moment, incapables de dire un mot, et Wiecienski, les yeux rouges, s'est retourné vers nous avant de disparaître en emmenant Dora.

* * *

C'est une voiture de patrouille qui avait, en passant, déposé Stevenson à la morgue. Je le remmenai donc à l'Usine dans ma Ford, et pour penser à autre chose qu'à

Carstairs et Suarez, je me mis à lui parler de mon retour à l'A14.

– C'est assez étonnant. La Voix m'a appelé, et m'a appris une chose qu'on ne m'avait jamais dite au moment de l'enquête interne sur l'affaire Mardy : que la décision de la commission de discipline n'était pas de me radier à vie, mais de me suspendre de mes fonctions dans la police. On m'avait fermé la porte au nez, mais sans pousser le verrou, tu vois ? Dans ce genre de situation, tu es censé poireauter, la tête sous le bras, jusqu'à ce qu'on se décide à t'appeler pour te dire : "Ça y est, vous pouvez vous la remettre sur les épaules, si vous voulez, on a un boulot pour vous." On vous réintègre, seulement, ne nous emmerdez pas, cette fois. Bon. Là-dessus, je vois Jollo, et quand j'arrive enfin à le mettre sur la bonne longueur d'onde, j'apprends qu'ils n'ont personne, à l'A14, à mettre sur Carstairs/Suarez, puisque tu t'occupes de Roatta. Je leur dis, vous ne pouvez pas virer les gens et les rengager comme ça, et ils me répondent, pourquoi pas, vous aimez ce boulot, non ? J'ai bien été obligé de reconnaître que oui. Puis ils m'ont rappelé que j'étais un flic très consciencieux, ce que je risquais d'oublier, et puis Jollo et la Voix ont remis ça avec leur vieille rengaine : "Comment se fait-il qu'on vous haïsse tous autant par moments, sergent, pourquoi êtes-vous toujours solitaire, et toujours aussi épouvantablement difficile ?" Je leur ai expliqué que la seule façon, pour moi, de mener mes enquêtes, c'est d'être moi-même – je ne crois pas qu'ils aient compris, malgré tout. Jollo a dit : "Vous avez la langue trop acérée, pourquoi n'essayez-vous pas de la garder dans votre poche ?" Je lui ai répondu : "Parce que ça trouerait ma poche, je préfère m'en servir pour coincer les truands. Et j'ai ajouté : c'est vrai que je suis un solitaire, bien que j'aie un ou deux copains – mais c'est parce que je ne veux pas qu'une bande de connards trop zélés, qui ne pensent qu'à leur avancement, me tombent sur le râble quand je suis sur une affaire." Tu me connais, Stevenson, je les préviens toujours avant, assez poliment, d'ailleurs, du genre : non, rien de neuf aujourd'hui, merci, tirez-vous, laissez-moi tranquille quand je travaille – parce que, de cette façon, j'entends un assassin, je le sens, je le chasse à ma façon. C'est le travail pour lequel je suis fait. Jollo m'a fait remarquer : "Franchement, vous savez, vous êtes trop vieux pour rester sergent, vous avez quarante-cinq ans." Je lui ai dit : "Si vous m'expédiez à l'étage supérieur à coups de pompe dans le cul, je ressors aussi sec par la grande porte – pour de bon, cette fois, et je demande le divorce, comme disent les canards en page trois. Alors, pourquoi ne me laissez-vous pas continuer à ma façon ?". "Parce que, me dit Jollo, si tout le monde faisait comme vous, à quoi ressemblerait la police ?" Je lui ai suggéré d'inverser la question, et d'essayer d'y répondre. "Après tout, j'ai ajouté, regardez ma vie privée. C'est vite fait et c'est facile – c'est moi. Ce qui me servait autrefois de vie de famille, ma foi, ça s'est complètement désintégré, comme vous le savez ; et ce n'est pas parce qu'on est un solitaire qu'on est un mauvais flic. De plus, les horaires de travail ne me gênent pas du tout, et à mon avis, c'est tout ce que vous avez besoin de savoir, monsieur Jollo."Je lui ai dit : "Enfin, voyons, vous me connaissez – si vous me donnez l'enquête sur la mort de ces deux femmes, elles deviendront pour moi l'espèce humaine tout entière, jusqu'à ce que je capture le coupable, et je le trouverai. Je suis comme avant, toujours du côté de la victime ; je ne change jamais. Mais si vous me confiez une enquête, monsieur Jollo, c'est mon enquête et celle de personne d'autre. C'est ma nature ; c'est comme si vous mettiez une mangouste devant un serpent.". "D'accord, d'accord, a fait Jollo, continuez à travailler sur Carstairs/Suarez. » Et j'ai dit : "C'est ce que j'attends patiemment de pouvoir faire dès que vous aurez fini de parler."Et après ça, la Voix, à qui on avait rapporté cette conversation avec Jollo, m'appelle pour me dire que j'avais un côté franchement lyrique. Mais j'ai répliqué qu'il n'y avait rien de très lyrique chez les morts dont s'occupe l'A14.

(J'ai mes contacts et mon territoire : Londres. Je le connais comme un aveugle connaît chaque mur qu'il tapote, lorsqu'il sort de chez lui et tourne à droite pour aller faire ses courses. J'ai mes indics, tous pareils à des putes hypocrites, avec une mentalité d'éboueurs – toujours prêts à passer n'importe quel tas de merde au peigne fin dans l'espoir d'y dénicher une pièce de cent sous. J'ai mes alcoolos, mes truands à moitié pardonnés qui attendent leur procès, pressés de monnayer un renseignement si leur peine peut être réduite d'un an, ou même, dans certains cas exceptionnels, commuée en travaux d'intérêt général. J'ai la presse ; je vois un type ou deux autour d'une bière, de l'autre côté de la rue, au *Clipper* ou au *Yorkshire Grey*, et je suis prêt à foncer. Je suis toujours prêt à foncer. Pour me mettre au travail, je n'ai besoin que du minimum indispensable à tout inspecteur de police – une carte officielle, qui m'ouvre toutes les portes, et l'accès à nos ordinateurs, donc aux renseignements stockés dans nos fichiers.)

En garant la Ford sur le parking de l'Usine, je dis à Stevenson :

– Je n'ai pas arrêté de raconter ma vie, hein ?

– Ça va, fit-il, je n'ai pas mal aux oreilles.

– Très bien. Dans ce cas, montons ensemble jusqu'au second.

– Je suis en train de fouiller le passé de Roatta, m'expliqua Stevenson en entrant dans l'ascenseur, qui était vide. Je m'y intéresse de très près.

– Ça me réconforte de te l'entendre dire, commentai-je. Parce que, à partir du moment où tu commences à fouiller ce genre de merde, tu te réserves sûrement de sacrées surprises.

– Je te le répète, ce qui me fascine, c'est le peu de temps qui sépare sa mort de tes deux meurtres.

– Oui, moi aussi, ça m'intrigue.

– A propos, dit Stevenson, as-tu entendu parler d'une boîte de nuit qui s'appelle le *Parallel Club* ?

– Je connais, répondis-je. Elle se trouve du côté de Carnaby Street. Autrefois, elle s'appelait le *Night Off*, puis il y a eu du grabuge, là-bas, et tout a brûlé.

– C'est Roatta qui l'a fait incendier. Les anciens gérants ne lui versaient pas un pourcentage suffisant. En guise de premier avertissement, ses hommes ont tout cassé, et au second la boîte est partie en fumée.

– Dur.

– Tu ne vas pas pleurer, quand même ?

– Je sais déjà, dis-je, que c'est un endroit où vont draguer les jeunes cadres dynamiques. Mais à part ça ?

– A part ça, Roatta est dans le coup, répondit Stevenson. Il était copropriétaire avec Giancarlo Robacci.

L'ascenseur s'arrêta à notre étage et nous sortîmes de la cabine.

– Je n'étais pas au courant, dis-je, je débarque. Mais on sait tous à quoi s'en tenir sur Robacci.

– Tiens, en voilà un que j'aimerais bien démolir, fit Stevenson. Mais l'ennui, c'est qu'il est bolivien, maintenant. Pour me consoler, j'ai essayé deux fois de le faire expulser du pays, mais, va-t-en savoir pourquoi, ça n'a pas marché.

– Comme par hasard, dis-je.

Nous entrâmes dans son bureau. Tournant une chaise vers moi, je m'y installai, les bras croisés derrière le dossier.

– On voit pas mal d'Italiens remonter à la surface, dans cette histoire, commentai-je. Tu avais remarqué ? Certains bien vivants, d'autres beaucoup moins.

– Ma foi, on est dans le West End, non ?

Stevenson était nerveux. Il tambourinait son bureau du bout de ses ongles.

– Qu'est-ce qui t'arrive ? demandai-je. Tu as brusquement décidé d'apprendre le piano ?

– Ce matin, j'ai donné de l'argent à un type qui avait une photo à vendre. Elle n'est pas encore arrivée, alors que je devrais déjà l'avoir. J'ai versé une tonne de fric pour cette saloperie. Il ne s'agit pas d'un chef-d'œuvre, mais malgré tout, si elle n'est pas là dans cinq minutes, je vais arracher la tête de ce connard.

– On devrait te nommer aux relations publiques de la police, dis-je. (J'ajoutai :) Qu'est-ce qui la rendait tellement intéressante, au point de claquer une tonne de fric prise sur les deniers publics ?

– Elle concerne une petite fête que Roatta a donnée au *Parallel* pour son anniversaire, il y a un mois, répondit Stevenson. Mais pourquoi n'attends-tu pas un peu, pour y jeter un coup d'œil toi-même ? Si elle arrive.

– Oui, c'est ce que je vais faire. Il se passe quelque chose de spécial, au *Parallel*, à part qu'on y voit chanter des filles à poil, et qu'on peut se beurrer jusqu'à rouler par terre ?

– Il y a une salle au premier, expliqua Stevenson.

– Et qu'est-ce qu'elle a d'excitant ?

– Roatta était un maître-chanteur, dit Stevenson. Et Robacci en est un aussi. Mais leur truc, ce n'était pas de compromettre des réputations – tout le monde s'en fout, des réputations, de nos jours. Non, ils s'étaient lancés dans un genre d'arnaque entièrement nouveau. Seulement, je n'ai pas réussi à découvrir de quoi il s'agissait, et ce n'est pas faute d'avoir essayé. Personne ne veut parler.

Une auxiliaire arriva, portant une enveloppe grand format. La tendant à Stevenson, elle lui dit :

– Signez.

– Comment est-elle arrivée ici ? demanda Stevenson.

– Par coursier.

Mais il fendait déjà l'enveloppe. Il en sortit un agrandissement photographique en noir et blanc, sur papier glacé – c'est tout ce que je pus remarquer – et se pencha dessus. Quand son examen fut terminé, il retourna le document vers moi.

– A tout hasard, demanda-t-il, y a-t-il quelqu'un que tu reconnaisses dans cette élégante assemblée ?

Je regardai à mon tour. Au milieu des tables, une fille chantait, un micro à la main.

– C'est Suarez, annonçai-je.

– Je me disais bien, fit Stevenson, qu'il existait une probabilité infime que ce soit elle.

Il y avait beaucoup d'autres détails intéressants, dans la photo, mais en cette seconde, je n'avais d'yeux que pour Dora.

7

En passant au 205, je trouvai une lettre sur mon bureau ; elle était arrivée avec le courrier, tout simplement. En l'examinant, je constatai qu'elle avait été postée à Dulwich. Cette lettre avait un aspect déplaisant, et il me suffit de la regarder pour comprendre qu'on n'y trouverait pas d'autres empreintes que celles du facteur. Elle était devant moi, dans une enveloppe bon marché et pleine de taches. L'adresse était inscrite au stylo à bille, en majuscules énormes. Malgré tout, je passai un coup de fil pour qu'un type du labo vienne la chercher – on ne sait jamais.

J'ouvris l'enveloppe à l'aide d'un couteau et d'un mouchoir en papier. Elle contenait une feuille aux bords dorés. Le texte aussi était écrit en majuscules. Il disait ceci : « Salut, connard. Le journal dit que c'est toi l'ordure qui offre une récompense pour un type qui a bousillé une horloge. Si jamais je te trouve, espèce de fouille-merde, t'auras plus besoin de savoir l'heure qu'il est. » Posant ma cigarette, je reniflai la lettre. Elle ne sentait pas très bon ; la seule odeur qu'elle me rappelait vaguement, c'était celle du linge sale. J'examinai l'écriture ; les traits étaient irréguliers, discontinus, comme si elle avait été rédigée sur une surface rugueuse. Puis le spécialiste des empreintes arriva, et il emporta soigneusement le document.

Je retournai chez Stevenson.

– Quelque chose d'intéressant ? demanda-t-il.

– Non, seulement une lettre d'admirateur.

Même si la lettre était du tueur, elle ne pouvait me servir à rien dans l'immédiat. Malgré tout, si ma petite annonce avait contribué à lui faire perdre son calme, elle n'avait pas été inutile.

– Et si on regardait encore cette photo, proposa Stevenson, pour essayer de reconnaître des visages dans l'assistance ?

Contournant son bureau, je le rejoignis. Roatta et Robacci étaient là, avec des femmes ; il y en avait vraiment beaucoup, et nous les connaissions presque toutes.

– Bon sang, dis-je, c'est une véritable fiesta, là-dedans. S'ils n'avaient pas tous des gueules de truands, on se croirait sur le plateau de *La Vie de château.*

– Ils n'ont pas l'air de s'ennuyer, fit Stevenson.

– Oui, à part certains.

Sans m'attarder sur les visages, faussement hilares, des invités aux regards glacés assis autour des tables, j'examinai attentivement Suarez et son micro. Ses yeux étaient presque clos tandis qu'elle chantait, ses paupières ne dévoilant qu'une fente noire et oblique. Elle semblait triste, et personne ne s'intéressait à elle, sinon jusqu'à la hauteur des genoux. Puis je posai l'ongle de mon pouce sur un homme qui tournait le dos à l'objectif ; il était en train de quitter la salle par une porte surmontée d'un panneau lumineux « Sortie ». L'angle de la photo était noyé d'ombre, et l'appareil, qui n'était pas braqué sur l'inconnu, avait dû le saisir par accident. L'homme se déplaçait trop vite pour la vitesse d'obturation choisie ; son image était donc floue. Mais on voyait bien qu'il avait des cheveux bruns, qu'il portait un pantalon de sport et une chemise épaisse. Il pouvait avoir une trentaine d'années. Je demandai à Stevenson :

– As-tu la moindre idée de l'identité de ce type ? Ce n'est ni un serveur ni un barman, et pourtant, il m'a tout l'air d'être une sorte d'employé de la boîte.

Stevenson l'examina un moment avant de déclarer :

– Jamais vu. Et le fait qu'il soit de dos ne nous aide pas. C'est peut-être un videur.

– Oui, peut-être, mais il n'aime apparemment pas se faire prendre en photo. Qui t'a procuré ce cliché ?

– Une fille qui a failli brûler vive parce que trois types ont mis le feu à ses vêtements, sous le prétexte qu'elle ne se montrait pas assez coopérative, expliqua Stevenson. Et je ne plaisante pas. Elle travaillait dans cette boîte. Elle ne nous a pas appelés parce qu'elle tient à sa peau ; mais elle m'a quand même donné rendez-vous dans un pub. Et elle m'a montré ses jambes, qui ne sont plus ce qu'elles ont été – cramées à vif.

– Londres est toujours un haut lieu de la civilisation, à ce que je vois. Ma foi, je ne sais pas ce que tu en penses, mais j'ai l'impression que cette photo transforme nos deux enquêtes en unc seule.

– Je croyais, fit Stevenson, que tu n'aimais pas travailler avec quelqu'un d'autre.

– Tout dépend avec qui, répondis-je, et on nettoiera cette merde autrement plus vite si on s'y met à deux.

– Alors, c'est d'accord. Ça te dirait d'aller faire un tour au *Parallel Club* ?

– Tout à fait. Pourquoi ne pas partir tout de suite ?

– Oui, et je crois qu'on va prendre un mandat de perquisition pour cette petite balade, qu'est-ce que tu en penses ?

– Tu as parfaitement raison, fis-je. Avec ça, on pourra fouiller la boîte de fond en comble.

– Je m'en occupe pendant que tu te refais une beauté, dit Stevenson en décrochant le téléphone, et on s'en va dès qu'on a notre papelard.

– Tu risques d'avoir du mal à l'obtenir.

– Franchement, je ne crois pas, expliqua Stevenson. Parce que, à l'étage au-dessus, l'affaire Carstairs/Suarez leur complique la vie encore plus qu'à nous – avec tous ces gens qui les appellent sans arrêt et qui veulent savoir quelles mesures ils comptent prendre, et ainsi de suite.

– Les gens de la presse, par exemple.

– Exactement. C'est le genre de situation où il ne reste plus assez de place sous le tapis pour planquer la merde.

En arrivant au *Parallel Club*, il nous sembla évident, à l'un comme à l'autre, que nous n'avions pas du tout le même style que les clients qu'on voyait entrer et sortir. Mais cela nous était égal ; nous n'avions pas l'intention de rester dehors à cause d'un détail pareil. Le portier, format gorille, qui portait un haut-de-forme et une redingote cerise dont les boutons auraient eu besoin d'un coup de Miror, fonça droit sur nous en nous apostrophant :

– Où est-ce que vous croyez aller comme ça ?

– A l'intérieur, répondis-je en lui montrant ma carte de police. Nous sommes membres d'un club associé, vous voyez, alors, ce serait dommage que vous nous gâchiez notre soirée, non ?

Le portier, ne sachant pas trop ce qu'il était censé faire, prit la sage décision de ne rien faire du tout, dans l'immédiat tout au moins. Il se contenta d'aller décrocher un téléphone dans un coin. Une fois dans la place, la première personne que j'aperçus fut la fille du vestiaire. Elle devait savoir – j'eus vite fait de m'en rendre compte – qu'elle n'était pas aussi jolie qu'elle aurait voulu le paraître ; et elle devait passer son temps à le faire payer cher à tout le monde, et surtout aux hommes. Ses lèvres minces exprimaient à peu près autant de compassion qu'un distributeur de billets en train d'avaler une carte de crédit périmée.

Au bar, il y avait beaucoup d'animation, et quelques couples dansaient un slow sur la piste illuminée. Mais, d'une manière générale, les bouteilles circulaient plus vite que les clients, dans ce club. Un noceur adipeux, qui semblait capable de réagir au quart de tour en cas de besoin, s'approcha de nous pour nous demander :

– Vous êtes qui, vous, déjà ?

– Change de ton, petit, fit Stevenson. Tu vois bien qu'on est de la police. Alors, tire-toi et amène-nous un responsable.

Un guignol, qui donnait l'impression d'avoir découvert le socialisme au bar, puis de l'avoir dégueulé dans les chiottes parfumées à l'eau de rose, passa près de nous en titubant. Il allait rejoindre une Indienne, nue sous son manteau de fourrure et chaussée de mules dorées, qui trouvait manifestement, à voir son air suffoqué, qu'elle méritait mieux que ça. Le type, un jeune chauve dont le crâne démesuré semblait sortir d'un conte de fées, jeta à Stevenson :

– Un peu de tenue !

– Ma tenue, je l'ai laissée au vestiaire, dit Stevenson. Je suis flic en civil, à l'Usine. Et vous, d'où sortez-vous ?

– Mon père possède la moitié de cette rue !

– Ne comptez pas trop là-dessus, conseilla Stevenson.

Pendant un moment, nous restâmes seuls, lui et moi, au milieu de ce cercle de silence glacial que les flics créent autour d'eux. En regardant du côté de la piste de danse, vers le fond de la salle, j'aperçus une chanteuse noire qui circulait entre les tables, son micro à la main, tout comme l'avait fait Suarez. Je saisis au vol quelques paroles de la chanson : « J'ai dix-huit ans dans ma fièvre ! J'ai dix-huit ans dans ma tête ! »

Un type jeune et grand, qui aurait pu passer pour un universitaire s'il n'avait pas eu le visage balafré de façon si voyante, s'avança vers nous pour demander :

– Voyons, messieurs, de quoi s'agit-il ? Je suis

l'adjoint du directeur. Que puis-je faire pour vous ? Vous voyez bien que vous faites fuir la clientèle.

Effectivement, je remarquai que certains consommateurs, sans précipitation mais d'un pas décidé, commençaient à battre en retraite.

– Il s'agit, répondit Stevenson, d'une affaire de meurtre. C'est pourtant évident, non ?

La vague de départs anticipés s'accéléra imperceptiblement.

– Qui est le directeur ? demandai-je. Allons, mon mignon, on n'a pas toute la nuit.

– Il se trouve justement que M. Robacci est là.

– Amène-le nous, dit Stevenson.

– Vous préférez peut-être le voir dans son bureau ?

– Non, fit Stevenson. On reste ici.

Cela faisait un moment que je dévisageais notre universitaire. Soudain, je m'exclamai :

– Ça y est ! Je te reconnais, maintenant. En 85, tu as été arrêté comme intermédiaire d'un réseau de vol de voitures ; tu as écopé de trois ans, et tiré dix-huit mois à Ford Open. Puis tu as été condamné à des travaux d'intérêt général pour émission de chèques sans provision, et tu t'es retrouvé jardinier à St James's Park, hein ? Tu as eu du pot, cette fois-là, non ? Ça alors, si je m'attendais... Ce bon vieux Arthur « Le Fourgue » Apsley-Kingsford qui refait surface ! (Je secouai la tête.) J'espère pour toi que tu ne sais rien sur la mort de Roatta, mais je ne vais pas prier pour toi, tu peux être tranquille.

Le jeune type suait à grosses gouttes, à présent, et j'ajoutai :

– Va chercher Robacci avant que je t'attache au radiateur le plus proche avec mes menottes. Allez, fonce !

Maintenant, c'était au tour du portier de veiller à ce que notre champion de la fourgue se mette en quatre ; il tenait aussi à ce que la situation ne s'envenime pas. De plus, il digérait mal d'avoir été relégué dans les coulisses ; c'est pourquoi il revenait au premier plan pour faire entendre le son de sa voix. Il demanda à Stevenson :

– Alors, comme ça, vous êtes tous les deux de l'Usine ? Quel service ? La Criminelle ? Je ne vous remets pas. Je ne vous ai jamais vus.

– Non, fit Stevenson. Nous sommes de l'A14.

– Qu'est-ce que c'est que ça ?

– L'A14, c'est le service des Décès non élucidés, et j'ai de très mauvaises nouvelles pour vous tous. Nous avons un mandat pour fouiller ces locaux à fond, et cela concerne le bâtiment tout entier, pas seulement le rez-de-chaussée, et qu'est-ce que vous pouvez faire contre ça ?

– Je suppose, répondit le portier, qu'il y aura quelques coups de fil à donner. Je n'en sais rien.

– Laisse tomber, conseilla Stevenson. Il y a peut-être des gens qui passent ici chercher une enveloppe le 15 du mois, mais aujourd'hui, c'est le 28. Et nous, on ne fait pas du tout partie de la même clique, tu vois, et tu t'es vraiment fait baiser sur ce coup-là, mon mignon. Alors, un conseil : écrase-toi. Tiens-toi peinard, sois raisonnable, et, qui sait, tu t'en tireras sans doute avec un an ferme au maximum. En revanche, si tu fais le malin, tu peux morfler jusqu'à cinq ans.

Le portier commença à protester :

– Franchement, le moment est mal choisi pour vous mettre à…

– Je sais, l'interrompis-je, mais tu n'es pas payé pour casser la baraque. Laisse-nous faire. Les spécialistes, c'est nous.

– C'est vrai, ajouta Stevenson d'un ton grave, tu aurais intérêt à te faire oublier.

– Malgré tout, ajoutai-je, que ta discrétion ne t'empêche pas de répondre à une ou deux questions. (M'approchant de lui presque à le toucher, je repoussai doucement sa moumoute vers l'arrière de son crâne, puis je posai mes deux mains sur ses épaules.) Par exemple, commençai-je calmement en plongeant mes yeux au fond de son regard fuyant, quand as-tu vu ici, pour la dernière fois, une certaine Dora Suarez ?

– Et ne commence pas à bêler : « Qui ça ? » comme un minable, conseilla Stevenson.

Il me tendit un tirage de la photo que nous avions regardée au 202. Prenant le document, je le brandis sous le nez du portier.

– Cette fille-là, insistai-je. Celle qu'on voit chanter, sur cette photo, le soir où Roatta fêtait son anniversaire. (J'ajoutai :) Son dernier anniversaire.

– Oui, elle a chanté ici.

– On le sait bien, dis-je patiemment. Je viens de te prouver qu'on était au courant, en te montrant ce cliché. Mais elle ne chantera plus au *Parallel Club*, pas vrai ?

– Je suppose que non.

– Et pourquoi ça ?

– Eh bien… parce que j'ai entendu dire qu'elle était morte.

– Et tu as bien entendu, confirmai-je, comme tout le monde – et de quoi penses-tu qu'elle soit morte ?

– J'ai lu dans le journal qu'elle avait été assassinée par un type armé d'une hache.

– C'est exact, confirmai-je, si on ne tient pas à chercher plus loin. Mais en creusant la question, on s'aperçoit qu'elle fait partie de ces gens, heureusement rarissimes, qui ont été tués deux fois.

(Dans mon esprit, Dora m'écrivait toujours, sur les pages de son cahier : « Si vous voulez que nous vivions, nous vivrons tous – sinon, nous mourrons. Mais faites justice pour nous, qui en avons été privés. »)

– Je ne comprends pas, fit le portier.

Son triple menton commençait à trembloter, et je vis son regard balayer la pièce à la recherche d'une aide quelconque ; il commençait à craquer de toutes parts.

– Elle était aussi en train de mourir du sida, expliquai-je. Et comme c'est toi qui fais la police ici, tu peux sans doute me dire ce que tu sais à ce sujet ? C'est peut-être toi qui l'as contaminée ? Tu es séropositif, gros lard ?

– Ecoutez, chuchota-t-il, je ne suis que le portier.

– Il faut bien que quelqu'un ouvre les portes, pour laisser entrer les gens en enfer, poursuivis-je. Tu arrondis tes fins de mois, avec les pourboires ? Ceux que te laissent « Mon-père-possède-la-moitié-de-la-rue » et toute sa clique ? Et à part ça, tu te défoules sûrement sur les filles qui travaillent ici ? Les serveuses, les chanteuses, ça fait des petits à-côtés pas désagréables. Elles sont bien obligées de se laisser sauter, non ? Sinon, tu pourrais leur rendre la vie impossible... Je suis sûr que tu ne t'en prives pas. Tu as bien la tête à ça, mon gros.

– Je ne sais rien ! marmonna-t-il. Rien du tout !

– On fera le tri nous-mêmes, dis-je, entre ce que tu sais et ce que tu ne sais pas, là-bas, à l'Usine. Fais-nous confiance. Sans qu'on ait besoin de poser le petit doigt sur toi, tu nous raconteras des choses dont tu ne te doutais même pas.

– Portier ? fit Stevenson à voix basse. Ça me paraît un emploi extrêmement précaire ; je crois que tu ne vas pas tarder à décrocher un contrat de longue durée, un boulot passionnant qui pourrait t'occuper pendant des années. Ça consiste à ramasser de la poussière dans une pelle à l'aide d'une brosse, dans un couloir en ciment interminable. Avec le bon air de la campagne, en plus, pas comme dans ces boîtes du West End où on étouffe. Ça se trouve dans une ville qui s'appelle Maidstone, et c'est vraiment un coin sympa. Ça te fera le plus grand bien.

D'un air absent, Stevenson palpa le col brodé d'or du portier, avant d'en ôter délicatement un fil. La gorge sèche, le gros type déglutit péniblement.

– Bon, écoutez, fit le portier, si je vous disais...

Je lui demandai :

– Est-ce que Suarez avait un petit ami qui rôdait

dans les parages, qui traînait dans cette boîte par exemple ? Et ne me répète pas que tu n'es que le portier, parce que ce n'est pas du tout la réponse que j'attends.

– Ecoutez, bon sang, je ne l'ai jamais vue avec qui que ce soit en particulier. De toute façon, ce n'était pas le genre de fille à faire des confidences, si elle en avait un.

– Bon, dis-je, mais maintenant, fais bien attention à ce que tu nous racontes, parce que les trois meurtres sur lesquels nous enquêtons, l'inspecteur et moi, sont franchement abominables.

– Oui, fit Stevenson, et comment tu t'appelles, déjà ?

– Pas la peine de lui demander, intervins-je, je le connais. C'est Ronnie George Margoulis ; il a passé un an aux Scrubs pour vol, et deux à Maidstone parce qu'il a essayé de refourguer de la marchandise volée – tu devines à qui ? Précisément aux gens chez qui il l'avait piquée. C'est quand même astucieux, non ? Pas vrai, Ronnie ? Alors, c'est pour quand, la grande descente ? Du genre cinq à sept ans à Canterbury ? Hein, don Juan ?

– Le passé, c'est le passé, dit le portier.

– Peut-être, mais ça laisse des traces, Ronnie. Dans nos archives, entre autres, si tu vois ce que je veux dire. (J'ajoutai d'un ton grave :) Maintenant, tu n'as vraiment pas intérêt à nous mener en bateau, Ronnie, alors, dis-nous ce que tu sais sur Suarez. Est-ce qu'elle rencontrait quelqu'un ici, plus ou moins régulièrement, et quand ? Allez, c'est le moment de cracher le morceau, gros lard. Je sais bien que tu n'es qu'une langue de pute, par intérêt, d'ailleurs ; tu as une mentalité de fouille-merde, comme n'importe quel indic. Et tel que je te vois, tu es aussi foireux que tous les autres, malgré ta carrure de gorille.

Le portier commençait à dire qu'on pourrait peut-être se revoir ailleurs pour en discuter, quand apparut un obèse à lunettes noires qui semblait avoir été coulé tout d'une pièce dans son smoking.

Le gros homme déclara :

– Bonsoir. Je suis Robacci, le propriétaire.

– Oui, fit Stevenson, nous avons déjà eu le plaisir de nous rencontrer.

– Il y a des ennuis, ici ? demanda Robacci.

– C'est ça, dit Stevenson, dans le milieu où vous évoluez, les flics ne peuvent créer que des ennuis.

– Vous avez vidé mon club, tous les deux, fit Robacci. J'espère que vous vous en rendez compte.

– On l'aurait fait plus tôt, répondis-je, si on n'avait pas eu d'autres obligations.

– Vous avez vraiment saboté ma soirée, dit Robacci, et mes bénéfices par la même occasion, alors que les affaires marchaient si bien.

– Tu aurais mieux fait de retourner en Bolivie, tu ne crois pas, mon mignon ? fit Stevenson. Je te l'ai déjà dit deux fois.

– Je pourrais très bien prendre l'avion de dix heures du matin, si je voulais, répliqua Robacci.

– Ça ne serait peut-être plus si facile, maintenant, dit Stevenson. Mais tu n'es pas du genre à écouter les bons conseils, hein, espèce de nabot arrogant ? Si tu es blanc comme neige dans l'affaire Roatta, tu pourras partir – mais il va falloir des siècles pour le prouver. En revanche, si l'enquête montre que tu es dans le coup, tu pourras dire adieu à la splendeur des Andes et te mettre à vider des pots de chambre aux Scrubs. Compris ?

– Arrêtons de tourner autour du pot, si ça ne vous dérange pas, proposa Robacci. Vous voulez combien, cette fois-ci ? Je suppose que ce sont vos supérieurs qui vous envoient ?

– Tu n'es pas du tout sur la bonne longueur d'onde, expliqua Stevenson. Je n'ai jamais travaillé avec la police bolivienne, mais je suppose qu'il vaut mieux y connaître quelques types bien placés ? Enfin, je n'en sais rien, et ça m'est égal. Mais la différence, c'est qu'ici tu te trouves à Londres, et c'est nous, à l'Usine, qui avons la charge de ce secteur, et de tous ses habitants. Et tu fais partie du lot, mon mignon, tant que tu y résides. Seulement, il se trouve qu'on ne te connaît pas, et – mauvaise nouvelle pour toi – qu'on n'a pas envie de te connaître.

– C'est ce que les syndicats appellent appliquer la règle, ajoutai-je. Autrement dit : rien à faire ! Compris ?

– Bon Dieu, fit Robacci.

– En général, me précisa Stevenson, il quitte Londres pendant le week-end, et il n'était certainement pas au boulot pendant la nuit de samedi à dimanche. C'est-à-dire, ajouta-t-il à l'intention de Robacci, au moment où trois meurtres particulièrement répugnants ont été commis en l'espace de trois heures, dont celui de ton associé, Felix Roatta.

– Je suis au courant, dit Robacci. Tout le monde le sait, ici, et le déplore. Quant à Felix... lui et moi, nous n'avions que des intérêts financiers en commun, dans ce club. A part ça, il avait ses propres affaires de son côté, vous savez.

– Ce que je sais, fit Stevenson en les brandissant, c'est que j'ai deux documents en ma possession, ici, et que si tu essaies de nous posséder au sujet de l'un ou de l'autre, tu as toutes les chances de te retrouver pour vingt ans dans une prison anglaise. Tu n'es déjà plus si jeune, et quand tu sortiras, tu ne seras plus qu'un petit vieillard rabougri, qui s'appuie sur une paire de béquilles et une prière.

– J'aimerais simplement qu'on puisse passer dans mon bureau, dit Robacci, où on pourrait être tranquilles pour discuter sérieusement. On tomberait certainement d'accord sur une somme pour laquelle vous oublieriez tout ça. (Il avait l'aspect d'un homme en mauvaise santé tandis qu'il parlait.) Ces choses-là ont sûrement un prix.

– Malheureusement, non, répondit Stevenson. Quand deux officiers de police subalternes se voient confier une affaire aussi explosive que celle-ci, ils ne peuvent pas se permettre de commettre la moindre erreur. Et nous n'en avons pas l'intention.

– Alors, enchaînai-je, ne parlons plus d'argent, mais parlons de Roatta et Suarez.

– Oui, approuva Stevenson. Ce premier document que j'ai là, c'est un mandat de perquisition, signé d'un magistrat, qui nous permet de fouiller la totalité de ces locaux.

– Ecoutez, dit Robacci, une partie du bâtiment dépend du bail du *Parallel Club*, mais pas le reste.

– Ça nous est égal, fit Stevenson. Ce papier nous autorise à éventrer les murs du sol au plafond, dans le club, les appartements, et tout le tremblement. Tu n'as qu'à le lire.

Je suggérai à Stevenson :

– Maintenant, fais-lui voir le deuxième, pourquoi pas ?

– Auparavant, coupa Robacci, je tiens à vous dire quelque chose. Savez-vous de qui il est question si je vous parle de l'inspecteur principal Bowman, de la Criminelle, qui travaille chez vous ?

– Oui, parfaitement, répondis-je. M. Bowman est un parfait sadique, qui adore avoir quelqu'un à faire souffrir. Pourquoi ? Tu voulais le voir ? Ça peut s'arranger tout de suite.

– A ta place, conseilla Stevenson, je laisserais tomber cette idée – pour ton propre bien. Un flic est un homme comme un autre. Il te serre la main si tu es du bon côté de la barrière, et il te démolit le portrait si tu te trouves du mauvais côté. C'est la vie, pas vrai ?

– A moins, suggérai-je, que tu veuilles te plaindre des agissements condamnables d'un officier de police ? En ce cas, comme tu es en train de discuter avec deux officiers de police, profites-en pour exprimer tes doléances. Vas-y, on t'écoute.

– Bon sang, non, fit Robacci. Vous êtes dingues ?

Il n'insista pas.

– C'est le moment de lui montrer l'autre document,

dis-je à Stevenson. Voyons ce qu'il peut nous dire sur une ou deux personnes qui fréquentent son propre club.

Stevenson, montrant la photo à Robacci, lui demanda :

– Bon, c'est bien le *Parallel Club* qu'on voit là, n'est-ce pas ? Ça se passait quand, cette petite soirée ?

– Pas la peine de bredouiller, Robacci, intervins-je. Il s'agit de l'anniversaire de Roatta, hein ? Le dernier qu'il ait fêté ici ?

Il fut bien obligé de dire oui.

– La fille qui chante, poursuivis-je, la brune, là, avec le micro ?

– Connais pas.

– Répète-moi ça, demandai-je, mais prends bien ton temps.

– Il se peut que je l'aie déjà vue.

– Ne me dis pas que des gens chantent dans ton club, devant les clients, sans que tu saches comment ils peuvent bien s'appeler.

– Ces filles-là, elles vont, elles viennent, elles ne restent jamais longtemps. C'était Felix qui les engageait.

– Ce visage-là, dis-je, c'est celui d'une fille qui ne reviendra pas, et il y a quelqu'un à qui on va le faire payer très cher. Alors, triture-toi les méninges et donne-lui un nom avant de perdre le tien.

Il resta muet, jusqu'au moment où je lui fis remarquer :

– Le silence n'est pas toujours d'or, Robacci.

– Felix aurait peut-être pu vous renseigner, répondit-il.

– Mais maintenant, il ne dira plus rien, alors, il va falloir que tu craches le morceau. Après tout, vous étiez copropriétaires de ce foutoir.

– Regarde son visage, dit Stevenson. Ça se voit bien, qu'il la connaissait.

Me tournant vers Robacci, je lui demandai :

– Quand est-ce que tu l'as baisée pour la dernière fois, gros tas de merde ?

Robacci devint livide. Il répondit :

– Je n'ai jamais fait une chose pareille.

– Oh, vraiment ? m'étonnai-je. Elle n'était pas assez jolie pour toi ?

– Ce n'était pas ça.

– Non, je sais bien que ce n'était pas ça. (Me tournant vers Stevenson, j'annonçai :) On va mettre ce type-là au frais.

– Qu'est-ce que vous voulez dire ? fit Robacci.

– Qu'on t'offre un aller simple pour l'Usine, et là-bas, on va te presser le citron jusqu'à ce qu'il en sorte du jus.

Il commença :

– Si vous posez la main sur moi…

– Ce n'est pas comme ça que ça se passe, le coupai-je. On n'aura pas besoin d'en arriver là. (Lui présentant de nouveau la photo, je lui demandai :) Et cet homme, ici, celui-là, qui fonce vers la sortie de secours dans le coin de la salle, près de la piste de danse, qui est-ce ?

Robacci ne répondit pas.

M'adressant à Stevenson, je lui fis remarquer :

– Quand un type te sort tout un baratin, c'est qu'il ment. Quand il se tait, c'est qu'il sait quelque chose. C'est toujours comme ça, non ?

– C'est vrai, fit Stevenson ; d'après mon expérience, en tout cas.

– Quelles charges avez-vous contre moi ? demanda Robacci.

– N'importe quoi, répondis-je, du moment que ça tient vingt-quatre heures – parce qu'il nous suffira de vingt-quatre heures pour apprendre le fin mot de l'histoire. Papiers à vérifier, enquête fiscale, fréquentation notoire de criminels, bon sang, je peux trouver une trentaine de raisons différentes.

– Je me plaindrai à mon consulat ! menaça Robacci.

– C'est bizarre, dis-je, mais la diplomatie est l'un des rares domaines où la Bolivie est plutôt dure à la détente. Pas de chance, mon mignon. (Je demandai à

Stevenson :) Appelle une voiture, pour qu'elle vienne prendre livraison du colis et le dépose à Poland Street, tu veux bien ?

– Vous ne parlez pas sérieusement ? s'étonna Robacci.

– Est-ce que j'ai l'air de plaisanter ?

– Non.

– Alors, c'est que je parlais sérieusement. (Je lançai à Stevenson, qui était déjà au téléphone :) Quand tu auras fini, on va se mettre sérieusement au travail et retourner cette taule de fond en comble. (Je demandai à Robacci :) Tu as les clés ? Je veux toutes les clés. Parce qu'on peut enfoncer tes portes, mais tu ne peux pas enfoncer les nôtres. Tous les truands savent ça, et c'est la règle d'or numéro un.

– Je ne sais pas si je les ai toutes, dit Robacci.

– Tu sais, fis-je, je te conseille de les avoir toutes sur toi ce soir, comme tous les autres soirs. Y compris celles de l'étage, auquel on accède par le petit escalier du fond qu'on découvre en allant aux toilettes, là où il y a une porte marquée « Cercle privé ». Sinon, c'est la clé de ta propre cellule qu'on risque de ne jamais retrouver. Et on ne te retrouvera jamais non plus, compris ? (J'ajoutai :) Tu persistes à dire, avant qu'on t'embarque, que tu ne connaissais Suarez que de vue ? Et ce type, genre sportif, qui sort par-derrière ? Ne te presse pas, et ne sois pas trop catégorique dans tes réponses. Pour la dernière fois, prends ton temps.

– Je vous répète ce que je vous ai déjà dit, s'entêta Robacci.

– Il est terrifié, constata Stevenson qui avait passé son coup de fil, et un type qui a peur invente les meilleurs mensonges qui soient, et s'y accroche comme un étron à une couverture en laine.

Je tendis la main vers Robacci.

– Les clés, demandai-je. Je ne veux pas être obligé d'aller les chercher à l'Usine une fois qu'on t'aura mis à poil là-bas.

Robacci me donna les clés.

La voiture de police arriva. Je dis au sergent :

– Celui-là, vous me l'emmenez en vitesse à l'Usine. Gardez-le au frais pour l'A14, bureaux 202 et 205. On sera là dans une heure tout au plus.

– Quelle est l'inculpation ?

– Suspect dans une affaire de meurtre, répondis-je.

A vrai dire, un épisode supplémentaire se déroula à ce moment-là, avant qu'on ne commence à fouiller le premier étage du *Parallel Club.* C'est à trois que nous sommes entrés dans le bureau de Robacci, et ce n'est pas Robacci que nous avons entraîné avec nous, mais le portier. Les portiers sont mal payés ; ils comptent beaucoup sur les pourboires, les commissions des chauffeurs de taxi, et les piécettes que leur donnent, en échange de quelques numéros de téléphone, les clients à la recherche de partenaires sexuels. C'est pourquoi, même s'ils n'y sont pas naturellement enclins, ils sont forcément témoins de beaucoup de choses. Ils sont, pratiquement, obligés d'avoir recours à leur sens de l'observation pour survivre. Une fois Robacci embarqué à l'Usine dans la voiture de service, le portier n'avait plus de ligne de défense, et il le savait.

Stevenson déclara :

– Bon, on ne va pas se montrer méchants, parce que la méchanceté, dans notre monde chrétien, ça ne paie pas... Tu es d'accord, Ronnie ? Seulement, ne te montre pas trop catégorique dans tes réponses, ni trop évasif comme tu l'as fait au début de la soirée quand je t'ai posé des questions. Sinon, je pourrais très bien oublier mes bons principes et commencer à pécher. Ça pourrait se terminer par un accident qui te ferait ressembler à une vieille balle de squash fatiguée, toute râpée d'avoir rebondi contre trop de murs. Et tu te retrouverais à l'hôpital. (Stevenson sourit.) A propos, Ronnie, tu savais que le squash était l'un des sports que les flics aimaient le plus pratiquer pendant leurs loisirs ? On a même un court de squash, à l'Usine, entre la cantine et les ordinateurs.

Le portier ne broncha pas.

– Oui, insista Stevenson, j'adore faire une bonne partie de squash. (Abruptement, il se pencha en avant, vers le portier.) Entendons-nous bien, je ne suis pas un violent, et pour le prouver, je vais allumer calmement cette cigarette. Mais, d'autre part, mon collègue et moi avons trois assassinats révoltants à élucider ; ce qui revient à coincer le coupable le plus vite possible. Alors, une fois de plus, c'est une course contre la montre : obtenir le maximum de résultats en un minimum de temps. Tu comprends ?

Le portier répondit qu'il croyait comprendre.

– J'aime mieux ça, fit Stevenson. (Prenant doucement le portier par le coude, il palpa l'articulation.) C'est toujours ici que ça casse, expliqua-t-il à Ronnie, toujours au même endroit. C'est terriblement douloureux, et il faut des années pour que ça guérisse – à vrai dire, certains docteurs prétendent que ça ne guérit jamais tout à fait. Bon, on sait bien que tu as un casier chargé, Ronnie, mais ce n'est pas un crime. Je dirais même que si Notre Seigneur était en train de nous regarder tous les trois, à ce moment précis, dans ce bureau, il dirait qu'on a tous un casier chargé. Seulement, le seul détail qui compte, c'est que tu as été témoin, dans cette boîte, de choses qu'on ignore. Alors, tu ne crois pas que tu ferais mieux de nous dire deux mots ?

– Ecoute bien, Ronnie, enchaînai-je, on essaie de commencer par se montrer gentils, mais ce n'est pas vraiment notre genre dans une enquête urgente comme celle-ci. Il y a cent questions qui attendent une réponse au sujet de ces meurtres, et ça ne nous plaît pas du tout, bien sûr. Alors, oublie Roatta pour le moment, on y reviendra plus tard. Parlons d'abord de cette pauvre fille, Dora Suarez, qui a été massacrée à la hache à South Kensington.

– Je vous ai dit que je la connaissais à peine.

– Du calme, maintenant, du calme, fis-je, voilà que tu t'emballes déjà, Ronnie. Tu es comme un gosse qui cavale après son ballon, le dimanche après-midi à Battersea Park. Ce n'est pas sérieux de ta part, mon coco.

Le portier s'entêta.

– Il y a des douzaines de pétasses qui viennent ici ; et alors ?

– Je vois que tu n'as rien compris, dit Stevenson.

– Ah oui ? fit le portier.

– Ce n'est pas seulement tes points noirs qui te font du tort, cette fois, poursuivit Stevenson, mais plutôt le fait que tu ne te montres pas du tout coopératif. Remarque, c'est toi que ça regarde, pas nous. Seulement, là où le bât blesse, c'est qu'à chaque fois que tu nous poses un problème, les tiens sont multipliés par quatre, ce qui se traduit normalement par autant d'années à l'ombre. D'accord ? Ça pourrait être à la prison de Canterbury, ou pire encore, qui sait ?

– Tout ce que je peux vous dire, répondit le portier, c'est que Suarez venait parfois au club, ou elle ne venait pas, on ne savait jamais si elle viendrait ou pas, parfois elle passait et puis elle repartait, certains soirs, elle chantait là, d'autres pas, parfois elle était avec un type, parfois seule, et c'est tout ce que je sais.

– Dans ce cas, Ronnie, dis-je, je suis désolé pour toi, mais ce n'est vraiment pas suffisant. Et je commence à croire que tu te prépares délibérément à passer un long et pénible moment en notre compagnie. A l'Usine, en ce moment, la nourriture est abominable, et le chauffage est de nouveau en panne. Mais tu t'y feras ; ils s'y font tous. Note bien que, une fois qu'on t'aura expédié à Brixton en préventive, tu t'apercevras que c'est encore pire là-bas. Mais en attendant, tu sais sûrement, je suppose, ce que ça veut dire qu'un aller simple en deuxième classe pour l'Usine – et j'ai bien dit un aller simple.

– Mais pourquoi est-ce que c'est moi que vous cuisinez ? cria-t-il. Pourquoi moi ? Je ne suis que le portier !

– C'est justement pour ça, répondis-je. C'est parce que c'est toi le portier, mon mignon. Tu vois tous les gens qui entrent et qui sortent par les portes du club, donc c'est toi le menteur qui camoufle la vérité plus que n'importe qui d'autre. Et tu dois être bien payé pour rester discret, ce qui m'intrigue aussi, sinon tu aurais déjà craché le morceau.

Stevenson demanda :

– Qu'est-ce qui se passe à l'étage ?

– A l'étage ? fit le portier. Quel étage ?

– Tu n'as pas oublié qu'on avait un mandat pour mettre en l'air toute la baraque ? demanda Stevenson. Et maintenant, malgré le pétrin dans lequel tu te retrouves, tu fais un faux témoignage devant deux officiers de police ? Je te conseille de rédiger ton testament, Ronnie, je te le dis franchement.

– Bon, on recommence, dis-je. L'étage ?

Le visage du portier était à la fois blanc et gris, à présent, ce qui paraissait ridicule en comparaison de la couleur rouge cerise de sa redingote.

– Je sais qu'il y a un premier étage, avoua-t-il, mais ce qui se passe là-haut, je vous le jure, je n'en ai aucune idée.

– Fais-nous une liste de tous les gens que tu as vus monter ou descendre ces escaliers, dit Stevenson, signe-nous une déposition, et on te rendra la vie plus facile, Ronnie. Sinon, pour toi, ça va être dur, très dur.

Je demandai :

– As-tu vu Suarez monter au premier ? (J'ajoutai :) Si tu l'as vue, tu as intérêt à me le dire... Tu me mens maintenant, et c'est un mensonge qui va te coûter cinq ans à l'ombre, pas un jour de moins.

– Oui, je l'ai vue.

– Souvent ?

– Assez souvent.

– Avec un homme ?

– Oui.

– Toujours avec un homme ?

– Oui.

– Toujours le même homme ?

– Non.

Prenant la photo des mains de Stevenson, je montrai au portier la silhouette floue qui quittait la salle en hâte par la sortie de secours.

– Elle est montée avec ce type ?

– On ne voit pas son visage.

– J'espère, dit Stevenson, que tu commences à nous dire tout ce que tu sais. Encore une fois, que se passe-t-il au premier ?

– Je n'y suis jamais monté, dit le portier. Je ne sais pas ce qu'ils font dans leur cercle privé.

– Mais tu sais qui s'y rendait, insistai-je.

– De toute façon, ajouta Stevenson, ton patron est au frais, chez nous, au bout de la rue, Ronnie. Tu n'as plus de position de repli, maintenant. Tu es cuit.

– Je veux que tu me parles, fis-je, du sportif qui sort du club en courant, là, sur la photo. Ce type, j'ai l'impression que j'aimerais faire sa connaissance.

– Je ne peux pas vous aider, s'entêta Ronnie.

– Même si tu dois aller en cabane ?

– Je ne peux rien vous dire. Je ne peux pas vous dire ce que je ne sais pas.

– Très bien, déclara Stevenson en se tournant vers moi. Je vois que nous perdons notre temps. Alors, on va embarquer à l'Usine ce qui reste de ce connard avachi, et il pourra s'expliquer avec Robacci. (Puis, s'adressant à l'obèse en redingote rouge et haut-de-forme à cocarde dorée qui, affalé dans son fauteuil, semblait au bord de l'épuisement :) Dis donc, Ronnie, tu sais comment ça se passe, à l'Usine, non ? Tu connais le système ; tu as dû en entendre parler par des gars qu'on a cuisinés. Trois équipes de trois flics, l'éclairage à pleins tubes, pas de limite de temps, tout est permis. Dans ces conditions, personne ne tiendrait quarante-huit heures. Bowman, Rupt, Fox : ça, c'est l'équipe numéro un ; puis Drucker et nous deux ; enfin, Goldman, Draper et Steele. Les mêmes questions, encore et toujours. Les rares types qui tiennent le coup jusqu'à la fin ont l'air de ne jamais récupérer complètement par la suite. Ils ne sont plus comme avant. Ce qu'on te sert, ici, c'est juste un hors-d'œuvre, pour voir si ton histoire tient debout – et à mon avis, mon joli, c'est loin d'être le cas. Voilà pourquoi tu es dans le pétrin jusqu'au cou. Tu ne veux pas jouer le jeu avec nous ? Très bien ; mais tu n'es pas sorti de l'auberge, Ronnie. Tu demanderas son avis à ton petit avocat minable, quand il aura enfin obtenu une autorisation pour te rendre visite, et il te dira que même si le juge est de bon poil et qu'il a sauté sa secrétaire la veille, tu risques d'en prendre pour sept à vingt ans de placard. Et c'est pour cette raison que ça s'appelle l'Usine.

– Il te reste toujours l'autre solution, bien sûr, ajoutai-je.

– Laquelle ? marmonna le portier.

– Tu pourrais te suicider, expliqua Stevenson, et à ta place, je crois que je n'hésiterais pas. On te laissera un lacet de chaussure ; pour toi, c'est probablement la meilleure porte de sortie possible.

– Tes patrons ne peuvent pas t'aider, dis-je. Le premier est mort et l'autre s'est fait embarquer.

– Je ne suis que le portier, répéta-t-il.

– Je sais, répondis-je, et ça te servira d'épitaphe parce que tu n'as pas été assez malin pour aller jeter un coup d'œil au premier.

– Je crois savoir ce qui se passe à l'étage, fit Ronnie, mais je ne peux pas vous le dire.

– Et pourquoi ? demandai-je. Tu as perdu l'usage de la parole ?

– C'est ça, dit Stevenson, il a le cerveau tellement ramolli qu'il est incapable de nous l'expliquer.

– Laisse-le parler quand même, dis-je, s'il en a envie. (Puis, m'adressant au portier :) Nous enquêtons sur une histoire sordide à laquelle, dans une certaine mesure, tu es mêlé en tant qu'employé de ce club.

Même si ce n'est que pour des raisons purement humanitaires, tu devrais nous aider à coincer le type qui a fait ça, et oublier le reste.

– Humanitaires ? fit Ronnie. Qu'est-ce que ça veut dire ?

– As-tu déjà vu le cadavre d'une femme tuée à coups de hache ? demandai-je.

Il réfléchit un moment avant de répondre :

– Non, seulement deux tuées par balles ; mais la première, c'était pour une affaire de fric, et l'autre pour une histoire de fesses. Et alors ?

– Alors, rien. (Me tournant vers Stevenson, je conclus :) Tu connais la chanson : « Comme de bien entendu, il n'a jamais rien vu. »

– D'accord, fit Stevenson en se levant. On va l'expédier à l'Usine. Il n'y a rien à tirer de plus de ce sinistre débris. Ou bien il refuse de parler, ou il n'a rien à dire, et les piaillements qu'on a réussi à lui soutirer commencent à me percer les tympans.

D'un commun accord, nous avions décidé, Stevenson et moi, de remettre à plus tard la visite du premier étage. Il nous paraissait plus urgent de retourner à l'Usine, et de cuisiner à nouveau le duo comique qui nous attendait en cellule. Nous laissâmes un agent en uniforme monter la garde devant l'entrée. Il avait un petit air triste, sur le perron humide du *Parallel Club*, devant la porte sombre encadrée par de vieilles affiches détrempées : « La nuit la plus folle, c'est la nôtre, Sam. 2 Fév., Tous à Brent Cross, Musique pour les libérateurs ! »

Et ainsi de suite.

Quand nos deux clients furent sortis de leurs cellules, Robacci arriva en protestant :

– Vous ne m'avez même pas laissé le temps de dormir un peu !

– A l'Usine, ce n'est pas le genre de la maison, précisai-je. Quand on a besoin de vous, on a besoin de vous, à n'importe quel moment du jour ou de la nuit. Ici, les détenus ont les mêmes horaires que la police. Personne n'a besoin de savoir l'heure qu'il est.

– Ecoutez, fit Robacci, au sujet de ma Rolls... Elle est garée sur une zone de stationnement gênant, est-ce que vous pourriez faire quelque chose ?

– Quand tu réclameras ta caisse, dans vingt ans, dis-je, elle sera dans un musée, et tu auras une sacrée amende à payer, tu ne crois pas ? Maintenant, ferme-la.

Quand nous fûmes installés tous les quatre, Stevenson attaqua :

– Bon, allons-y.

Il éventra un paquet de Westminster bout filtre, et en alluma une avec une allumette qui atterrit sur le pantalon du portier, brûlant le tissu pour y faire un petit trou. Aspirant une longue bouffée, il souffla la fumée, d'un air absent, au visage de Robacci.

– C'est répugnant, protesta Robacci.

– Désolé, fit Stevenson, mais c'est un compartiment fumeurs, tu ne sais pas lire, mon joli ?

– Quel est l'objet de cette réunion ? demanda Robacci.

– Rien de particulier, dit Stevenson. Le club est bouclé et gardé, et mon collègue et moi-même irons y perquisitionner avant la fin de la nuit.

– Ce qui nous intéresse, bien sûr, intervins-je, c'est la différence entre ce que vous allez nous raconter, tous les deux, et ce qu'on trouvera en fouillant le tas de fumier.

– Pour votre bien, expliqua Stevenson, il vaudrait mieux qu'il n'y en ait pas trop, de différence, sinon vous êtes cuits tous les deux, je vous préviens gentiment.

Il souffla un peu plus de fumée dans la pièce à l'atmosphère déjà épaisse. Robacci se mit à tousser, mais je savais que Stevenson fumait sans arrêt dès qu'il commençait à travailler sur une affaire qui l'intéressait. Il poursuivit :

– Allons, on ne peut continuer éternellement à jouer la comédie. A nous quatre, nous pouvons élucider trois meurtres, et en ce qui me concerne, je suis bien décidé à rester dans ce bureau jusqu'à ce qu'on y parvienne. La raison de la présence ici de mon collègue, c'est l'existence de cette photo, que vous avez déjà vue. Elle montre que la victime sur la mort de laquelle il enquête, Mlle Suarez, chantait à votre club en présence de Felix Roatta et de vous-mêmes – ce qui transforme deux affaires distinctes en une enquête commune pour lui et moi. D'autre part, qu'il s'agisse de Roatta, de Suarez ou de Mme Carstairs, la vieille veuve chez qui habitait Suarez, les victimes ont toutes les trois été tuées d'une manière atroce, brutale, inhumaine. En ce qui me concerne, je m'intéresse à l'assassinat de votre ex-employeur et associé, Felix Roatta. A présent, nous avons de bonnes raisons de croire que ces trois meurtres sont liés. Pas seulement parce qu'ils ont été commis la même nuit (celui de Roatta une heure après la mort des deux femmes), mais à cause de cette photographie.

– Qui vous l'a procurée ? demanda Robacci.

Stevenson répondit :

– Il se pourrait bien que tu aies fait partie de la bande… Est-ce que tu te souviens d'une fille, dans ton club, que trois hommes ont essayé de transformer en torche vivante ?

– Allez, fis-je, réponds ! Ou tu es au courant, ou tu ne l'es pas.

Mais Robacci ne dit rien. Me tournant vers Stevenson, j'ajoutai :

– Tire tes propres conclusions.

– C'est déjà fait, dit-il.

– Vous comprenez, repris-je, que nous sommes ici dans le seul but d'obtenir justice pour Mlle Suarez, Mme Carstairs et Felix Roatta, et que nous l'obtiendrons.

– Je n'ai jamais eu affaire à vous, répondit Robacci.

– C'est la fille qui a pris cette photo, dit Stevenson, qui me l'a apportée elle-même, et elle m'a montré ses brûlures aux jambes. Voilà pourquoi vous suscitez l'intérêt de l'A14.

– Pour cette fille, ajoutai-je, c'était ses jambes. Pour Suarez, c'était sa vie. (Je poursuivis :) Les Décès non élucidés sont un service objectif ; même si nous sommes des hommes d'âge mûr, nous sommes restés officiers subalternes par choix délibéré. C'est pourquoi il n'y a aucun moyen de nous acheter.

– J'en ai assez, déclara Stevenson.

Sortant dans le couloir, il héla un agent.

– Agrafez-moi ces deux lascars, et remmenez-les en bas, dans leur trou.

– Bien, fit l'agent. Allez, vous deux, debout, remuez-vous un peu, et que ça saute !

Robacci hurla :

– Je vous préviens qu'il y aura des retombées, dans cette histoire.

– Oui, dis-je, des retombées en provenance du bureau du procureur général. En attendant, vous passez tous les deux devant un magistrat, demain matin à neuf heures, et vous allez vous retrouver en préventive à Brixton jusqu'à ce qu'on vous confronte au tueur et qu'on vous envoie devant un tribunal. (Je dis à l'agent :) Emmenez-les, on a du travail.

Je me sentais soudain abattu, complètement démuni. Les rares rayons de soleil de mon existence – cette poignée de gens que je connais vraiment bien et en qui j'ai confiance, ces quelques éléments prometteurs sur qui j'ai inconsciemment appris à me reposer – me faisaient à présent l'effet d'un aliment empoisonné que j'aurais avalé et qui me rendrait malade. Le peu d'amour que je possédais se transformait en une souffrance qui se répandait en moi jusqu'au bout de mes doigts, jusqu'à mes tripes et mon cerveau. Comme Dora elle-même, et Betty, je me cognais la tête à mon tour contre la façade multiple de béton impénétrable de ce que les administrateurs appellent la société, et qui cachait sous sa paperasserie aux lenteurs léthargiques les horreurs d'Empire

Gate. Alors, je compris de nouveau ce que je risquais constamment d'oublier : ce que cela signifiait de ne voir en soi-même qu'une structure totalement isolée, qui vient de nulle part et ne va nulle part. Et j'éprouvai pour la seconde fois ce que ressent un être qui vacille et bascule. Quelqu'un avait laissé traîner non loin le journal du soir ; c'était un exemplaire qu'on avait lu, relu et abondamment feuilleté dans un pub, et la manchette pendait par-dessus l'arête de la table comme une langue grasse sur une lèvre, affichant en capitales ce que le papier ne pouvait prononcer : « HORREUR A KENSINGTON : DOUBLE MEURTRE À LA HACHE ».

– Oh ! Dora, dis-je à haute voix, je te sens si loin de moi, maintenant.

Pourtant, il était absurde que Dora fût loin de moi. Levant la tête, je lançai dans l'air confiné du bureau vide : « C'est notre faute, Dora. » Car elle avait griffonné pendant le peu de temps qu'il lui restait : « Il y a une chose que je sais : je ne dois jamais souffler le moindre mot de ma peur. Je ne suis plus une femme – mais seulement un bloc de souffrance privé de couleur. L'état de mon corps pose toutes les grandes questions qui nous importent à l'un et à l'autre et, en me suppliant de le libérer, à présent qu'il n'est plus capable de vivre avec moi, il me dit à sa manière : "Ceci est le pire des adieux, pour toi comme pour moi." Et je lui ai répondu que, à cause de ton état, qui est aussi le mien, à cause de notre état, et parce que les cartes ont été mal distribuées, nous atteignons ce degré de désordre où l'existence n'est plus possible. Car, au-delà d'un certain point, plus on tente de mettre de l'ordre dans sa vie, plus on tombe malade, plus on se désespère et on dépérit. Et à quoi sert le savoir, si ce n'est à nous préparer à la mort ? »

Oh, Dora… Tu écrivais, tu parlais, tu existais…
Oh, Dora, Dora, Dora !

Je décrochai le téléphone et composai un numéro. Quand une voix de femme répondit pour annoncer les archives, je demandai :

– Cheryl, c'est toujours vous ?

– J'espère bien, répondit-elle. En tout cas, ce n'est personne d'autre. Mais votre voix me dit quelque chose ; je me trompe ?

– Ma foi, ce n'est pas étonnant, car on se connaît bien. Brenda, vous et moi allions souvent boire quelques bières ensemble au *Dog and Duck*.

– Pas possible ! fit-elle. C'est vous ? J'ai même entendu dire qu'on vous avait mis sur Carstairs/Suarez.

– Exactement, confirmai-je. Et c'est pourquoi on est un peu bousculés. Il y a urgence. Barry est là ?

– Vous avez une chance infernale, il était sur le point de partir. Je vous le passe.

– Barry ? fis-je.

– Ah, dit Barry, ça, c'est génial. Le grand retour de l'A14.

– Non, Barry, ça n'a rien de génial, c'est l'affaire Carstairs/Suarez – la seule raison pour laquelle ils m'ont fait revenir. Je ne suis plus très jeune, mais c'est une histoire qui me donne soudain l'impression d'être vieux, Barry, très vieux. Ecoute, est-ce qu'on t'a apporté des empreintes d'Empire Gate ?

– Des empreintes ? répéta Barry. Des empreintes de semelles, mais ton type a sûrement brûlé ses godasses à l'heure qu'il est.

– Barry, insistai-je, il me faut absolument quelque chose à me mettre sous la dent. N'importe quoi. Tout ce que tu pourras trouver sur ce guignol. Je suis sur cette enquête avec Stevenson, en partie, parce qu'on a l'impression qu'il y a un rapport entre mes deux meurtres et Roatta.

– Et pourquoi ?

– Le *Parallel Club*. Stevenson a une photo montrant Suarez en train d'y chanter, le soir de l'anniversaire de Roatta.

Barry demanda :

– As-tu une description d'un suspect quelconque ?

– Un petit brun, qui partait en courant par une sortie de secours, au moment où la photo a été prise. Il tourne le dos à l'objectif.

– Très utile.

– Utile, mon cul. Mais est-ce que vous avez un portrait de Suarez, chez vous ?

– A quoi ça pourrait nous servir, de toute façon ? demanda Barry. On ne sait rien sur elle, rien ne concorde.

– Je m'en rends bien compte, fis-je. Mais ce que j'aimerais aussi que tu comprennes, c'est que le meurtre de ces deux femmes est l'un des plus abominables qu'on ait eu dans ce secteur depuis bien longtemps. Je te demande seulement d'ouvrir l'œil.

– Communique-moi tous les renseignements que tu récoltes, dit Barry. Donne-moi un os à ronger, et on pourra se mettre au travail.

– Entendu. Bonsoir, Barry.

– Bonsoir.

* * *

Je dis à Stevenson :

– Bon, maintenant qu'on a bouclé nos deux chérubins, retournons au *Parallel* pour tout foutre en l'air.

– Tu aurais dû retirer l'agent en faction, dit-il.

– C'est ce que j'ai fait, répondis-je. Pourquoi ? Tu as l'impression qu'on pourrait trouver quelqu'un là-bas ?

– Pourquoi pas ? fit Stevenson. A leur place, on s'inquiéterait. La marmite a explosé.

– C'est vrai, dis-je. C'est ce que je pense aussi.

Je pris les clés et nous entrâmes dans le club, où il y avait de la lumière. Seul le bar était allumé. A l'intérieur, il y avait un type en costume noir. Il était trop gros d'une taille pour ses sous-vêtements qui le comprimaient et le faisaient haleter de temps à autre.

– Bonsoir, dit le gros homme.

– N'essayez pas de vous payer notre tête, le coupai-je, parce qu'il était sur la photo. Vous êtes allé à d'autres petites fêtes depuis la soirée de Roatta ?

– J'y vais aussi souvent que possible, répondit-il.

– Je ne pense pas qu'on se connaisse, dis-je.

– Non, fit l'obèse, et c'est drôle, non ? On devrait, pourtant, à voir la façon dont vous prenez vos aises ici ?

– Je ne sais pas encore, répondis-je. Mais il me semble que si j'étais à votre place, ça me paraîtrait peu probable.

Sans cesser de nous faire face, le gros homme appela :

– Georgio !

Un type mince apparut. Il avait le visage plat et blafard d'un tueur.

– Oui, monsieur Scalo ?

– Démolis ces deux types, tu veux bien ? dit Scalo. Demande-leur comment ils se sont procurés ce jeu de clés.

– Allons, pas de précipitation, dit Stevenson. Laissez-moi seulement vous poser une simple question. D'où venez-vous ?

– De Rome, répondit Scalo. Et je viens à Londres assez souvent.

– Nous y sommes assez souvent nous-mêmes, commenta Stevenson.

– Et quel bon vent vous amène ?

– Une rafale qui s'appelle un mandat de perquisition, expliqua Stevenson. Nous ne venons pas d'aussi loin que vous, seulement de la rue d'en face, de l'Usine. Et quand on se déplace, ce n'est pas pour le plaisir. (Sortant le mandat de sa poche, il tendit le bras, et fit doucement glisser le bord de la feuille contre le bout du nez de Scalo.) Nous sommes officiers de police.

– D'accord, d'accord, fit Scalo. Georgio, laisse tomber les réjouissances pour le moment. Sors-nous plutôt une bonne bouteille et des glaçons, tu veux ?

– Oublie la bouteille, dis-je à Georgio. Retire ton arme de la poche de ton manteau et pose-la sur le bar. Tout de suite.

– Vous me menacez ? s'étonna Georgio.

– Exactement, confirmai-je.

Stevenson lui décocha un coup de pied dans le genou, et un second dans les valseuses. L'homme tomba à genoux, et s'accroupit comme s'il priait, se tenant l'entrejambe à deux mains. Je lui lançai un coup de pied dans la nuque, sortis son arme de sa poche, et la lançai à Stevenson, lui demandant de la mettre en lieu sûr. Georgio pleurait. Je le fouillai, mais ne trouvai rien d'autre qu'un portefeuille rempli de cartes de crédit.

– Des cartes de crédit volées, dis-je à Stevenson.

– Non, elles ne sont pas volées, protesta Scalo.

– Si je dis qu'elles le sont, c'est qu'elles le sont. C'est comme ça que ça marche, ici, dans le West End. Vous devriez venir de Rome plus souvent et prendre des leçons, mon mignon.

– Enfin, bon Dieu, explosa Scalo, mais qu'est-ce que c'est que cette histoire ?

– C'est ce qu'on aimerait savoir, expliquai-je. C'est pour ça qu'on est là, et c'est à ça quc sert notre papelard.

– Je viens à peine de descendre de l'avion à Heathrow, dit Scalo.

– Tout le monde fait des erreurs, commenta Stevenson, vous auriez sûrement eu intérêt à rester à bord. En tout cas, vous n'allez pas tarder à le regretter, si j'en crois ma boule de cristal.

Je demandai à Scalo :

– Vous êtes quoi, au juste, dans cette boîte ?

– Il n'y a pas de secret. C'est moi qui la finance.

– Innocent comme l'agneau qui vient de naître, c'est ça ? fit Stevenson.

– Je fais un saut pour voir comment marchent les affaires, dit Scalo, et regardez dans quels emmerdements je me retrouve.

– Deux conseils, ajouta Stevenson, si je puis me permettre. D'abord, perdez l'habitude de vous faire accompagner par un garde du corps armé, quand vous venez à Londres. Ça ne sert qu'à nous procurer un motif d'inculpation supplémentaire. Deuxièmement, ne comptez pas trop être de retour à temps pour la messe de demain soir.

– Maintenant, enchaînai-je, vous allez nous demander ce que nous faisons ici. Vous en avez le droit. C'est parfaitement légal.

– Vous aviez deux associés, dit Stevenson. Tous les deux compromis dans une magouille.

– Le premier, ajoutai-je, Felix Roatta, n'a rien trouvé de mieux que d'asperger un mur avec sa cervelle, inventant ainsi une nouvelle sorte de papier peint. Quant à l'autre, Giuseppe Robacci, il est dans nos murs, à l'Usine, où il prend un peu de repos dans la cellule numéro trois.

– Ce n'est pas votre jour de chance, fit Stevenson.

– Je ne vois pas ce que vous espérez trouver ici, dit Scalo.

– Pas vous, en tout cas, répondit Stevenson.

Décrochant le téléphone, il appela l'Usine.

– Envoyez-nous une voiture, oui, c'est encore le *Parallel Club*. On pourrait presque lancer un service régulier de minibus, non ? Il y a un type avec un coup dans l'aile, pour l'hôpital St. Stephen ; le deuxième, vous nous le mettez dans n'importe quelle cellule libre de la maison. Un certain Scalo. Gardez-le au frais, on a une perquisition en train, puis on viendra lui poser quelques questions. Oui, tout de suite, c'est ça, salut.

– Vous n'arriverez pas à m'embarquer, dit Scalo.

– Comment ça ? fit Stevenson. C'est comme si c'était fait, ils sont déjà en route, caïd.

– Ce que nous espérons trouver ici, précisai-je, ce sont des éléments complémentaires pour notre enquête, qui concerne trois meurtres répugnants, et sur lesquels, justement, vous êtes venus vous renseigner. Le téléphone marche bien entre Londres et Rome, mon joli.

– Vous comprenez le problème, expliqua Stevenson, nous ne pouvons pas vraiment commencer à retourner la baraque si vous restez dans nos pattes. Vous nous cassez l'ambiance, pour ainsi dire.

Je demandai à Scalo :

– Vous avez une idée de ce que nous allons trouver ?

– Absolument pas, répondit-il, imperturbable.

– C'est bien, approuvai-je. Votre avocat ne pourra rien pour vous, mais si vous continuez à suivre ses conseils à la lettre, vous lui ferez plaisir. Il pourrait même commencer à vous apprécier.

On frappa à la porte. C'était la voiture de police. Je dis aux deux agents :

– Embarquez-moi ça.

Puis, m'adressant à Scalo tandis que nos collègues sortaient les menottes :

– En attendant qu'on vienne vous voir, réfléchissez bien à la meilleure façon de vous rendre intéressant. (Je dis au chauffeur de la voiture :) A propos, demandez à ce qu'on lui donne des fringues de rechange ; il est en train de s'asphyxier dans ses harnais, et je ne voudrais pas qu'on ait un décès sur les bras.

– Une minute, fit Scalo. Ecoutez, vous êtes vraiment obligés de m'embarquer ?

– Je ne vois pas ce qui nous en empêcherait, dis-je, ou bien êtes-vous en train de faire l'intéressant ? Si c'est le cas, faites vite.

– J'ai de nombreuses affaires à régler.

– Je m'en rends compte, dis-je, et je suis vraiment désolé pour vos clients.

– Ce que je veux dire, insista Scalo, c'est que ça va me faire perdre du temps, d'aller jusqu'à vos bureaux. Alors, pourquoi ne pas discuter ici ? (Il jeta un coup d'œil à la Rolex qu'il portait au poignet, la faisant pivoter jusqu'à ce qu'elle brille sous le faisceau du projecteur du bar.) Elles sont belles, ces Rolex, ajouta-t-il.

– Mais elles ne sont pas vraiment étanches, dis-je, et

je trouve que les gens qui les portent sont beaucoup plus passionnants.

– Je veux dire, fit Scalo, ça ne me dérangerait pas si on avait une petite conversation.

– Tout dépend de ce que vous avez à dire, monsieur Scalo, répondis-je.

Stevenson ajouta :

– De toute façon, quoi que vous disiez, ces choses-là prennent du temps. Il va falloir que vous veniez avec nous, que vous fassiez votre déposition, que vous la relisiez, que vous la signiez... Vous connaissez probablement la procédure en usage dans la police.

– Particulièrement à l'Usine, ajoutai-je.

Scalo nous regarda l'un après l'autre avant de dire :

– Personnellement, je suis sûr qu'à trois, on peut s'arranger.

– J'en suis ravi, fit Stevenson.

– Mais vos hommes, là...

– Désolé, ils restent, dit Stevenson.

– Dommage, fit Scalo, qu'on ne puisse pas avoir un peu plus d'intimité.

– Ma foi, c'est comme ça, dis-je. On ne peut pas tout avoir.

– Malgré tout, insista Scalo, je suis persuadé qu'à trois, on peut s'arranger.

– A trois, oui, mais tout dépend de qui il s'agit, fis-je. Nous trois, nous sommes les vivants, les petits malins. Les trois autres, ce sont les morts – Carstairs, Roatta, et Suarez.

– Je ne pense pas, fit remarquer Stevenson, que la mort vous ait jamais beaucoup inquiété, monsieur Scalo. Je suppose qu'avec les vêtements que vous portez, les montres que vous vous offrez, vous êtes davantage disposé à faire la fête qu'à mourir.

– J'ai pensé à la mort, bien sûr, répondit Scalo en nous observant. Je suis catholique.

– Eh bien, je suis heureux que vous considériez la mort aussi sérieusement que nous, dit Stevenson, puisque mon collègue et moi enquêtons sur trois assassinats particulièrement abominables, et que nous nous apprêtons à fouiller cet endroit de fond en comble.

– En général, ce n'est pas de cette façon que ces affaires-là s'arrangent, commenta Scalo.

– Vous avez parfaitement raison, approuvai-je. On les arrange à notre petite pension de famille, au coin de la rue. Ça s'appelle l'Usine, et c'est là que vous allez, mon gros. Pour perdre du poids, c'est mieux qu'une ville de cure en Suisse ; les gens maigrissent plus vite chez nous qu'en bouffant des biscuits de régime.

– Ecoutez, fit Scalo. Parlons franchement. Vous voulez combien pour laisser tomber toute l'affaire ? Disons, dix mille livres ? Je les ai sur moi. Débarrassez-vous de vos hommes et on pourra discuter.

– Ça ne peut pas marcher comme ça du tout, dis-je. Cette histoire va beaucoup, beaucoup trop loin.

– Vous ne trouverez rien, affirma Scalo.

– Il se peut très bien que le problème, pour vous, ce soit que vous n'ayez aucune idée de ce que nous recherchons, dit Stevenson. Dans ce cas, je vous plains. Autre possibilité : vous savez parfaitement ce que nous voulons trouver, et vous devez avoir rédigé votre testament. Maintenant, vous allez partir à l'Usine, et nous, nous allons monter au premier et fouiller à droite et à gauche, comme nous avons un mandat de perquisition. S'il nous manque des clés, nous enfoncerons les portes, et les dégâts vous seront peut-être remboursés plus tard, qui sait ? D'accord ?

– Ecoutez, dit Scalo, vous n'avez pas le droit de traiter de la sorte un honnête citoyen, comme s'il ne valait pas mieux qu'une crotte de chien.

– Le papier que j'ai ici à la main me dit le contraire, fit Stevenson, et j'ai été assez bon pour vous le lire, non ?

– J'ai des avocats particulièrement saignants, menaça Scalo.

– Oui, dis-je, j'ai entendu dire qu'ils étaient surtout

redoutables au moment de se faire régler leurs honoraires – on est tous obligés d'estamper le client.

– Vous ne seriez pas en train de vous payer ma tête ? demanda Scalo.

– Si, répondit simplement Stevenson.

Regardant vers l'extrémité du bar, je scrutai l'ombre du fond de la salle, près de la porte où l'inconnu avait été photographié alors qu'il sortait en courant, et je dis à Stevenson :

– Je veux aller voir ce qu'il y a en haut de cet escalier.

– Votre mandat ne s'applique qu'aux locaux ouverts au public ! hurla Scalo.

– Le jour où on s'engage dans la police, dit Stevenson, un instructeur vous explique ce que couvre un mandat de perquisition. Et c'est absolument stupéfiant, mon mignon. Dans le cas présent, il couvre exactement tout ce que mon collègue et moi avons décidé qu'il devrait couvrir. (Puis, s'adressant au chauffeur de la voiture :) Ramassez ce petit connard de garde du corps qui se répand par terre, ça fait sale. (Il dit à Scalo :) Et vous, mon joli, tendez les poignets pour qu'on vous passe les bracelets, et ne commencez pas à râler, soyez raisonnable.

Les deux hommes en uniforme l'attirèrent sèchement à eux, lui passèrent les menottes, et Scalo glapit :

– Nous aussi, nous avons les moyens de faire régner notre justice !

Me retournant vers lui d'un bond, je lui dis d'une voix hargneuse :

– Alors, je te conseille de t'en servir pour toi-même, connard, parce que je veux coincer l'assassin de Suarez à n'importe quel prix, et l'enfer lui-même ne m'arrêtera pas, et encore moins dix mille livres.

– D'habitude, fit Scalo, nous avons affaire à des gens raisonnables.

– C'est exactement ce que nous sommes, dis-je, espèce d'avorton sordide, et le résultat de notre raisonnement, c'est qu'on va essayer de t'envoyer à l'ombre pour vingt ans si c'est possible.

– On passera te voir quand on en aura terminé ici, ajouta Stevenson.

– On apportera aussi un rapport de l'hôpital de Westminster, repris-je. On s'installera tous dans ce qu'on appelle, à l'Usine, la pièce des "activités d'éveil", et on parlera longuement et sérieusement du sida.

Stevenson dit aux hommes en uniforme :

– Emmenez ce tas de fumier puant, vous voulez bien ? J'ai besoin de respirer.

– Suarez ? s'étrangla Scalo, alors que les hommes l'entraînaient vers la sortie. Quoi ? La petite chanteuse qui faisait du fric avec son trou du cul ? Enfin, bon Dieu, on en voit passer des centaines chaque semaine, des filles comme elle !

– Pour infecter les clients avec ce que tu lui as refilé ? demandai-je. C'est ça, la nouvelle embrouille à la mode ? Cette fille est morte dans des souffrances atroces, tu l'as bousillée, je viens de lire dans son journal intime qu'elle avait décidé de se suicider. Seulement, on l'a tuée avant, à coups de hache. On revient de la morgue. Herpès simplex, sarcome de Kaposi, abcès dentaires, une grappe de verrues muco-cutanées, dans l'anus, comme un ballon de rugby...

– Et les clients, ajouta Stevenson, ils étaient bien obligés de vous refiler leur fric, non ? Parce que, une fois qu'ils avaient chopé le sida, il n'y avait plus que vos boîtes où ils pouvaient baiser. Personne d'autre ne voulait d'eux.

– On va voir, dis-je en me détournant. C'est possible. Un petit club bien sympathique, le *Parallel*. (Je dis à Stevenson :) Viens, on va tout foutre en l'air.

Ils traînèrent Scalo vers la sortie, sur la moquette noire du club pleine de trous de cigarette. Il croyait encore qu'on ne pouvait pas lui faire une chose pareille, et il sortit avec l'insolente assurance d'une carte de crédit qui se présente devant la bouche étroite de l'enfer.

Tandis que je me dirigeais vers l'escalier avec Stevenson, ces mots me revinrent en mémoire :

Suarez.

« Je suis née juive espagnole ; bien sûr, cela explique beaucoup de choses. Etant une femme solitaire, à la fois timide et fière, je me suis trouvée catapultée dans un milieu où il était fatal que je me fasse violer, parce que ma réserve apparaissait comme un défi lancé aux hommes – à l'école, d'abord ; puis, plus tard, dans la rue, à la caisse du supermarché où j'ai travaillé un moment, ou le samedi au pub, quand les garçons me pinçaient, me giflaient ou me pelotaient pour voir de quoi j'étais faite. "T'es pas comme tout le monde, toi, hein, Princesse ? Comment tu t'appelles, déjà ?" Comment auraient-ils pu connaître la tristesse et les peines qui se cachaient derrière mon visage, comment auraient-ils pu savoir qu'au fond de moi, dans mon propre royaume, dans ma relation intime avec le monde, je me croyais reine, en esprit, silencieusement, une reine déchue, privée de sa couronne et de sa robe ? Je voulais préserver le sens de ma propre dignité, mais c'est la chose la plus difficile à conserver quand on est pauvre. J'étais ainsi faite que, par nature, je ne pouvais ni plier ni m'exprimer à voix haute, et encore moins m'abaisser à demander de l'aide. Mais, comme tous les humiliés, j'étais contrainte de battre en retraite parmi les ronces, jusqu'à ce que mes espoirs ne soient plus que des lambeaux, et que, ayant perdu mon sceptre et ma couronne, il ne me reste plus que ce que je pouvais porter d'un bout de la ville à l'autre dans mon sac à provisions. Une fois, je suis allée en Espagne, en autocar, pendant dix jours – dans une province qu'ils appellent la *Castilla* – et, m'éloignant des autres touristes, je suis descendue prudemment au fond d'un ravin abrupt pour atteindre le lit d'un ruisseau qui, comme on était en plein été, était complètement à sec. En posant des questions, grâce aux vestiges chaotiques de ce qui avait été ma langue maternelle, j'appris qu'un tel endroit s'appelait une *cañada*. J'y cueillis des fleurs séchées, aussi brûlées par la chaleur que les rochers où je les avais trouvées, et je les gardai contre moi pendant une heure, avant de les laisser nouées en bouquet par un brin d'herbe et de remonter vers l'autocar. Mais je n'avais jamais été aussi heureuse, car j'étais certaine, intérieurement, que je m'étais découverte, là, dans ce pays démuni mais fier, pendant un moment, et que j'y avais laissé une partie de moi-même. Car j'ai lu que le nom de mon père, Suarez, est un nom espagnol très ancien et très respecté. Et, effectivement, jusqu'à ce que je devienne malade au point de ne plus pouvoir penser à autre chose qu'à ma souffrance, qui resserre tous les horizons, y compris celui de la dignité, j'ai cru moi aussi que j'étais digne au moins de mon propre respect. Je murmurais toute seule, dans mon lit : "Tu es Dora Suarez, Dora Suarez." Et qui sait si je n'ai pas le sang des princes, caché en moi ? Comme ma mère était juive, bien sûr, elle ne m'avait pas laissé de pays natal en héritage. C'est pourquoi, entre mon père, qui avait des racines, et ma mère qui n'en avait pas, j'étais perdue, tout comme leur mariage était perdu, et c'est ainsi que nous fûmes tous perdus, et que je dus poursuivre seule mon chemin du mieux que je pus...

Est-ce parce que, finalement, je n'ai jamais su qui j'étais, que je dois marcher en courbant la tête ? »

* * *

Travailler à l'A14, c'est voir ce que personne ne voit jamais : la violence, le malheur et le désespoir, la distance incommensurable, dans l'esprit d'un être humain qui ne connaît que la souffrance, entre ses rêves et sa mort.

Tous les morts que j'ai vus au cours de ma carrière – dans les bars, sur le bord des autoroutes, dans des chambres sordides, des suicidés, des gens qui s'étaient jetés d'un immeuble, sous des voitures, des bus ou des métros – tous représentent à mes yeux des pertes subies sur un même front. Pour moi, chacun d'eux, ainsi que certains meurtriers, était un homme ou une femme (ou même un enfant, parfois), qui n'avait plus la moindre raison de continuer à vivre. Un beau jour de désespoir triomphant, ils se réveillent et ils se disent : « Il faut que j'en finisse. » ; et ils se suppriment d'un seul trait, avec la joie féroce du nihiliste, puisqu'il n'y avait personne pour les attendre à la gare.

Puis, ensuite, les corbeaux, les vautours et les vampires qui étaient après eux viennent à nous pour se plaindre et réclamer leurs créances désormais irrécupérables sur le champ de bataille sanglant et silencieux. Pendant ce temps, le gouvernement, traînant la presse derrière lui comme un manteau mité, part dîner d'un pas solennel en se demandant s'il n'a rien perdu de sa popularité.

Mais pour moi, le front, c'est la rue, et je suis obligé de la voir tous les jours.

Je la vois, je l'absorbe et j'en rêve. Je suis la rue. Je gémis pendant ses rêves de violence, je la vois sous la pluie et le soleil, j'observe ses passants pressés, tueurs aussi bien que victimes, qui défilent à toute allure, l'air absorbé comme s'ils priaient. Ma nature étant ce qu'elle est, je sens leurs larmes autant que je les entends.

Les morts sont très propres, trop propres. Ils ont été purgés, ils sont d'un blanc uni, comme la lumière sur la neige. Mais pourquoi ? Où est la justice dans tout cela ? C'est ce que je veux savoir.

Pourquoi faut-il que les questions les plus simples soient celles qui n'ont pas de réponse ?

Pourquoi ?

L'escalier étroit montait en spirale jusqu'au premier

étage, et se terminait par un petit palier et une porte peinte en blanc, qui était verrouillée. Prenant sa lampe torche, Stevenson examina la serrure. « Banham », dit-il. Puis il sortit toutes les clés que nous avions prises. Je les examinai dans la paume de sa main.

– Il n'y en a pas une seule qui corresponde, constata-t-il.

– Pas de problème, dis-je. Donne-moi un coup de main. On compte jusqu'à trois. Tous les deux ensemble. D'accord ?

– Quand tu veux.

Nous prîmes tout le recul possible sur le petit palier avant d'enfoncer la porte d'un coup d'épaule. Elle frémit. Ce n'était pas le genre de porte qu'on construit pour rendre les coups.

– Encore, dis-je.

Cette fois, la serrure fit le travail à notre place, en arrachant du chambranle la gâche qui la retenait. La porte s'ouvrit d'un coup.

– Voilà qui est mieux, fis-je. Allumons la lumière.

La pièce était plongée dans une obscurité totale.

Mais avant d'avancer, Stevenson, figé sur le seuil, me dit :

– Attends. Tu ne sens rien ?

Je pris le temps d'inspirer une bouffée d'air, puis je lui demandai :

– Tu veux dire, quelque chose de vivant ? C'est bien ça ? (J'ajoutai :) Oui, tu as raison.

Quelque chose de menu remua dans le noir.

– Tu ne sens pas une odeur de paille ? dit Stevenson. Et de rongeurs ?

– Allume, fis-je.

Avec sa lampe torche, Stevenson trouva un interrupteur et illumina la pièce.

Elle était remplie de cages.

– Voyons ce qu'il y a dans ces cages, dis-je.

Le silence avait été presque total, dans la pièce, tant qu'elle était restée dans l'obscurité. A présent, montait un bruissement de plus en plus dense de petits corps s'agitant dans la paille. Affolés par l'éclairage, les animaux couraient en tous sens, essayant de se nicher dans la paille avec l'habileté que leur dictait la panique. Fuyant la lumière, ils tentaient de se cacher, comme des prisonniers cherchant refuge sous leurs couvertures quand on vient les chercher dans leur cellule.

– Mais, dis-je, on dirait des petits rats.

– Presque, fit Stevenson, mais pas tout à fait.

– Qu'est-ce que c'est, alors ?

– Ils viennent d'Afrique, répondit-il, je crois que ce sont des gerbilles. Voyons ça.

Les cages s'ouvraient par le dessus. Stevenson en ouvrit une et saisit un de ses occupants. Il le tint par la queue ; l'animal semblait mourant. Il pendait, presque inerte.

– A quoi ça rime ? demandai-je à Stevenson.

– C'est un rongeur qui creuse des galeries. Ça remplace une érection. Il s'enfonce là où j'imagine qu'on l'introduit, il mordille, il excite, il panique, il meurt, et puis on le retire grâce à la ficelle qu'on lui a attachée à la queue. Bien sûr, il faut commencer par le raser, pour qu'il soit aussi doux et aussi lisse qu'un phallus.

– Pourquoi les élever ici ? m'étonnai-je. Au-dessus d'une boîte de nuit ?

– Ne sois pas naïf, dit Stevenson. Ici, c'est le cercle privé.

– Comment tu interprètes ça ?

– Comme une histoire de fric, et de besoins sexuels à satisfaire.

– Explique, demandai-je. Dis-moi tout ce que tu sais et ce que tu en penses.

– Imagine un type qui a le sida, dit Stevenson. Il est riche, mais il est malade. Il est bourré de fric, il est contaminé, et il a quand même envie de baiser ; mais avec qui ? (Reposant la gerbille, il conclut :) Il y a du fric à faire, avec ce truc-là. Tu sais ce que c'est que le crime organisé : la loi de l'offre et de la demande.

– Et Suarez ?

– Ma foi, elle était condamnée à l'attraper, tu ne crois pas ?

– Mais c'est un véritable assassinat, et dont on ne meurt même pas tout de suite !

– C'est le lot de beaucoup de gens, dit Stevenson.

– Je sais.

Stevenson ajouta :

– Mon père était mineur, dans le Nord. Il est mort dans l'explosion d'une galerie, à trois cents mètres sous terre, dans les houillères de Georgie.

– Tu t'imagines cette pauvre fille, dis-je, en train de se regarder mourir, jour après jour, dans son miroir ?

– Oh oui, fit Stevenson, sans aucune difficulté. Tu travailles pour trois fois rien, et tu cours un risque mortel.

– La pauvre petite, dis-je. C'est ça que je ne supporte pas, tu comprends ?

– Ah, arrête, dit Stevenson. Arrête, tu veux bien ?

– Comment veux-tu que j'arrête, de la façon dont nous concevons notre métier ? Qu'est-ce que tu veux ? Qu'on se contente de laisser courir ? (J'ajoutai :) Mon père avait une petite boutique, un magasin de nouveautés au coin d'une rue, au sud de Londres. Pourtant, il était dans le génie, pendant la guerre, et il désamorçait des mines sur les plages. Et je suis très fier de lui, je suis content d'être son fils. Il m'a dit un jour : « Ils m'ont nommé officier pour que je puisse demander au sergent les outils les mieux adaptés à ce travail. » Je lui ai demandé : « Tu n'avais pas peur, Papa ? » Il m'a répondu : « Tout le temps, mais je me disais qu'on était protégés – c'était important, ce qu'on faisait. Je n'aurais pas voulu que nos gars marchent sur une mine. »

– Bon, dit Stevenson, qu'est-ce qu'on fait ?

– On ressort Scalo et Robacci de leurs cellules et on les cuisine.

C'est tellement difficile, pour un officier de police, de

faire partie des gens que l'Etat charge de surveiller. Et pourtant, ce n'est pas toujours parce qu'il ne veut pas s'intégrer à eux, mais parce qu'il ne sait pas comment retrouver ses racines. Jusqu'au moment où, comme dans mon cas, il est confronté à un grand drame personnel. Et ce drame devient alors tous les drames, et change tout en lui et autour de lui. Comme Socrate, je crois que tous les hommes qui se veulent justes doivent l'être d'abord au regard de leurs propres règles, car finalement, leur morale vaut toutes les morales s'ils ont le sens de la justice.

Il est impossible, à mon avis, qu'un homme juste demeure indifférent au destin de Carstairs et Suarez – autant être indifférent à son propre sort, et nous savons bien que personne ne l'est.

* * *

Retournant tout droit à l'Usine, nous entrâmes dans la cellule de Scalo. Allongé sur une couverture de l'armée, il dormait, ou faisait de son mieux pour y parvenir.

Je le secouai.

– Réveille-toi. Debout ! Vite !

Il se mit à se frotter les yeux, et demanda :

– Qu'est-ce qu'il y a, encore ?

– Quelques questions à te poser à l'étage au-dessus, répondis-je. (Puis, m'adressant à l'agent qui nous accompagnait :) Dites-lui de s'habiller, et amenez-le au 205.

Quand Scalo arriva, j'annonçai :

– Ecoute, le choix est simple, Scalo. Ou bien tu nous réponds gentiment, ou bien c'est le grand jeu : les projecteurs dans les yeux, et trois équipes de trois inspecteurs qui se relaient, neuf hommes en tout. Eux, ils boivent de la bière, ils mangent des sandwiches, et te bombardent de questions ; et toi, tu te serres la ceinture.

Voilà ce qui t'attend. Je ne sais pas ce que tu préfères, mais dépêche-toi de te décider, parce qu'on commence tout de suite, de toute façon.

– Vous faites la preuve que je suis responsable de ces trois prétendus meurtres, fit Scalo, et je vous dis d'accord, je paie l'addition.

– Parfait, approuvai-je, c'est comme ça que ça marche.

– Bon, dit Scalo. Allez-y. Prouvez-moi que je suis impliqué dans cette histoire.

– Arrête de prendre cet air satisfait, tu veux ? dit Stevenson. En tant que flic, je déteste ça. Le fait d'être officier de police ne me rend déjà pas spécialement heureux, alors, ça me déplaît encore deux fois plus, Scalo, quand je vois un connard dans ton genre avec un air béat. Et c'est pour ça que ta gueule n'est pas à sa place, dans ce bureau, mon joli. Je n'aime pas ça quand je vois des coupables qui sont satisfaits. Question de principes, Scalo, nos principes. (Caressant les doigts de Scalo, il poursuivit :) On t'a déjà dit que tu avais de très jolies mains ? Dis, tu te rends compte, Ducon, maintenant c'est moi, un humble petit inspecteur de police, qui te le dis. (Il caressa de nouveau les doigts de Scalo avant d'ajouter :) Avec de jolis doigts comme ça, tu dois être prêt à tout pour qu'on ne te les brise pas, n'est-ce pas ?

– Qu'est-ce que vous essayez de dire ? fit Scalo.

– Ce qu'on te dit, intervins-je, c'est que tu es allé trop loin, Scalo. Avec le *Parallel* et les trois meurtres, tu es cuit. Tu ne vaux pas plus qu'un journal de la veille qui traîne dans le caniveau. Tu y es allé vraiment trop fort.

Scalo demanda :

– Ça ne peut pas se négocier ?

– Non, dis-je, les nouvelles d'hier ne sont plus cotées à l'argus.

En bâillant, je me levai de ma chaise.

– On va aller faire un petit tour tous les trois, maintenant, annonçai-je.

– Ah oui ? fit Scalo. Et où on va ?

– On retourne au *Parallel*. Où veux-tu qu'on aille ? On fait juste un saut jusqu'à là-bas, et tu nous feras un genre de visite guidée.

– Et pourquoi ?

– C'est la question que les gens se posent en mourant, répondis-je.

– Je ne suis pas en train de mourir.

– Pas encore, dis-je.

Courant jusqu'à la voiture, nous ramenâmes Scalo au *Parallel Club* à cette heure morte entre la nuit et le jour où même à Londres il n'y a pas de vraie lumière. En conduisant, je demandai à Scalo :

– Dora Suarez, tu la connaissais bien ?

Il haussa les épaules.

– Son nom me dit quelque chose, mais comment voulez-vous que je connaisse toutes les petites pétasses qui viennent chanter au club ?

– Réfléchis bien à la question, conseilla Stevenson, c'est elle qui a reçu des coups de hache en pleine figure, pas toi.

En arrivant, quand j'eus déverrouillé la porte, Scalo demanda :

– Je peux aller chier un coup ?

– Pourquoi pas ? fit Stevenson. Si ça peut t'aider à puer moins.

En compagnie de Stevenson, j'attendis près du comptoir décoré en noir et or, et j'allumai son unique projecteur au faisceau éblouissant. Quelque part, un ventilateur automatique démarra, tandis que nous restions là, debout, dans l'ombre que soulignait l'unique source d'éclairage. La lumière blanche révélait aussi un léger nuage de poussière qui dérivait lentement, chassé par le ventilateur vers les bouteilles rangées sur les étagères, les seaux de glace fondue – toute l'activité figée d'un bar fermé pour la nuit.

– Scalo ? lançai-je.

A l'autre bout de la salle retentit le long borborygme

de la chasse d'eau, impressionnant dans le silence, puis la porte des toilettes claqua enfin.

– Ah, te voilà, dit Stevenson quand Scalo arriva en contournant l'extrémité du bar, rajustant sa ceinture en crocodile. C'est une bonne chose, parce qu'on n'aurait pas voulu que tu nous quittes par le même chemin que les étrons. (Il enchaîna :) Bien, passons maintenant à une nouvelle présentation de la méthode douce. Non pas que tu en aies besoin – nos méthodes sont semblables aux tiennes. Alors, est-ce que tu es disposé à nous faire visiter la maison, ou bien tu préfères que ton portier, Robacci et toi fassiez le parcours du combattant, chacun de vous trois séparément, devant vingt-sept hommes bien entraînés ? Ne t'inquiète pas, on ne manque pas de personnel.

– C'est ça, insistai-je. Est-ce qu'on t'envoie chez Bowman, Rupt et Drucker pour commencer, ou est-ce que tu préfères nous dire à quoi rime ce zoo que vous avez à l'étage au-dessus ?

– Un zoo ? fit Scalo. Quel zoo ?

– Ah, là, tu prends un très mauvais départ, dit Stevenson. On te parle des gerbilles qui grouillent au premier.

– Crache le morceau, Scalo, conseillai-je, c'est vingt ans de taule qui te pendent au nez.

– Ecoutez, dit Scalo, je ne sais rien à ce sujet-là, d'accord ?

– Allons, fit Stevenson, on n'est pas des monstres, comme toi. On veut seulement rencontrer le garçon de ferme, c'est tout. En toute amitié, faire sa connaissance, tu vois ?

– Scalo, demandai-je, qui était ce type plutôt petit, en survêtement gris, qui sortait du club en courant par la porte de derrière ? Allez, parle, on n'est pas d'humeur à plaisanter.

– Je ne peux vraiment pas vous aider, dit Scalo.

– Les prisons britanniques sont franchement répugnantes, Scalo, poursuivis-je. Nous n'avons pas un budget suffisant pour t'offrir une télé couleur, et ton passeport bolivien ne sera plus qu'un souvenir pour un vieillard malade quand tu sortiras.

– Vous prenez plaisir à humilier les gens, dit Scalo. Il devrait y avoir des lois contre ça.

– Nous venons tous de la rue, fis-je.

– Alors, si je comprends bien, je ne pourrai pas prendre mon avion pour Milan à deux heures ?

– Non, dit Stevenson, mais il y a un car de police pour Brixton à dix heures et demie. Et, fais-moi confiance, tu seras dedans.

– Parle, Scalo, fis-je. Parle ! On sait que tu es coupable.

Stevenson dit :

– Ces rats, c'était pour ramoner des pédés malades et condamnés, hein ? C'est ça ? C'est ça ? Et c'était encore plus marrant si une fille s'enfilait la bestiole la première pendant que le client se branlait, et, pourquoi pas, tringlait la fille ensuite quand la place était encore chaude ?

– Autre chose, ajoutai-je. Les filles n'étaient pas très exigeantes, hein ? Parce que, une fois qu'elles étaient contaminées, elles étaient piégées, comme les clients.

– Je ne vous dirai rien, s'entêta Scalo.

– Tu ne vas pas nous montrer tes rats, alors ? demandai-je.

– Je ne dirai rien. Rien du tout.

– Malgré tout, fit Stevenson, tu commences à comprendre ce que représente vraiment une enquête de police, pas vrai, Scalo ? Au cas où tu risquerais de l'oublier ? C'est extrêmement simple. On trouve le type et on le cuisine.

Je dis à Scalo :

– Quand nos hommes, à l'Usine, en auront fini avec toi – et ils s'y mettront à neuf – tout ce que tu sais à propos de ces trois meurtres, on l'apprendra aussi ; tu connais nos méthodes de travail.

– La prochaine fois que tu mettras de l'argent dans

une boîte de nuit à Londres, conseilla Stevenson, sois un peu plus judicieux dans tes investissements, essaie de te faire apprécier, et joue moins les gros bras... Quand tu sortiras de taule.

– En attendant, insistai-je, tu ne peux vraiment rien nous dire sur l'assassin de Carstairs, Suarez et Roatta ? Un sportif qui se trimbale avec une hache, et qui sait se servir d'un Quickhammer ?

– C'est ta dernière chance, dit Stevenson.

Scalo répondit :

– Je ne vois pas comment je pourrais vous aider.

Prenant un verre sur le comptoir, Stevenson sortit sa queue et pissa dedans.

– Bois, fit-il. On dit que les rats ont souvent soif.

* * *

Deuxième séance. Nous étions toujours assis au bar, tous les trois. Je dis à Scalo :

– Maintenant, on va reprendre tout ça depuis le début, et puis on recommencera une fois de plus, et encore une fois, et puis une autre encore. Ça prendra le temps que ça prendra ; le tien n'a aucune importance, c'est le nôtre qui compte, et nous, à l'Usine, on en fait ce qu'on veut, de notre temps. Et ça, mon gros, c'est un coup dur pour toi. Tu vas comprendre ta douleur.

– La loi dit que vous pouvez me garder quarante-huit heures, dit Scalo, pas plus.

– Tu te crois encore à l'époque lointaine où tu étais encore quelqu'un et où tu avais un passeport. Je te plains.

– Et puis, ajouta Stevenson, pourquoi prendre un pavé pour écraser une mouche ? Cinq ou six heures nous suffiront amplement, Scalo, et déjà, tu ne seras plus jamais tout à fait le même.

– Je boirais bien une bière, dis-je.

– Aux frais de la maison, je suppose ? demanda Scalo en ricanant.

– Qui voudrait boire ta saloperie ? fis-je.

Sortant du club, j'allai chercher les boîtes que j'emportais toujours dans le coffre de la Ford. Quand je revins avec les Kronenbourg, Stevenson en ouvrit une et dit à Scalo :

– A la tienne !

– Et moi, fit Scalo, je n'y ai pas droit ?

– Pas question, ordure, répondis-je.

Scalo demanda :

– En ce moment même, qu'est-ce que vous faites à Robacci et à Margoulis ?

Stevenson consulta sa montre.

– En ce moment ? A cet instant précis, ils sont interrogés séparément, à l'Usine, par Rupt, Drucker et Snaile. (Il ajouta :) Et ça ne va pas être long non plus. Je suis sûr que Margoulis s'est déjà mis à table. C'est un voyeur. Les voyeurs sont toujours très bavards.

– Vous êtes une vraie bande de brutes, dit Scalo.

– Bon, fis-je en reposant ma boîte de bière vide, on reprend tout ça ensemble, tu veux bien ?

– Tu sais ce que je pense, Scalo ? demanda Stevenson. Je pense que tu as dû acheter tes parts dans ce club pour une bouchée de pain, ou bien que tu es prêt à tout pour les conserver, mais dans un cas comme dans l'autre, j'ai l'impression qu'elles commencent à peser lourd, accrochées autour de ton cou, Scalo. Tiens, regarde autour de toi, et réfléchis un peu au fric que cette boîte cesse tout d'un coup de rapporter.

– En temps normal, dit Scalo, la police fait preuve de plus de délicatesse.

– Eh bien, fit Stevenson, maintenant, tu sais comment ça se passe quand la police enquête sur trois assassinats, et quand elle a décidé de laisser sa délicatesse au vestiaire.

– Suarez, dis-je. Tu ferais aussi bien de cracher le morceau, Scalo. On a tout notre temps. Le petit sportif en survêtement gris.

– Ecoutez, si je savais quoi que ce soit, il y a des heures qu'on aurait pu se mettre d'accord, mais le fait est que je suis presque toujours à l'étranger, et je vous répète que je ne sais rien au sujet de ces meurtres. Felix Roatta était un connard qui la ramenait un peu trop et qui se montrait trop gourmand, et ce n'est pas étonnant qu'il se soit fait descendre. Quant aux deux femmes, je vous répète que je ne suis au courant de rien. (Il ajouta :) De toute façon, je ne comprends pas ce qui se passe. On s'était mis d'accord sur le tarif, avec vos patrons. Il y a longtemps qu'on les arrose.

– Peut-être, mais cette fois-ci, ton tarif est périmé.

– Allons, fit Scalo, soyez raisonnables. On peut sûrement trouver un terrain d'entente. Si ce n'est qu'une question de prix, très bien, ça m'est égal que l'addition soit salée. (Regardant sa montre, il ajouta :) Bon sang, il faut que je sois à Milan demain après-midi, comme je vous l'ai dit. L'avion n'attend pas. Alors, qu'est-ce que vous en dites ? (Silence. Scalo poursuivit :) Bon, j'ai compris, voilà ce que je vous propose : premièrement, je laisse tomber le *Parallel Club* ; il y a eu une sale histoire, c'est entendu, vous êtes tombés sur le pot-aux-roses, je ne discute pas. Deuxièmement, on se met d'accord sur une somme en liquide et, en prime, je vous balance tous les gens qui travaillaient pour nous. Après tout, qu'est-ce que j'en ai à foutre ? Simplement, allez-y doucement avec le nombre de zéros au bout de l'addition. Bon. Une somme en liquide. Voyons, on pourrait rêver à un chiffre – j'ai dit seulement rêver, pour commencer, c'est tout.

Je lui demandai :

– Tu payes en dollars ?

– Toujours, toujours en dollars, répondit Scalo avec un sourire apaisant. Bien sûr.

Je poursuivis :

– Un cas de sida en phase terminale. Un massacre à la hache. Un vieille femme de quatre-vingt-six ans catapultée à travers le panneau de son horloge. Ça se monte à combien, en dollars ?

– Ne vous payez pas ma tête, fit Scalo. Enfin, voyons.

Je dis à Stevenson :

– Je crois qu'on va le faire grimper au cocotier pour savoir jusqu'où il peut monter, et on verra bien ce qu'il lui arrivera quand il sera là-haut.

– Si j'ai bien compris, dit Stevenson à Scalo, vous essayez d'offrir un pot-de-vin à deux fonctionnaires de police ?

Scalo répondit :

– Quand vous aurez pris un peu de bouteille, vous comprendrez. Mais vous me semblez plutôt novices dans ce métier.

Stevenson se tourna vers moi :

– Tu ne trouves pas que la pourriture devient vraiment envahissante, ces temps-ci ? Ça donne envie de mettre des vêtements propres. (Il ajouta :) D'après toi, on devrait essayer de leur faire récolter combien, chez le Procureur ?

– Vingt ans chacun. Ça ne serait pas trop long, comparé à l'éternité – qui est tout ce que Carstairs et Suarez ont devant elles, à présent.

Troisième séance, toujours au *Parallel Club*. J'étais en train de dire à Scalo :

– Tu ne t'occupais peut-être que de la gestion de la boîte, mais pour moi, tu connaissais quand même l'existence des gerbilles et l'usage qu'on en faisait.

– Et nous n'avons pas tout notre temps, ajouta Stevenson. Alors, quelle version choisis-tu ? Ou bien tu possèdes des parts du *Parallel Club*, mais pas de rongeurs, ou bien tu es propriétaire à la fois des bestioles et des parts.

– J'ai toujours envie de dire deux mots au sportif de la photo, insistai-je. En fait, plus je pense à lui, et plus il m'excite.

– Des noms ? fit Scalo. Je ne connais pas de noms, les gars. Qu'est-ce que c'est que des noms ?

– Il y en a certains qui valent leur pesant d'années de taule, dit Stevenson.

– Je ne sais rien.

Je résumai la situation :

– Donc, tu ne sais rien sur Roatta, tu ne sais rien au sujet des gerbilles, et rien concernant le type pressé de la photo. Alors, qu'est-ce que tu es ? Un ange de pureté descendu sur terre, ou quoi ? Ce serait un vrai miracle de trouver quelque chose dont tu aurais entendu parler, parce que si tu continues comme ça à ne rien savoir sur rien, tu vas devenir un vrai conte de fées, mon gros loup, et je ne connais pas un seul tribunal dans tout le pays qui croit aux contes de fées.

– De toute façon, dit Stevenson à Scalo, ça ne sert à rien de passer de la pommade sur une crise cardiaque, tu ne crois pas ? On a Margoulis, on a Robacci, et maintenant, toi aussi, on te tient. Alors, tant qu'on n'aura pas de réponses intéressantes, on continuera encore et encore de la même façon à vous cuisiner l'un après l'autre jusqu'à ce que, finalement, il y en ait un qui craque et décide qu'il sait quelque chose, d'accord ? Et en attendant ce moment, Robacci, Margoulis et toi et tous les saints du calendrier, vous allez rester à l'ombre, à l'Usine. Et ne t'imagine pas que Maître Duconneau MacGuffin, ton avocat chéri, va te sortir de là. Parce qu'on va lui balancer trois meurtres et le *Parallel Club* dans les gencives. Quant à la presse, elle va se régaler avec cette histoire, on fera tout pour ça, tu peux compter sur nous.

– Je ne m'étais pas rendu compte que c'était si grave que ça, constata Scalo.

– Et pourtant, c'est comme ça, dis-je. C'est très, très grave. Même chez nous, à l'Usine, on s'agite sérieusement dans les étages supérieurs. La presse commence à fouiner dans cette histoire aussi, et en ce qui nous concerne, comme un policier coûte cher, l'opinion publique en veut pour son argent. Voilà le travail. C'est navrant, non ?

– Alors, tu vois, Scalo, fit Stevenson, ces trois meurtres, c'est vraiment une affaire pourrie jusqu'à la moelle. Nous, à l'Usine, nous avons toutes les raisons de croire que Suarez a été sciemment contaminée, qu'on lui a transmis le virus du sida pour une question de fric. Nous pensons que le *Parallel Club* offrait un service spécial à ses clients : un réseau de prostituées contaminées, destinées à des jeunes cons atteints du sida mais bourrés de fric, et qui, sachant qu'ils devaient renoncer à coïter avec une jeune fille pure de grande famille, en étaient réduits à des relations sexuelles avec des femmes aussi atteintes qu'eux. Et cela, jusqu'à la fin de leurs jours, c'est-à-dire pendant trois ans, en moyenne. Et quand on voit des truands faire du fric avec une chose pareille, ça nous rend dingues. Les flics sont vraiment des gens bizarres, non ?

– Jamais vous n'arriverez à le prouver, déclara Scalo.

– Là, tu te trompes complètement, Scalo, fis-je. J'ai démontré des choses beaucoup plus difficiles.

– Ma foi, dit Stevenson, il faut reconnaître que ça ne serait pas aussi facile si tu refusais de nous aider. Mais il paraît évident que tu vas le faire, mon mignon. Tu vas te mettre en quatre pour nous faciliter la vie, quand tu auras compris ce que représentent vraiment vingt ans à Maidstone sans une minute de répit. Et je ne te parle pas de la réaction de tes codétenus, quand ils apprendront pourquoi tu es là. Certains d'entre eux ont des aspirations morales élevées, et même sacerdotales, quand ils purgent leur peine là-bas, tu ne le savais pas ?

– J'en ai assez de traîner ici, déclarai-je brusquement. On va retourner au 205 et reprendre tout ça à zéro. On verra bien si on arrive à mettre en forme l'ébauche d'un embryon de déposition. (Me tournant vers Scalo, j'ajoutai :) Tu m'as l'air de ne pas encore bien connaître l'Usine, mais tu t'apercevras vite que c'est un endroit où le temps n'existe plus pour des gens dans ta situation. Tu t'apprêtes à faire un séjour hallucinant, mais tant pis, c'est comme ça, j'ai bien peur qu'on n'y puisse plus rien.

Scalo protesta :

– Je suis citoyen bolivien, et ça va vous coûter cher à tous les deux.

Stevenson répondit :

– Pour un petit bonhomme qui joue loin de sa cour, tu ne manques pas de culot, tu ne trouves pas ? (Il bâilla, puis poursuivit :) Tu as ton passeport sur toi ? Montre-le moi, juste pour voir.

Il tendit la main. Scalo lui montra son passeport et Stevenson, le lui prenant des mains, rangea le document dans une poche intérieure.

– Et maintenant, qui es-tu ? demanda-t-il à Scalo. Soudain, tu n'es plus personne, hein ?

– Rendez-moi ça ! hurla Scalo.

– Vers l'an 2009, tu auras peut-être un coup de chance, répondit Stevenson. Quand tu sortiras de taule, tu pourras le réclamer au tribunal. (Se tournant vers moi, il ajouta :) Retournons à la voiture.

En remontant dans la Ford avec Scalo, je me sentis vieux et déprimé. Puis, soudain, dans ma tête, j'eus de Dora une image parfaitement nette. Elle m'apparut clairement, au milieu d'un bouquet de pins massés sur une pente abrupte. Ainsi, tu étais là, finalement, pensai-je, comme si elle était venue à un rendez-vous capital. Elle était assez loin ; elle marchait calmement parmi les arbres, la tête penchée d'un air songeur, me tournant à moitié le dos, légèrement courbée, vêtue de sa robe blanche. Elle paraissait absorbée et se déplaçait très lentement. Si elle était encore blessée, j'étais trop loin d'elle pour le remarquer. Mais ce qui est sûr, c'est que pendant un instant, dans cette clairière qu'elle traversait, je vis sa silhouette tout entière à demi tournée, et c'était certainement la silhouette la plus ravissante que j'eusse jamais vue ; à la regarder, je me sentais gauche et stupide. Je ne fus pas déçu que cela ne se produise pas, mais je me dis qu'elle aurait très bien pu, malgré la distance qui nous séparait, se retourner vers moi, lever les yeux, tendre le bras et me toucher. Et en cet instant, tout l'amour dont j'étais capable monta en moi et me submergea d'une vague de joie indescriptible : tout valait la peine d'être vécu, finalement. Si seulement elle avait pu les tourner vers moi, je sais que ses yeux n'auraient plus été ces fruits secs et aveugles, ces amandes dures et luisantes ternies de poussière qui fixaient le vide, au-delà de moi, quand je l'avais découverte à Empire Gate ; mais ils auraient été, si on m'avait permis de les voir, vifs, rêveurs et sereins, reflétant une sagesse que sur terre j'aurais à peine imaginée. Et il était difficile, pour moi, de concilier l'image de ses bras paisibles, aux mains doucement jointes, que je voyais maintenant, avec le souvenir de ce membre disloqué, raidi, levé vers le ciel comme un défi, une menace, une semonce – un glaive brandi au milieu de la pièce glaciale où je l'avais trouvée.

8

En arrivant au second étage, je dis à Scalo :

– Tu attends ici, d'accord ? Tu n'as qu'à te réchauffer le cul dans ce fauteuil, là.

– Ecoutez, fit-il, soyez poli. Qu'est-ce que vous faites du savoir-vivre ?

– On est à l'Usine, ici, répondis-je. Le savoir-vivre, on ne sait pas ce que c'est.

– Oui, renchérit Stevenson, bientôt, tu auras l'impression de vivre dans un autre monde. (Mais il ajouta d'un ton réconfortant :) Ne t'inquiète pas, tu t'y feras ; ils s'y font tous.

Le laissant là, nous entrâmes au 205. Nous étions à peine à l'intérieur que Charlie Bowman passait son groin dans l'entrebâillement de la porte.

– Hé, fit-il, est-ce que l'un de vous deux connaît un Grec qui se trouve quelque part dans la maison et qui s'appelle Margoulis ?

– A ta place, répondit Stevenson, je lui foutrais la paix pour le moment. Il vient de passer un sale moment avec Rupt et Drucker, et il essaie de récupérer en roupillant un peu dans la cellule 3.

– Comment ça, il essaie de récupérer ? s'étonna Bowman. Il vient de pousser une gueulante dans mon bureau il n'y a pas une demi-heure.

– Après Rupt, Drucker et nous deux, dis-je, il ne devait pas lui rester beaucoup de souffle.

– Je vais te dire une chose, fit Stevenson, essayer d'arracher la vérité à ce type-là, c'est comme extraire une molaire à une vieille fille sans anesthésie. Pas facile.

– Ils savent que tu aimes cogner, Charlie, dis-je, et franchement, ça n'arrange rien.

Bowman demanda :

– Qui est-ce, le petit type basané qui dégrade les fauteuils en plastique de l'Administration avec son cul, là, dehors ?

– C'est Scalo, répondis-je, ex-patron du *Parallel Club*. Il est impliqué dans l'affaire Carstairs/Suarez, et ce n'est pas le genre de chose qui peut te passionner.

– Normalement, non, dit Bowman, seulement, ce soir, je me sens comme un peu fébrile, et j'ai envie d'obliger les gens à me parler.

– Il pourrait se passer les nerfs sur Robacci, je pense, dit Stevenson. Notre client a eu le temps de reprendre des forces, et il ne risque pas de faire trop de dégâts.

– Pas question, intervins-je. A aucun prix, je ne veux voir figurer Bowman dans le scénario. Je m'en suis déjà expliqué en haut lieu.

– C'est ton type, là, Scalo, qui m'intéresse tout à coup, expliqua Bowman.

– Tire-toi, dis-je d'une voix aussi polaire qu'un iceberg, retourne à tes millionnaires japonaises et suicidaires. Il n'y a pas d'embauche, tu connais les conditions, fous le camp. Si toi ou n'importe qui d'autre de la Criminelle, vous mettez le doigt dans l'affaire Carstairs/Suarez, je vous désintègre. Maintenant, remue-toi les miches, Charlie, dehors.

– Je vais te tailler une cravate avec la peau de tes couilles ! hurla-t-il.

– Mets le dialogue sur mon compte et casse-toi, répondis-je. J'ai du travail, alors, pourquoi tu ne te cherches pas de quoi t'occuper, toi aussi ?

– Tu as l'art et la manière de parler aux inspecteurs principaux, constata Stevenson quand Charlie fut sorti, en claquant la porte derrière lui.

– C'est parce que tout m'est égal, dis-je. Les médiocres savent toujours quand il vaut mieux s'écraser. Je plains ce pauvre type.

* * *

Le téléphone sonna. C'était Cryer.

– J'ai quelque chose d'intéressant, annonça-t-il. Il y a une chance sur un million que cela ait un rapport avec ton histoire, mais je me suis quand même dit que ça valait bien un coup de fil.

– Je t'écoute.

– C'est à Clapham, pas loin d'ici, expliqua Cryer. C'est ça qui m'a fait automatiquement penser à Roatta.

– Continue.

– J'ai un jeune photographe indépendant qui fait des piges chez moi, dit Cryer, il habite juste à côté. Il aimerait bien décrocher un poste au journal, et il bosse comme un fou, avec son appareil, pour y arriver.

– Bien.

– Alors, il prend le frais tous les soirs, qu'il pleuve ou non, dans Clapham Common North Side, l'appareil en batterie, toujours prêt à photographier n'importe quoi. (Cryer ajouta :) Tu connais un endroit qui s'appelle College Hill ?

– Il faudrait que je regarde sur le plan, répondis-je, c'est quelque part du côté de Balham Road et South Circular Road, c'est ça ? Vers Lovelock Road ?

– Tu y es, fit Cryer. Eh bien, imagine-toi que mon gars était assis devant l'arrêt du bus 37, en face de l'immeuble de Grove Mansions, quand il voit passer un type au pas de course.

– Des joggeurs, il doit bien y en avoir cinq cents, dans ce coin.

– Pas avec du sang sur la braguette et une foulée invraisemblable, comme un cycliste qui pédale à toute vitesse, mais sans vélo.

– Un dingue, dis-je.

– Peut-être, fit Cryer, mais j'ai pensé que ça t'intéresserait, c'est tout.

Je demandai :

– Ton gars a pris des photos ?

– Un paquet. Ce joggeur l'intriguait. Par conséquent, mon photographe s'est installé sur le même banc cinq soirs de suite, et notre sportif est passé cinq soirs de suite.

– Je crois que j'aimerais voir les photos, dis-je.

– Pas de problème, fit Cryer. Mais si on est tombé sur le bon numéro, mon gars a fait encore mieux que ça, parce que ce soir il a suivi le gus jusqu'à chez lui.

– Chez lui ? Où ça ? Où est-ce qu'il crèche ?

– Je te l'ai dit. A College Hill.

Soudain, je vis College Hill. Je demandai :

– Ce n'est pas là que cette grosse usine de caoutchouc a brûlé en 85 ?

– Exactement. Et c'est là que notre joggeur est allé – mais ce n'est pas fini. Quand mon détective amateur est arrivé sur place, notre zèbre n'est pas entré par la grande porte, mais en se servant de l'escalier d'incendie (ou du moins, de ce qu'il en reste, la rouille a presque tout bouffé.) Il a escaladé la façade, et il est passé par une fenêtre du dernier étage qui n'a plus de vitres. Et c'est tout. Aucune lumière ne s'est allumée, donc aucune ne s'est éteinte, logique ? (Cryer ajouta :) Je ne t'aurais pas ennuyé avec ça si Roatta ne s'était pas fait descendre à un kilomètre de là.

– Dans combien de temps est-ce que je peux avoir ces photos, Tom ? Ça mérite le détour.

– Tout de suite, si tu veux. Je te les fais porter par coursier.

– Tu les a vues ? demandai-je. Le visage du type te dit quelque chose ? Ce joggeur, il est petit ou grand ?

– Ce n'est pas un nabot, mais il est plutôt petit.

– Brun ou blond ?

– Brun.

– Il porte quelque chose ?

– Un sac de sport.

– Ah ! fis-je. Ce sac de sport, demande à ton photographe s'il faisait du bruit, quand le gus courait, une sorte de cliquetis. (J'ajoutai :) Autre chose. As-tu remarqué la moindre particularité physique ? La façon dont le type se tient ?

– Je ne sais pas aussi bien que toi ce que tu cherches, dit Cryer. Tu ferais mieux de regarder attentivement la nouvelle série de photos.

Je demandai :

– Pourquoi ? Un détail t'a frappé, toi ? Ou ton photographe ?

– Il courait en gardant la main droite entre les cuisses, expliqua Cryer.

– Il avançait légèrement plié en deux, alors ?

– C'est ça.

– Du raisiné sur ses vêtements, je veux dire, du sang ?

– Il vaudrait mieux que tu voies les photos, dit Cryer.

– Je les attends.

– Elles arrivent, fit Cryer. A propos, on raconte que vous avez fouillé le *Parallel Club* vite fait bien fait ?

– C'est vrai.

– Et que vous avez embarqué deux ou trois gus – un certain Scalo, Robacci, et le portier, un Grec nommé Margoulis.

– Tu es au courant des dernières nouvelles, dis-je.

On est en train de les passer à la moulinette en ce moment même.

Cryer demanda :

– Tu travailles de très près avec Stevenson, sur cette affaire, n'est-ce pas ?

– Ni lui ni moi ne voyons pourquoi on s'en priverait.

– Autrement dit, vous êtes pratiquement persuadés que les meurtres de Carstairs et Suarez sont liés à celui de Roatta ?

– Jusqu'à maintenant, rien n'est venu nous démontrer le contraire, répondis-je. A propos, ce fameux joggeur, est-ce que ton photographe a pu le prendre de face ?

– Non. Il a tout essayé, mais il n'a jamais réussi à le faire.

– Mais ses photos sont exploitables ?

– Ecoute, je les ai sous les yeux. Bien sûr, elles ont été prises avec un excellent objectif. Je suis en train de regarder ton bonhomme, en ce moment. Il est brun, la trentaine bien sonnée, d'origine méditerranéenne, sans doute. Il porte des drôles de petites chaussures de sprint, très fines, il lève très haut la jambe – bizarre, ça – une grosse mèche de cheveux noirs, un pantalon de survêtement gris, épais, des chaussettes foncées. Il a l'air d'être assez content de lui.

– Imagine que tu le rencontres dans une rue sombre.

– Je n'ai pas précisément peur de me battre, dit Cryer, mais puisque tu me poses la question, j'aimerais mieux l'éviter.

– Pourquoi ?

– C'est ta question, pas la mienne.

Je demandai :

– Supposons que ces photos nous intéressent. Qu'est-ce que tu demandes en échange ?

– Eh bien, mon rédacteur commence à se passionner pour cette histoire, dit Cryer, ça le fascine vraiment.

– Il sait que c'est moi qui m'en occupe ?

– Oui, fit Cryer. (Il ajouta :) Pas par ma faute,

d'ailleurs. Il y a des bruits qui circulent. A la minute même où tu es revenu à l'Usine, tout le monde l'a su. Le *Recorder* aime bien tes enquêtes. Elles prennent toujours un tour inattendu, celles qui te retombent sur les bras.

Je conclus :

– On va faire comme ça, alors, les conditions habituelles. Je te fais parvenir les informations, au fur et à mesure, dès qu'elles peuvent être publiées. (Je sentis ma voix se casser en ajoutant :) En menant cette enquête, Tom, je traverse une sorte de crise personnelle que je n'arrive pas à décrire.

– Quoi ? fit Cryer. Une crise ? Toi ?

– Tout ce que je peux dire, c'est que je dois faire très attention de ne pas perdre les pédales, cette fois-ci.

– Pour l'amour du Ciel, tiens bon !

– Au bout du compte, on finit tous par lâcher la rampe.

– Tu trouveras qui a tué Suarez, affirma Cryer.

– Je sais, dis-je. Mais, en définitive, c'est en moi que se trouve la solution.

– Viens donc voir Angela, suggéra Cryer. Pourquoi ne passes-tu plus jamais à la maison ? Tu te souviens de l'affaire Mardy ? Angela prétend que pour toi, c'est la goutte d'eau qui a fait déborder le vase. Je sais que tu as Julie, mais malgré tout, viens rendre visite à Angela ; elle veut que tu viennes et que tu lui parles. Pourquoi ne laisses-tu jamais aucun de nous t'aider ?

– Tu me connais, Tom, répondis-je. Je ne peux pas. Faut-il que je m'explique ? Comment pourrais-je m'expliquer ? Je suis très seul, profondément enseveli, et je vous aime là où je suis, sous la terre.

Je raccrochai.

* * *

Les photos du joggeur promises par Cryer arrivèrent dans mon bureau, apportées par un agent. Tendant le bras, je lui demandai :

– Trouvez-moi une loupe pour examiner tout ça.
– Comment ? A cette heure-ci de la nuit ?
– Vous m'avez bien entendu, confirmai-je. Vous avez cinq minutes, quatre quand vous aurez quitté le bureau, à la vitesse où vous réagissez.
L'agent tourna les talons ; il semblait irrité, mal à l'aise.
Une fois armé de la loupe, quand j'eus examiné tous les détails des clichés, je réfléchis un moment. Puis, quelques instants plus tard, je me rendis au bureau 202. Je dis à Stevenson :
– Tiens, jette un coup d'œil à ces photos.
Stevenson était carré dans son fauteuil ; Scalo était assis en face de lui, de l'autre côté du bureau couvert de paperasses. Scalo avait l'air fatigué.
– Du nouveau ? demanda Stevenson. (Puis, désignant Scalo d'un signe de tête :) Tu veux que je me débarrasse de lui ?
– Non, répondis-je.
Approchant une chaise, je m'installai à côté de Stevenson. Je pris l'une des photos de Cryer et la déployai, la maintenant en place à l'aide de deux cendriers.
– Qu'est-ce que vous avez là ? demanda Scalo.
– Va te faire foutre, dit Stevenson. (Le front plissé, il examina la photo avec la loupe.) Cette pellicule japonaise a une telle finesse qu'on pourrait photographier un poil de cul à cent mètres, tu ne crois pas ?
Je lui demandai :
– S'agit-il du même type que sur la photo prise au club, où on voit Roatta et Suarez ? C'est ce que j'aimerais savoir. Qu'est-ce que tu en penses ?
– En tant que preuve, ça ne tiendrait sans doute pas le coup devant un bon avocat, répondit Stevenson, mais nous ne sommes pas avocats, et mon instinct me dit que c'est très probablement le même homme. Ces prises de vue sont extraordinaires. Où te les es-tu procurées ?
– L'important, fis-je, c'est qu'elles soient là, en parti-

culier celle-ci, je trouve, où notre client est de nouveau de trois quarts dos à l'objectif.

– Exactement, dit Stevenson. Même démarche bizarre, même façon de tourner la tête à moitié, et ces drôles de petites godasses... Qu'est-ce que c'est ? Des chaussures de sprint ou je ne sais quoi ? Il a tout à fait l'allure du type qui sortait du club en courant.

Je fourrai toutes les photos sous le nez de Scalo.

– Tu es foutu, Scalo, fis-je. Tu ne sais déjà plus qui tu es. Mais si tu veux te payer une bouffée d'air libre, dis-nous si ce type te rappelle quelqu'un.

Il était évident que Scalo ne l'avait jamais vu.

Je lançai à Stevenson :

– Je te parie tout ce que tu veux que c'est le portier qui le connaît.

Stevenson hurla :

– Gardien !

Quand l'agent apparut, Stevenson ordonna :

– Ramenez-moi ce tas dans sa cellule, et faites revenir le Grec, Margoulis.

– Oh, à propos, dis-je à Scalo. Avant que tu partes, où en est-on au sujet des petits rats du premier étage ? Est-ce que tu as raconté à mes collègues tout ce que tu savais au sujet de ces rats ?

– Des rats ? s'étonna Scalo, têtu.

Brusquement, j'explosai de rage, emporté par une des fureurs les plus noires de mon existence.

– Espèce de gros porc dégueulasse ! lui hurlai-je au visage. Il y a des centaines de petits rats dans des cages, au-dessus de ta boîte de nuit de merde ! Ils ont dû te rapporter du fric, sinon ils n'auraient aucune raison d'être là. Et tout à coup, comme par hasard, on s'aperçoit que personne ne sait rien à leur sujet. J'en ai jusque-là, de ta prétendue ignorance, et je vais t'enterrer sous deux mètres de ciment si tu ne te mets pas à table avant dix secondes. C'est tout ce que je te laisse comme temps. Allez, parle, sac à merde !

– Oui, accouche, Scalo, fit Stevenson avec le sourire,

tu commences à nous fatiguer. Qui nourrissait les bestioles et s'occupait d'elles ? Qui les sortait de leurs cages pour les raser ? Qui leur attachait une ficelle au bout de la queue, avant qu'elles disparaissent dans le fondement de mademoiselle Suarez ou de quelqu'un d'autre ? Qui payait ce type ? Qui était-il ? A quoi ressemblait-il ? Qu'est-ce qu'il faisait d'autre pour gagner sa vie ?

Poussant vers Scalo la photo prise au club, je ramassai un stylo à bille pour entourer le visage à demi tourné dans l'ombre, au bord de la piste de danse. Tapant du poing sur la photo, je répétai :

– Parle, connard !

– Je crois, dit Scalo, qu'il avait le visage masqué quand il allait dans les chambres, près des cages, là où les clients s'envoyaient en l'air. Il me semble que ça faisait partie de la mise en scène. Mais, quel qu'il soit, ce n'est pas moi qui l'employais. Jamais de la vie !

– Il avait bien été engagé par quelqu'un ? fit Stevenson.

Scalo répondit :

– Par Roatta, sûrement.

– Ben voyons ! dit Stevenson. C'est pratique, non ? Maintenant que Roatta est mort.

– Et combien est-ce que le club encaissait à chaque fois qu'il y avait un spectacle ? demandai-je. Combien pour un petit rat tondu dans le sphincter ? Deux cents livres ? Cinq cents ? Mille ?

Scalo s'affola. Ravalant sa salive, il répondit :

– Votre dernier chiffre est le plus réaliste.

Je dis à Stevenson :

– Ce Scalo commence à se répéter. On va faire monter le portier et le dérouiller une bonne fois pour toutes, parce qu'on perd du temps. De plus, j'ai une autre idée.

– Oui, fit Stevenson, seulement, avant que tu partes, j'aimerais que tu restes avec moi le temps d'écouter ce Grec. Ça ne peut pas faire de mal. (Il dit à l'agent qui accompagnait Scalo :) Mettez celui-là dans la salle d'attente, au cas où on aurait besoin de lui. Pas la peine de le remmener dans sa cellule. Et faites monter le Grec. (L'agent embarqua Scalo et Stevenson bâilla. Il se cala contre le dossier de son fauteuil, s'étira, et dit :) C'est tuant, ce boulot, hein ?

– C'est comme si on essayait de percer du béton avec une allumette, répondis-je.

Bientôt, le Grec apparut.

Désignant l'ancienne chaise de Scalo, je lui dis :

– Gare-toi là.

– Tu as vraiment une sale gueule, constata Stevenson, tu es effrayant. On dirait que ça fait une semaine que tu ne t'es pas tapé une pute. Qu'est-ce qui t'arrive ? C'est les glandes qui te travaillent ?

Margoulis demanda :

– Qu'est-ce que vous voulez, encore ?

– Il s'agit de photos, dis-je. Des tas de photos. On va te transformer en critique d'art. Maintenant, tu vas regarder tout ça attentivement, et nous donner une opinion éclairée.

– Je n'ai jamais été tellement physionomiste, fit Margoulis. C'est drôle, non ? Mais malgré tout, c'est comme ça, quelquefois, n'est-ce pas ?

– Non, dis-je, cette fois-ci, tu ne vas pas trouver ça drôle du tout. (Décrochant le téléphone, je demandai :) Est-ce que les inspecteurs Drucker et Rupt sont encore dans la maison ? Bien, demandez-leur de monter.

– Tu es parti pour en baver un maximum, Margoulis, annonçai-je en reposant le téléphone. D'un autre côté, on sait bien que tu es un vrai dur, un portier du West End, et que tu n'as peur de personne. (Je dis à l'agent :) Installez-le dans cette chaise, vous voulez bien ? Et apportez-nous un éclairage correct ; je ne verrais même pas le bout de mon doigt si j'avais envie de me curer le nez.

L'agent fit asseoir Margoulis, puis il posa sur le bureau de Stevenson un énorme projecteur, muni d'une ampoule de mille watts, et le dirigea vers le Grec.

– On t'a donné ta chance, dis-je à Margoulis. Maintenant, pour toi, c'est la dernière occasion de limiter les dégâts avant qu'on appuie sur le bouton et qu'on envoie le jus dans ce truc. En plus, si tu ne te montres pas conciliant, tu vas bientôt rebondir d'un mur à l'autre tout autour du bureau. Je n'aime pas beaucoup ça, mais on est pressés d'obtenir une réponse dans cette histoire.

Tandis que je parlais, la porte s'ouvrit, et Rupt et Drucker apparurent, Drucker en premier. Il était en tenue de boxeur – T-shirt blanc immaculé, chaussures montantes et culotte de nylon rose.

– Bonsoir, fit-il.

Il n'était pas très grand, mais il avait une carrure impressionnante. Quand il faisait jouer les muscles de ses épaules, le bureau 202 semblait trop étroit.

– Comment se passe l'entraînement ? lui demanda Stevenson.

– De mieux en mieux, répondit Drucker. Trois heures de punching-ball ce soir. C'est la demi-finale catégorie poids lourds, samedi soir, contre la police de Wembley. Vous venez ? J'ai des billets.

Rupt venait d'examiner Margoulis de la tête aux pieds. Il demanda à Stevenson :

– C'est tout ce que tu as pu nous trouver, pour ce soir ?

– L'important, dit Stevenson, c'est qu'il sait des choses qu'on aimerait bien apprendre.

– Malgré tout, fit Rupt, je trouve qu'ils pourraient nous en envoyer qui soient un peu plus coriaces. C'est quand même dommage d'avoir à esquinter des vieillards.

Ce qui ne l'empêcha pas de pincer la joue de Margoulis entre le pouce et l'index, et de tirer violemment dessus.

– Qu'est-ce que tu en penses, demanda-t-il à Margoulis. Ça te dirait de reprendre l'entraînement, pépé ?

– A mon avis, ça les épuise de grimper jusqu'ici depuis la rue, commenta Stevenson. On dirait qu'ils ont du mal à digérer les escaliers.

– Ma foi, dit Drucker, quand on en aura terminé avec lui, les trois jours qu'il devra passer à St. Stephen lui feront l'effet d'un genre de week-end prolongé.

– Eh bien, dis-je à Margoulis, bienvenue au cercle... Des officiers de police, bien sûr.

– Et c'est un cercle vicieux, renchérit Rupt. (Puis, s'adressant à Drucker :) Voyons si j'ai bien retenu cette manchette de karaté, ce soir.

Du tranchant de la main, il asséna un coup sur la chaise de Margoulis. Le dessus du dosseret vola en éclats, et des débris du mobilier de l'Administration volèrent à travers la pièce.

– Excusez-moi, fit Rupt. J'ai eu une scène de ménage avec ma légitime, ce soir, et ça me rend toujours nerveux.

– Comment te sens-tu, Margoulis, demandai-je. Tu es prêt à regarder nos photos, maintenant ? Je te demande seulement de parler distinctement, et je te jure qu'il n'y aura pas de casse.

Margoulis émit une sorte de borborygme, et je lui tendis les photos de Cryer.

– Et tâche de nous dire quelque chose d'intéressant sur son compte, pour changer un peu. Son nom, par exemple.

– Comme ça, on pourra l'éliminer de la liste de nos suspects, ajouta Stevenson, en allumant plusieurs fois de suite le projecteur aveuglant.

Un instant plus tard, Margoulis nous dit :

– C'est Roatta qui l'avait engagé.

– Pour faire quoi ? demanda Stevenson. Pour s'occuper des rats ?

– Je ne sais rien au sujet des rats.

– Ça ne se remarque pas à l'odeur, quand il y a des rats quelque part ?

– Je ne sais rien au sujet des rats.

– Il ne se rend même pas compte qu'il en est un, commenta Drucker.

J'expliquai à Margoulis :

– On ne se serait sans doute jamais intéressés à ce type, sinon que, pour une raison qui nous échappe complètement, on n'a encore rencontré personne dans cette affaire qui veuille entendre parler de lui de près ou de loin.

Margoulis ajouta :

– J'ai entendu dire qu'il devait de l'argent à monsieur Roatta, et qu'il remboursait sa dette en travaillant au premier, quelque chose comme ça.

– C'est l'homme de la photo qui a apporté les rats au club ?

– Je vous répète que je ne sais rien de cette histoire de rats.

Stevenson dit à Rupt :

– Gifle-le un peu. Pas trop fort, on ne veut pas qu'il soit cloué au lit pendant trois jours.

Dans ce bureau exigu, la gifle claqua comme la détonation d'un fusil.

– Parfait, dit Stevenson. Maintenant, relevez-le, brossez-lui un peu ses vêtements, et rasseyez-le sur sa chaise. On va recommencer. (Agrippant le portier par les cheveux, Stevenson lui pencha la tête en arrière. Il lui demanda :) Ça va ? On a les oreilles qui tintent un peu, au début, hein ? Enfin, comme tu es un vrai dur... (Il ne termina pas sa phrase ; ce n'était pas nécessaire. Il ajouta :) Parle ! Tu vois bien que le temps nous presse et qu'on n'a pas envie de plaisanter.

– Tant que tu ne répondras pas à nos questions, intervins-je, on continuera à te les poser encore et encore, Margoulis. On ne peut pas faire autrement. Alors, si tu n'es pas complètement idiot, tu as intérêt à abréger tes souffrances le plus possible.

Stevenson revint à la charge :

– A propos de notre type, Margoulis ; à ton avis, l'homme de la photo prise au *Parallel*, le soir de l'anniversaire de Roatta, et celui qu'on voit sur cette nouvelle série de clichés, c'est le même ?

– Possible, répondit le portier.

– Allons, dis-je, un petit effort, mon mignon. C'est lui ou ce n'est pas lui ?

– Je pense que c'est bien lui.

– Il va falloir que tu nous fasses une déposition.

– Mais je tiens à la vie, moi ! protesta Margoulis.

– Les accidents de la circulation sont un véritable fléau, dans cette ville, dit Stevenson en masquant un bâillement du dos de la main, mais que veux-tu que la police y fasse ? Nous manquons sérieusement d'effectifs.

– Le type de la photo, il a un nom ? demandai-je.

Avec le long soupir d'un mourant qui rend son dernier souffle ou d'un homme qui a un orgasme, Margoulis répondit enfin :

– Tony.

– Il apprend vite ! s'extasia Drucker d'un ton admiratif.

Ramassant le cendrier de Stevenson sur le bureau, il l'expédia à Rupt en faisant tournoyer l'objet sur lui-même. Rupt le rattrapa au vol et le renvoya. Les deux hommes commençaient à s'ennuyer.

Je suggérai :

– On pourrait pas avoir du rab ? Un nom de famille, par exemple ?

– Non. Je le connaissais seulement sous le nom de Tony, c'est tout.

– Il faudrait que tu nous donnes un peu plus de détails quand même, fit Stevenson.

– Allez ! dis-je.

– Il venait au club tous les soirs, non ?

– Trois, quatre fois par semaine, dit Margoulis. Le personnel ne faisait même pas attention à lui, il était là, et c'était tout. M. Roatta m'avait donné la consigne, à l'entrée, de le laisser passer à n'importe quel moment, et je n'ai jamais posé de questions.

– Il était du genre sociable ? demandai-je.
– Comment ça, sociable ?
– Est-ce qu'il draguait les filles qui travaillaient au club ?
– Oui, un petit peu.
– Il était assez content de lui ?
– Ça, oui, plutôt, il ne se prenait pas pour de la merde. Ecoutez, ajouta Margoulis, je ne sais pas dans quel pétrin je suis en train de me fourrer, à vous raconter ça. J'ai l'impression que je vais y laisser ma peau, avec tout ce que je vous ai dit.
– Tu ferais mieux de te concentrer de toutes tes forces, conseilla Stevenson, sur les emmerdements auxquels tu essaies d'échapper.
Drucker dit à Rupt :
– On raconte qu'il y a une vie après la mort, mais, bon sang, ce type-là ne me paraît pas en assez bonne condition physique pour en profiter.
Rupt commenta, d'un ton plein de sagesse :
– C'est parce que les gens ne font pas assez de sport. Il faudrait les envoyer, le samedi matin, courir après un ballon sous la pluie, sur un terrain de foot. Comme ça, ils ne tarderaient pas à tenir la grande forme.
De tout son poids, il marcha sur le pied dc Margoulis, écrasant sa botte de chasseur ; le cuir gémit.
Je dis à Margoulis :
– Prends tout le temps qu'il te faudra pour réfléchir, et puis dis-moi combien de fois tu as vu ce Tony avec Dora Suarez, mettons, pendant les trois derniers mois.
Rupt s'agita dans l'ombre. Margoulis finit par répondre :
– Au moins six fois.
– Quand ils parlaient ensemble, est-ce qu'ils donnaient l'impression de se disputer, de se faire des scènes ? demandai-je.
– Ma foi, dit Margoulis, ils avaient des conversations plutôt animées.
– Dans quel genre ? Explique-toi.

– Je ne sais pas, moi, fit Margoulis en écartant les mains en signe d'impuissance, ça m'avait l'air de barder pas mal, c'est tout.

– Est-ce qu'il leur arrivait de monter au premier ensemble ?

– C'est-à-dire, je ne pouvais pas regarder tout le temps, à cause des clients à l'entrée, mais je les ai vus s'envoyer en l'air deux, trois fois, oui.

– Ils restaient longtemps là-haut ?

Margoulis soupira.

– Le temps qu'il me faut pour percer un trou dans le plancher.

– Ta gueule ! fit Rupt.

Je dis à Rupt :

– Ne brutalise pas notre ami, il commence à se rendre utile. (Puis, m'adressant à Margoulis :) On n'a pas pour habitude de tabasser les clients.

– Vraiment ? fit Margoulis, en tâtant sa grosse joue à l'endroit où elle avait été passée à l'attendrisseur.

– C'est seulement quand on est pressés d'arrêter un homme, expliquai-je, et que ceux qui pourraient nous mener jusqu'à lui refusent de parler parce qu'ils sont morts de trouille.

– Vous savez ce que c'est que le West End, dit Margoulis. Parfois, la santé d'un type n'y vaut pas cher.

– Tu aurais dû voir dans quel état se trouvait la santé de Suarez, fis-je. Et tu te serais estimé heureux avec les deux jambes brisées à coups de barre de fer. (Je me levai.) Eh bien, c'est tout pour l'instant, dis-je à Drucker. Demandez-lui de répéter ça devant un sténographe, tout ce qu'il vient de nous raconter, et faites-en une déposition qu'il se fera un plaisir de nous signer. (J'ajoutai à son intention, mais aussi à celle de Rupt :) Soyez gentils avec lui, montrez-lui ce que c'est que l'esprit de famille, parce qu'il nous a bien aidés ; et, de plus, on aura besoin de lui au tribunal.

Je me dirigeai vers la porte.

– Où vas-tu ? demanda Stevenson.

– J'ai une autre idée en tête, dis-je.

Ramassant trois ou quatre des photos de Cryer, ainsi qu'une photocopie de celle du club, je les fourrai dans ma poche.

– Tu sais l'heure qu'il est ? demanda Drucker.

– Non, répondis-je. Et tant que je n'aurai pas coincé ce type, je ne veux pas le savoir. (J'ajoutai :) C'est valable pour toi aussi, d'ailleurs. Personne n'a besoin de savoir l'heure quand on a autant de boulot sur les bras.

Je m'apprêtais à quitter le bureau quand le téléphone sonna. C'est Drucker qui décrocha l'appareil. Couvrant l'embouchure avec sa main, il m'annonça :

– Robacci veut monter.

– Très bien. Qu'il monte, fis-je. (Je dis à Drucker et Rupt :) Restez là tous les deux. Vous nous aiderez à mettre tout ça en forme. (Puis, m'adressant à Stevenson :) Ça commence à craquer quelque part.

– Oui, dit Stevenson. Il ne faut pas laisser refroidir.

Drucker intervint :

– Dites donc, si Robacci nous rend une petite visite, il vaudrait mieux ne pas laisser ce connard traîner dans les parages.

– Tu as raison, fit Stevenson. M. Margoulis peut aller se coucher, maintenant.

On fit embarquer Margoulis, qui sembla soulagé.

Peu après, Robacci arriva. Il parut un peu effrayé en découvrant le décor du bureau 202 ; malgré cela, il sourit comme un vieux briscard, d'un sourire las et familier, et annonça d'entrée :

– Ecoutez, j'ai beaucoup réfléchi à cette histoire.

– Parfait, dis-je, c'est à cela que sert la matière grise.

– Vous savez, je n'étais que le régisseur.

– Et moi, je m'appelle Adolf Hitler, rétorquai-je. Tu connaissais Tony ?

– Tony ?

– Ne commence pas ! Tony, l'homme qui s'occupait des rats.

– Les rats ? fit Robacci. Les rats ? Quels rats ?

Je dis à Rupt et Drucker :

– Trouvez un siège confortable pour ce monsieur.

Ils le firent asseoir sur ce qu'il restait de la chaise de Margoulis. Drucker prévint :

– Tu vas être assis sur quelques échardes, mais d'ici à ce qu'on en ait terminé avec toi, ça te sera complètement égal.

Robacci demanda :

– Vous allez me frapper ?

– Ça pourrait arriver, dit Rupt.

– Quand ?

– A n'importe quel moment, répondit Drucker. Tout dépend de toi.

– Mon boulot, expliqua Robacci, c'était de m'occuper des clients.

Je fis remarquer :

– Tous ceux qui baisaient au premier étage avaient le sida.

– Quand nous aurons le temps, dit Stevenson, nous passerons en revue la liste des membres de ce fameux cercle privé. Mais pour le moment, c'est sur une triple affaire de meurtre que nous enquêtons. Nous voulons épingler le coupable, car nous croyons que c'est un seul et même homme qui a commis les trois assassinats. Et nous commençons à penser qu'il s'appelle Tony. Alors, tu vas nous parler de Tony, et ne nous dis pas que tu n'as jamais entendu parler de rats au *Parallel Club*, mon mignon, ce n'est plus l'heure de raconter des salades.

– Ce qu'il y a de terrible pour un homme atteint du sida, expliquai-je, ce sont les dégâts que la maladie provoque sur son membre. J'ai pris le temps de m'informer un peu. (Posant un livre sur la table, je l'ouvris à la bonne page.) Regarde-moi ça, dis-je. Est-ce que tu es toi-même au mieux de ta forme, Robacci, quand il s'agit de baiser ? Voici des photos de lésions du pénis provoquées par le sarcome de Kaposi. Tu crois que tu pourrais faire l'amour avec la queue dans cet état-là ? Hein ?

Regarde les photos et réponds à ma question. Tu pourrais ou tu ne pourrais pas ?

Robacci secoua la tête.

– Entièrement d'accord avec toi, dis-je. Cependant, ce que tu peux faire, si tu es contaminé et que tu as du fric, c'est regarder un homme ou une femme avoir un orgasme grâce à un animal qu'on lui introduit dans le fondement, et prendre ton pied pendant le spectacle. Il y avait des chanteuses, au *Parallel Club* ? Tu veux dire, des filles sans un sou, mais au physique agréable, qui traînaient avec un micro pendant une demi-heure pour faire bonne impression, et puis qu'on refilait aux clients du premier étage. Tes commanditaires ont dû se dire qu'il y avait des tonnes de fric à ramasser, avec une combine pareille.

Stevenson conclut :

– Alors, maintenant, Robacci, tu comprends pourquoi tu es ici ; c'est pour empêcher le quartier le plus nauséabond de cette ville de devenir carrément intenable.

– Je nie tout en bloc ! hurla Robacci. Je vous répète que je ne savais même pas qu'il y avait un premier étage.

– Ça ne marche pas, dis-je. Tu commences à avoir la tête d'un type qui a besoin de se faire retoucher le portrait.

Je jetai un coup d'œil à Drucker. Celui-ci s'avança, avec huit doigts en éventail.

– Bien, fit-il, je commençais à m'ennuyer. (Il dit à Rupt :) Je vais me faire la main sur ce vieux con pour voir si cette manchette japonaise marche vraiment.

– Ma foi, dit Rupt, je n'en sais rien, mais quand je m'en suis servi ce soir, j'ai fait éclater en deux un sac de paille.

– Bon Dieu, fit Robacci, arrêtez-les !

– Je ne suis pas sûr que je pourrais le faire, dit Stevenson. Ce qui est sûr, de toute façon, c'est que le temps, c'est de l'argent, dans cette pièce, et ton temps à toi ne vaut pas grand-chose. Alors, ne nous raconte pas de salades. On est très occupés, tes bobards, on les connaît par cœur, et de plus, ils commencent à nous fatiguer sérieusement.

Mais, regardant Rupt, Stevenson dit quand même à Drucker :

– Calme un peu ton copain, tu veux ?

Je dis à Robacci :

– Tu es dans la mélasse jusqu'au cou, enflure. En ce qui concerne le *Parallel Club*, tu vas être cuisiné par d'autres inspecteurs, probablement ceux de la Criminelle, l'inspecteur principal Charlie Bowman et sa clique – et je ne voudrais pas être à ta place. Mais cela fera l'objet d'une autre enquête. Ce qui nous intéresse, ici, ce sont nos trois meurtres ; le reste suivra quand on aura réglé ce premier problème.

– Tony, à présent, fit Stevenson, l'homme des photos. Tu persistes à dire qu'il n'a jamais existé ? Tu nous racontes la même histoire que les autres ? C'est bien ça, hein ? C'est bien ce que tu prétends ?

– Fais très attention, maintenant, Robacci, conseillai-je. Tu marches sur des œufs. C'est ton avenir que tu joues, et pour longtemps. Plus tu nous raconteras de bobards, plus tu feras couler d'encre, bien noire et bien grasse, sur les manchettes des journaux quand tu te retrouveras au tribunal. Même un petit procureur tout frais sorti de l'école de la magistrature n'aura aucun mal à te faire plonger. Et je t'assure que, parti comme tu l'es, tu prends le plus court chemin pour Canterbury ; j'aurais beau être aveugle que je m'en rendrais compte malgré tout.

– J'essaie de vous aider du mieux que je peux.

– Eh bien, ça ne suffit pas, dit Stevenson. (S'adressant à Rupt et Drucker :) Emmenez-moi ce connard, et travaillez-le jusqu'à ce qu'il crache une déposition. Il me la faut le plus vite possible. Quand vous serez satisfaits du résultat, faites-la lui signer.

Drucker dit à Robacci :

– Allez, viens, mon joli. Avec moi, tu sais, c'est toujours la même chose : les gens sont tellement contents quand je les laisse tranquilles contre une signature.

Robacci cria à Stevenson.

– Mais je veux vivre, moi !

Le saisissant par l'oreille gauche, Rupt lui murmura :

– Pour quoi faire ?

Au moment où il faisait sortir Robacci du bureau, Drucker demanda :

– Alors, ce Tony ?

– Tony ?

– Oui, Tony.

Je lançai :

– La nuit va être longue, Robacci !

Ramassant mes photos, je partis avant qu'autre chose ne m'arrête.

* * *

Remontant Meard Street, je tournai un coin de rue et me retrouvai dans Wardour Street ; il y avait, à cet endroit, un bar en sous-sol, *la Spiaggia di Napoli*. Il se trouvait sous une boutique de mode en faillite appelée la *Nième Vague*. En descendant l'escalier, je passai devant le miroir oblique du videur, et j'y aperçus mon visage. J'avais la tête d'un type mort depuis un millier d'années. Je laissai derrière moi la cabine téléphonique toujours occupée et demandai au barman :

– Le patron est là, Mario ?

– Près de la machine à sous, là-bas, à l'autre bout du bar.

– Comment va la famille ?

– Elle s'agrandit.

Je ne peux pas dire qu'il se méfiait de moi, mais il ne me faisait pas confiance non plus. J'étais un flic qui avait des contacts des deux côtés de la barrière, et c'était une chose qu'il avait du mal à comprendre.

Le visage de Mario me rappelait toujours une affaire sinistre dont je m'étais occupé il y a bien des années. C'était par un matin glacial de décembre, juste après l'aube. J'étais à bord d'une voiture de police avec un collègue, et un message radio nous avait envoyés à la sortie de Luton, où un cadavre avait été découvert, pour faire les premières constatations. Le corps gisait les bras en croix, couvert de givre, au pied d'un pylône, au milieu d'un champ immense traversé par les lignes électriques qui apportent le courant à la ville de Luton. Quand l'inconnu s'était suicidé en s'électrocutant, au sommet du pylône, saisissant à pleines mains les câbles à haute tension, ses épaules avaient été tellement déformées par la violence du choc qu'il donnait l'impression – l'impression seulement – d'avoir mis sa veste à l'envers, en boutonnant le devant derrière. Triste vêtement à porter le jour de sa mort, en tout cas : un tissu grisâtre, trop mince pour préserver du froid, c'était le genre de veste dont on vous fait cadeau au Secours populaire. Ses mains avaient fondu jusqu'aux poignets en serrant les câbles, et la violence de la décharge électrique avait précipité son corps dans le vide. Ses yeux, littéralement frits dans leurs orbites, ressemblaient à des boulettes de chair de poisson ; il ne restait plus rien de son visage, à part ses yeux perdus dans des cavités à présent trop vastes, et ses dents d'une blancheur agressive. Le choc l'avait précipité du haut de cette tour métallique de soixante mètres qu'il avait patiemment escaladée, se hissant d'une poutrelle à l'autre, dans le seul but d'en finir avec la vie, là, dans ce champ immense et sans relief au bord de l'autoroute, sous un ciel incolore, pour se purger de l'existence. J'étais jeune, à l'époque, mais j'aurais pu facilement porter seul cette fragile relique. Pourtant, c'est avec l'aide de mon collègue et de deux ambulanciers que je soulevai le corps. Nous l'installâmes sur un brancard, le visage recouvert, avec la même délicatesse que si l'on déposait une allumette calcinée dans un cendrier, avant de l'emmener à l'hôpital de Luton.

A *la Spiaggia*, tout le monde savait parler l'anglais, mais personne ne le faisait jamais, sinon pour le travail. Ils étaient tous italiens, et c'est donc dans leur langue qu'ils se parlaient – les serveurs de restaurant, les chauffeurs de taxi, les porteurs, les truands à la petite semaine, les revendeurs de drogue et les joueurs professionnels, depuis les deuxièmes couteaux jusqu'au sommet de la hiérarchie, qui non seulement avait délimité le territoire des étrangers de Londres, mais était également respectée pour ses glorieux ancêtres et sa réputation. Les jeunes veillaient sur les anciens, non seulement parce qu'ils faisaient partie de la famille (ce qui était déjà une raison suffisante), mais parce qu'ils appartenaient à la légende ; tout le monde savait quelles pertes ils avaient subies pendant les guerres de Soho. Parfois, quelques vieux Anglais huppés et condescendants, en pardessus et cravate à pois, trouvaient amusante l'idée d'y amener leurs femmes après un déjeuner au restaurant chinois, histoire de faire les malins devant le vieil Italien de Positano. Ils étaient aussitôt priés de déguerpir, car il n'y avait que des obsédés sexuels à *la Spiaggia*, et c'était un club où la présence d'une femme déclenchait toujours des bagarres.

A une table d'angle, près des toilettes, huit terrassiers en ciré jaune faisaient une partie de *scopa*. Une bouteille était posée devant eux, et ils donnaient l'impression de ne pas vouloir être dérangés. En entrant, je jetai un coup d'œil au téléviseur fixé très haut sur le mur, puis à la rangée de machines à sous éructantes alignées contre le mur. Devant chacune d'elles, un petit brun au visage en lame de couteau rouillée scrutait attentivement l'écran, essayant de décrocher le gros lot. Pour la plupart, il s'agissait de serveurs des restaurants voisins, qui venaient là entre deux services, mais à la dernière machine sur la droite, près du mur du fond, se trouvait l'homme que je voulais voir, un type de mon âge vêtu d'un vieil imper qui manipulait le levier de l'appareil en me tournant le dos. Il n'était pas seul, cependant. Quand il me sentit arriver, un petit homme en burberry bleu plongea la main droite dans sa poche, et se tourna vers moi, le visage impassible. Mais j'étais tellement perdu dans mes pensées que je ne fis pas attention à lui. M'approchant par-derrière de l'homme occupé à jouer, je posai la main sur son épaule.

– Mauro, dis-je, je veux te parler.

Sans avoir eu le temps de comprendre, je me retrouvai à deux doigts de la mort, plié en deux par-dessus le comptoir, dans une position impossible pour une colonne vertébrale humaine ; le petit homme tenait le tranchant de son couteau à quelques centimètres de ma gorge. J'eus juste le temps de remarquer que le barman remplissait son évier d'eau, afin de m'y plonger la tête au cas où j'aurais hurlé, et se débarrasser de moi discrètement par la suite, en sortant les poubelles. Les autres clients nous tournaient le dos ; les joueurs de cartes frappaient les tables en beuglant leurs annonces comme s'il ne se passait rien de spécial. Juste à temps, le type que j'étais venu voir dit à l'homme au couteau :

– Remets-le debout, Fabrizio, laisse-le respirer.

Attentivement, il regarda la machine cracher des jetons argentés jusqu'à ce qu'elle ait terminé, ramassa ses gains et les poussa en pile d'un bord à l'autre du comptoir. Puis il me dit, à propos de l'homme à l'imper bleu :

– Il est nouveau ici, il est jeune, il vient d'arriver de Sicile. Il ne connaît pas encore beaucoup de monde, mais tu dois être malade pour aborder quelqu'un par-derrière.

– Sans doute, répondis-je ; seulement, je suis un peu distrait parce qu'il y a quelque chose qui me préoccupe.

– Je m'en doute, fit Mauro. L'argent. Tu t'es fait virer de la police et tu n'es plus tout jeune. De combien as-tu besoin ? Cent livres ? Deux cents ? Mille, si tu veux.

– Non, dis-je. Il s'agit d'une affaire de meurtre, et c'est à cause d'elle qu'ils m'ont repris à l'Usine du jour au lendemain.

Mauro dit au barman :

– Donne-lui un whisky, mais un double. Et vite. (Puis, s'adressant au Sicilien qui avait presque creusé ma tombe :) Arrête de regarder mon ami.

Quand les consommations arrivèrent, je dis à Mauro :

– Il faut que je te parle cinq minutes ; il s'agit d'un problème humain. Tu peux nous libérer une table ?

Se penchant par-dessus le comptoir, Mauro dit au barman :

– Tu vois cet homme ? (Il me planta son index dans l'épaule.) N'oublie jamais son visage, compris ? Une nuit, il y a des années de ça, il m'a ramassé sous la pluie battante alors que je n'avais pas un sou et nulle part où dormir ; il m'a ramené chez lui, et m'a traité comme si j'étais son fils. Et ça, c'est une chose qui ne s'oublie pas. Alors, tu vas faire déménager ces types, là-bas, et nous nettoyer la table. Ici, les clients s'imaginent qu'il n'y a rien de plus important, dans la vie, que de jouer aux cartes. Mais ne t'inquiète pas, je sais bien qu'ils dépensent de l'argent.

Quand la table fut prête, sous l'épais nuage de fumée des cigarettes Nazionale, Mauro me dit :

– Arrête de regarder le film de fesses sur la vidéo, et viens t'asseoir avec moi. (Il demanda au barman :) Apporte le Bell's. Une bouteille. Deux verres. De la glace. C'est pour moi. (Quand nous fûmes servis, il ajouta :) Je t'écoute.

– C'est une sale histoire, répondis-je. Vraiment très moche. Mais pas pour moi... Pour les autres, cette fois, ce qui est encore bien pire.

Mauro demanda :

– Alors, tu es revenu à l'Usine ? Il y a des bruits qui courent, mais est-ce que c'est vrai ?

– Oui, Mauro, je suis de nouveau flic. Ce sont eux qui sont venus me chercher. Je ne te cache rien. Je suis de retour à l'A14.

– Il s'agit de Suarez ? Carstairs ? Felix Roatta ?

– C'est ça.

Mauro déclara :

– Roatta était pourri jusqu'à la moelle. Il n'a pas su se garer à temps. (Il alluma une Westminster.) C'est vrai, ce que j'ai lu, que la fille avait le sida ?

– Oui, dis-je, elle était en train de mourir.

– Alors, pourquoi se donner la peine de la tuer ? s'étonna Mauro.

– Mauro, commençai-je, je suis venu te voir en toute amitié, mais cette affaire est pleine d'Italiens, et c'est pour ça que je suis là. J'ai besoin de tes conseils.

– Vas-y, fit-il.

– Je commence à penser, expliquai-je, qu'elle a été tuée par l'homme qui l'a contaminée, et que ça arrangeait pas mal de gens.

– Elle travaillait au *Parallel Club*, n'est-ce pas ?

– Oui, dis-je, et on a déjà bouclé trois types. Ils sont à l'Usine, en ce moment. (Je bus une gorgée de whisky, avant d'ajouter :) Mauro, cette affaire est vraiment ignoble, et ce n'est pas une conférence qu'il me faut.

– Des Italiens, répéta Mauro. Tu veux dire, Scalo et Robacci. Le *Parallel*, c'est eux.

Je demandai :

– As-tu entendu parler des rats ?

– Non, fit-il. (Le barman nous apporta un nouveau seau à glace.) Quels rats ?

Je lui expliquai à quoi servaient les rongeurs. Je lui parlai de Suarez à la morgue, du médecin légiste, de Wiecienski, de tout. Je dis :

– Suarez... La pauvre gosse, elle pensait trop, elle écrivait trop, elle a fini par en savoir trop. N'oublie pas, elle n'a pas été simplement tuée, Mauro, elle a été massacrée à coups de hache, et l'assassin s'y est repris à plusieurs fois. Il s'est aussi branlé dans ses blessures et il a bu son sang. Et il a tué Betty Carstairs, la vieille dame qui avait recueilli Dora, parce qu'elle l'a interrompu pendant qu'il l'achevait. (J'ajoutai :) Et c'est encore pire que ça. Je crois que Dora était amoureuse de son assassin, ou du moins, qu'elle l'avait été. Mauro, aide-moi à faire justice pour cette pauvre fille.

– Comment ? demanda-t-il.

– Combien connais-tu d'Italiens prénommés Tony ? Très sportifs, et qui tuent des femmes parce qu'ils n'arrivent pas à jouir ? (Me penchant vers lui par-dessus mon verre, j'ajoutai à voix basse :) Suppose que Suarez soit ta femme ou ta fille, qu'est-ce que tu ferais ?

Mauro, pétrifié, ne dit pas un mot.

Lui prenant la main, je poursuivis :

– Aide-moi, Mauro. Il y a longtemps que nous nous connaissons, tous les deux. J'ai joué cartes sur table. Je t'ai dit que j'étais de nouveau flic, ce que je sais, sur quelle affaire j'enquête. Rien ne t'oblige à m'aider si tu ne veux pas le faire. Mais je ne sais qu'une chose : il faut qu'on arrête ce type. Tu t'en rends bien compte toi-même, c'est un fou dangereux. Je suis venu t'en parler parce que je suis prêt à tout pour mettre la main sur lui. Et si tu avais été avec moi dans l'appartement d'Empire Gate, puis à la morgue, tu comprendrais pourquoi.

– Une hache, dit Mauro en fixant la table. Un Quickhammer 9 millimètres. Et son nom ? Tu as une idée là-dessus ?

– Tout ce que je sais, pour l'instant, c'est qu'il s'appelle Tony. Suarez ne donnait jamais de noms. Je pourrais continuer à cuisiner les trois types qu'on a embarqués jusqu'à ce qu'ils craquent, mais ça prendrait trop de temps. Il faut que je trouve une solution plus rapide.

– Ce Tony, tu sais à quoi il ressemble ?

– J'ai ça, répondis-je.

Je sortis les photos de ma poche.

Mauro les examina, puis il commença à se servir un verre sans regarder où était la bouteille. Au bout d'un moment, il finit par déclarer :

– C'est très délicat.

– La famille ?

– Enfin, le clan, en tout cas, dit Mauro. Mais il a toujours eu le cerveau fêlé.

Au-dessus de notre table, l'éclairage s'assombrit.

– Une fois, reprit Mauro, une grosse fille est morte brutalement dans une chambre d'hôtel, à Kings Cross. Ça remonte à dix-sept ans, maintenant. C'est en venant faire les lits, le matin, que la femme de chambre l'a découverte, à moitié décapitée, le nez dans le cendrier de la table de nuit. Tu te souviens ?

– Oui, dis-je. Une fille grande et forte. On n'a jamais rien su, ça n'intéressait pas la Criminelle. Ni la presse, d'ailleurs. Trois lignes en page quatre. C'est Frank Ballard qui s'est occupé de l'histoire, quand il était encore inspecteur à l'A14 et que j'étais simple agent à Chelsea. Une fille de pasteur, qui venait de la cambrousse, et qui aimait bien se faire sauter. Tuée à coups de rasoir et de tessons de bouteille. On n'a jamais trouvé le coupable.

– Vous auriez eu du mal, fit Mauro, parce qu'on l'a couvert, cette fois-là.

– Cette fois-là seulement ?

– Oui, il a commis l'erreur de recommencer avec l'une de nos femmes, alors on est allés à plusieurs pour lui régler son compte. Tu pourrais dire que c'est à ce moment-là qu'il s'est mis sérieusement à la course à pied.

– Mauro, dis-je, qui est-ce ?

– C'est très difficile pour moi, répondit-il ; ce n'est pas mon genre de donner des noms à la police.

– Ballard, Stevenson et moi, nous n'existons qu'à cause de ces photos, dis-je en les lui désignant. Pense à Suarez. Pense à la fille du pasteur. L'une était grosse et moche, l'autre était malade mais c'étaient quand même des êtres vivants.

Finalement, Mauro murmura :

– Aujourd'hui, il se fait appeler Tony Spavento.

– C'est son vrai nom ?

– Non. Spavento, ça veut dire « terreur » en italien. Je n'ai pas le droit de te dire ce qu'était son véritable nom.

– Etait ?

– Il n'existe plus pour nous, à présent.

– C'est si grave que ça ?

– Sa propre famille paie en permanence un tueur à gages pour avoir sa peau.

Je me levai. J'étais un peu gris, et j'essayais de réfléchir aussi. Je dis au revoir à Mauro. Escaladant l'escalier du bar, couvert d'une moquette mitée, je regagnai la rue. Je retournai à l'Usine en pensant au corps de Suarez, gisant nu et meurtri sur notre terre comme si, pauvre enfant, elle était à elle seule tous les êtres chers que nous avons perdus.

* * *

Savez-vous que je pleure dans mon sommeil ? Croyez-vous qu'un homme ne puisse pas pleurer dans son sommeil ?

9

Je poussai la porte du bureau 202. Stevenson s'y trouvait en compagnie de Robacci, qui avait le sourire aux lèvres. Je décidai de changer cela, de lui faire ravaler son sourire. Stevenson m'annonça :

– Robacci parle. Il est heureux.

– Mais moi, je ne suis pas heureux du tout. (Je m'adressai à Robacci :) Dis-moi ce que tu sais de Tony Spavento, maintenant. Raconte-nous tout, mon mignon.

– J'ai passé mon temps à lui rappeler les faits et en

appeler à sa conscience jusqu'à ce qu'il crache le morceau, expliqua Stevenson. Je m'apprêtais à nous faire monter une bonne tasse de thé chacun.

– Jusqu'à ce qu'il crache quoi ? demandai-je. (Saisissant doucement Robacci par le revers de sa veste, je lui dis :) J'en ai par-dessus la tête de tes bobards. Maintenant, commence à me parler de Tony Spavento.

Robacci devint livide.

– Quoi ? fit-il. Je ne peux pas. On a tous le droit de vivre.

– Ce n'est pas comme ça qu'il faut t'y prendre, dis-je. (Je ne touchai pas Robacci. Je ne lui fis aucun mal. Je me contentai de tripoter le revers de sa veste.) Spavento, répétai-je. Parle !

– Personne ne parle jamais de lui, chuchota Robacci.

– Ce qu'il faut que tu comprennes, Robacci, dis-je, c'est que tu es dans une merde noire. Si tu refuses de te mettre à table, on t'expédie à Canterbury. Pour vingt ans. Autrement dit, on te jette aux loups. Et, crois-moi, il y aura des gens pour s'occuper de toi, là-bas. Alors que, si tu nous dis ce qu'on te demande, tes petits copains te régleront ton compte avant même qu'on ait eu le temps de t'inculper. (J'ajoutai :) De toute façon, d'un côté comme de l'autre, tu es sous haute surveillance, maintenant. Tu n'as plus aucun moyen de t'en sortir. Tu es vraiment baisé.

– D'accord, d'accord, fit Robacci. Bon, je vais en taule pour un moment. Mais je n'ai rien à voir avec ce Spavento.

– Faux ! dis-je. De notre point de vue, en tout cas, c'est Scalo et toi qui avez engagé un tueur pour descendre Roatta.

– C'est pas moi ! C'est pas moi ! glapit Robacci. Si le tueur a vraiment fait ça pour exécuter un contrat, alors, c'est Scalo qui l'a payé.

– Quand les truands ne pensent qu'à assurer leurs arrières, dis-je à Stevenson, ça devient franchement pitoyable, tu ne trouves pas ? Il n'y a plus de principes qui tiennent, tous les coups sont permis. C'est triste comme un enterrement de première classe.

– Roatta faisait chanter Spavento, lâcha Robacci.

– Ne t'inquiète plus de ça maintenant, répondis-je. Au fond, ça nous ramène encore à notre histoire de rats, pas vrai ?

– Les rats ? Eh bien, oui, c'est vrai, c'était Tony qui s'en occupait.

– C'était lui qui s'en occupait, et puis c'était lui qui les guidait dans le sphincter des gens, avant de les ressortir au bout d'une ficelle, dit Stevenson. C'est bien ça, hein ? (Il frappa son bureau du poing.) Et le résultat de ses activités, c'est aussi qu'on a trois cadavres décédés de mort violente. Hein ? C'est bien ça ?

– Spavento est physiquement malade, n'est-ce pas ? demandai-je. Il est atteint du sida, si je ne me trompe. Qu'est-ce que tu en dis, toi, le Brummel de mes deux ?

– Je vous le répète, personne ne parle jamais de lui, murmura Robacci, les yeux fixés sur le plancher.

– Les types comme lui ont vraiment un petit pois dans le crâne, dis-je à Stevenson. Je me demande pour qui ils nous prennent. Je n'arrête pas de leur répéter qu'on n'est pas là pour plaisanter, qu'il s'agit d'une enquête de police sérieuse, et ils ne veulent toujours rien savoir. Tu crois qu'ils comprendront un jour ? Va te faire foutre, oui ! Ils mourront idiots. (Je m'adressai à Robacci :) Ecoute bien, j'ai encore une très mauvaise surprise pour toi. Scalo, Margoulis et toi, si on vous bichonne tant, ici, à l'Usine, c'est pour vous envoyer parler de Spavento devant un tribunal. Et je vais te confier un secret : Scalo et toi, on va vous cloquer d'office un avocat extrêmement médiocre, on va arranger ça avec le procureur, et vous allez tous les deux écoper du maximum ; parce que Margoulis sera notre témoin, et lui, il aura droit au meilleur avocat possible, on arrangera ça aussi. Ces hommes de loi, il faut bien qu'ils gagnent leur vie, et la somme que leur rapporte un dossier reste la même, qu'ils soient bons ou qu'ils soient nuls, tu comprends ? (Je dis à Stevenson :) Mais tout ça n'est qu'une affaire de détails.

– Il me semble, suggéra Stevenson, qu'on ferait mieux de partir à la recherche de Spavento tout de suite et de lui poser quelques questions, histoire de l'éliminer de la liste de nos sujets de préoccupation, si tu vois ce que je veux dire.

– Des amis à moi s'occupent de retrouver sa trace, dis-je, des gens dont le métier est de faire vendre des journaux. C'est une question d'une heure ou deux, peut-être moins.

– Ma foi, je ne pense pas qu'on ait besoin de s'encombrer plus longtemps de cet individu, dit Stevenson en montrant Robacci du pouce. Je sais bien que le bureau n'est pas grand, mais il pue tellement qu'on se sent vraiment à l'étroit, ici.

– Est-ce que je peux retourner dans ma cellule et dormir un peu, maintenant ? demanda Robacci.

– Pas question, dit Stevenson. La seule chose que tu peux faire, c'est signer une déposition, pendant ce qu'il reste de la nuit, avec Drucker, Rupt, et une auxiliaire, puis passer devant le juge à neuf heures du matin. Et après ça, hop ! Direction Brixton, en préventive. Tu n'auras pas le temps de toucher terre. (S'adressant à moi, Stevenson ajouta :) Je ne vois vraiment pas pourquoi certaines personnes pourraient ronfler tranquillement, pendant qu'on s'esquinte la santé à travailler toute la nuit.

Il sonna le gardien. Quand l'agent arriva, Stevenson fit un geste pour désigner Robacci, puis il dit :

– Embarquez-moi ce gros tas.

– Je veux voir mon avocat, fit Robacci. Je veux le voir tout de suite.

– Et moi, dit Stevenson, je suis au Sahara et je veux faire du ski de fond.

Il éclata de rire, avant d'ajouter :

– Tire-toi, fumier.

(Dora avait écrit : « Sur cette terre, j'en suis certaine, plus on est belle et moins il se trouve de gens pour vous protéger. »)

Quand Robacci fut parti et que le bureau fut vide, je répétai à Stevenson ces mots écrits par Dora, et je lui dis :

– Tu comprends, nous arrivons trop tard pour sauver Suarez, nous arrivons toujours trop tard, mais ce n'est pas ça qui est important ; ce qu'il faut, vois-tu, c'est que nous ayons des règles, même si elles sont apparemment obscures – car sinon nous serions tous assassinés, et il ne resterait plus personne au bar à six heures, qui est l'heure des gens civilisés.

– Je suppose que nous sommes encore des hommes, en ce cas, conclut Stevenson. C'est bien ce que tu voulais dire ?

– Si tu es mon ami, oui, c'est exactement ça.

– Mais que pouvons-nous faire, pourtant, à part découvrir son assassin ?

– Nous devons essayer, dis-je, de la ramener parmi nous, exactement comme si sa mort ne s'était jamais produite.

– C'est insensé ! s'exclama Stevenson.

– Pas plus insensé que ce qui nous entoure, répondis-je. Et il faut que cela soit fait, même si je ne saurais dire exactement pourquoi, c'est comme si nous revenions en arrière pour sauver des innocents pendant la guerre. (Je réfléchis un moment, et j'ajoutai :) Nous sauvons Suarez, et, en quelque sorte, nous sauvons tout le monde.

Dieu merci je ne suis pas particulièrement humain ni particulièrement beau (Stevenson non plus, d'ailleurs), car peut-on imaginer une vie plus tragique que celle d'un être humain qui possède la beauté, sinon celle du lapin ou de la perdrix, menacés de tous côtés par les salauds ; tout le monde vous rejette et tout le monde vous désire, et vous devenez la proie de tous.

Me levant, j'allai près de la fenêtre un moment ; intérieurement, je saignais encore pour Suarez. Comme tous ceux dont la mort fut injuste, elle était pour moi, la pauvre enfant, une héroïne à part entière, et c'était pour elle que j'existais, que ce fût ici, dans la police, ou bien ailleurs. Suarez, ma pauvre et douce enfant chérie, Suarez mon aimée...

Je rêvai à des jours où mon esprit n'était pas si vieux – je rêvai de soleil radieux et de pluie couleur d'ardoise, de petits matins où je sortais de chez moi pour découvrir que ces choses-là n'étaient pas anciennes, mais toutes nouvelles, et que j'avais encore ma place parmi elles, au même titre que tous les gens que j'eusse jamais connus, ce qui signifie qu'on est un citoyen véritable partout sur cette terre.

* * *

Je dis en scrutant la nuit :

– Nous allons reconquérir notre dignité ; morts ou vivants, nous redeviendrons tout ce que nous étions autrefois.

Je me rendis compte que j'avais éprouvé un besoin impérieux de prononcer ces mots à haute voix parce que je me trouvais soudain, après la mort de Carstairs et Suarez, en proie au désespoir et à un doute profond. C'était pour moi une période de mise à l'épreuve, non seulement à cause de la façon dont les deux femmes nous avaient quittés, mais aussi de la fureur que leur assassinat avait provoquée en moi. A présent, ma propre vie était sur le fil, comme s'il s'agissait de la leur. Et plus je m'enfonçais dans les profondeurs de mon accablement, plus je m'accrochais à mes souvenirs de jardins, de printemps et de jours disparus, pour tenter de me débarrasser du mal qui m'envahissait. J'étais comme un paysan contraint de descendre dans sa cave pour y tuer un serpent. Pourtant, dans le monde où je vivais et où je travaillais, le bien n'était qu'un rêve fade comparé à la réalité du mal, à moins qu'elle ne renaisse à la vie par le miracle d'une main disparue mais caressante, d'une nuit de fête, de la passion rare d'un baiser destiné à nulle autre, et gravé sur sa joue par l'être unique qui ne fut créé que pour le lui donner. Je ne sais pas, je n'ai aucun moyen de savoir sous quelle forme les temps nouveaux apparaîtront – je sais seulement que Suarez et Carstairs doivent pouvoir, grâce à nos efforts, trouver enfin le repos ; car, tant que cela ne sera pas fait, l'avènement d'un avenir meilleur ne pourra avoir lieu, et aucun d'entre nous ne trouvera jamais le repos.

J'ai toujours eu la certitude qu'il n'y avait qu'une seule façon de faire les choses ou d'aller quelque part : par le plus court chemin possible. Au bout du compte, il faudra que je retrousse mes manches, que je m'attelle à mon sale boulot, et que je découvre le meurtrier. Et bien que j'aie commis de terribles erreurs par ignorance, c'est sous cet éclairage que je vois la justice : tout ce qu'on fait d'utile, on le fait pour les autres. A présent, Carstairs et Suarez aussi, dans leur nouvel état, nous trouveront sûrement pour joindre leurs mains aux nôtres, d'une façon secrète mais précieuse que nous ne pouvons pas encore connaître, et avec leur aide je suis sûr que dans notre secteur au moins les choses changeront, car chacun de nous fera vraiment ce à quoi il était destiné.

C'est un monde stupide et terrifiant, mais c'est le nôtre, je suppose.

Je n'en suis pas sûr.

* * *

La foi, paraît-il, déplace les montagnes. C'est ce qu'on raconte, et je le crois en partie, disait Shakespeare. Quant à moi, j'espère qu'il avait raison.

Betty Carstairs fut assassinée parce qu'elle aimait

Suarez comme la fille qu'elle n'avait jamais eue, et qu'à quatre-vingt-six ans elle tenta de la sauver ; et Suarez fut tuée parce qu'elle était belle, pauvre, malade et à notre merci, et que nous n'avons eu aucune pitié d'elle. Puisse notre pays reconnaître ses fautes.

Je comprends à présent, plus clairement que je ne l'ai jamais fait, que dans mon métier ce n'est pas seulement mon honneur personnel qui est en jeu, mais celui de notre pays – comme si, en dépit de tout, il existait encore en nous cette étincelle que nous savions préserver lorsque nous aimions les morts aussi ardemment que les vivants, et que nous étions prêts à croire qu'ils continuaient d'exister après nous avoir quittés. Pour ma part, j'en suis toujours convaincu, sans hésitation aucune, mais je ne suis pas capable, avec mes pauvres moyens, d'expliquer pourquoi nous avons changé.

* * *

Saviez-vous que je pleure parfois dans mon sommeil ? Connaissez-vous des hommes qui ne pleurent jamais dans leur sommeil ?

En examinant la vie et la mort des autres, je ne fais qu'apprendre, plus ou moins consciemment, à préparer ma propre mort.

Mettez l'horreur à nu ; affrontez-la telle quelle. Ne vous cachez pas, ne fuyez pas, et la bonne volonté viendra, même si elle doit traverser l'enfer pour vous trouver.

Je me souviens, il y a bien longtemps, avoir eu une conversation avec Frank Ballard au sujet d'un exhibitionniste qu'il avait arrêté dans Hyde Park. « Neuf exhibitionnistes sur dix sont inoffensifs, lui avais-je dit. Le dixième est un tueur. »

Le dixième pourrait être un Tony Spavento.

La Voix me téléphona.

– Je n'aime pas la façon dont vous menez cette

enquête, déclara-t-elle, d'un ton à mi-chemin entre l'autoritarisme et la nervosité. Cela ne me plaît pas du tout. Vous vous comportez comme si vous étiez l'incarnation même de la loi, et non un simple inspecteur qui travaille à son service.

– Il devrait exister une loi, répondis-je, qui rende le crime impossible. Mais il n'y en a pas ; alors, je comble cette lacune en attendant. Quant au fait que je ne suis qu'un simple inspecteur, ne croyez pas, sous prétexte que je refuse tout avancement, que je manque d'ambition ; nous avons déjà eu ce genre de conversation. A ma façon, je suis très ambitieux, comme la plupart des gens qui travaillent beaucoup. Et ma double ambition est positive et utile. Premièrement, je veux être un pionnier, pas un pion qu'on manipule. Deuxièmement, je veux apprendre tout ce qu'il me sera possible de découvrir sur mon propre compte et celui des autres ; car, plus j'en saurai, mieux je serai armé pour arrêter des assassins. Que pourrais-je découvrir en tant qu'inspecteur principal ? Rien.

– Nous n'avons pas besoin de pionniers à l'A14.

– Pourtant, c'est comme ça, ou alors, retirez-moi l'enquête, dis-je, auquel cas je la poursuivrai pour mon propre compte. Je vous ai bien précisé mes conditions dès le départ, et vous les avez acceptées.

Après un long silence, la Voix conclut avec lassitude :

– C'est d'accord.

Elle raccrocha.

J'entrai dans le bureau de Stevenson.

– Alors, demandai-je, que sont devenus nos charmants détenus ?

– On les a conduits à Great Russell Street, où on les a mis en détention préventive en attendant les suites de l'enquête ; la liberté provisoire leur a été refusée.

– Eh bien, commentai-je, on a déjà déblayé le terrain

d'une partie du tas d'ordures. Maintenant, on va s'attaquer au gros morceau.

Tout en parlant, je me rendis compte que je pensais à ma grand-mère, sans raison particulière sinon que, tout comme ma sœur Julie, elle représentait l'innocence. Des souvenirs d'enfance me revenaient à la mémoire. C'était l'été, et Mamie, installée sur une chaise longue, lisait dans notre petit jardin, à l'ombre de l'arbre unique – un pommier. Elle portait un chapeau de paille penché sur le nez ; à quarante-huit ans, c'était encore une très belle femme. Un vent chaud jouait mollement parmi les feuilles, révélant leur envers pâle. A lui seul, ce souvenir de ma grand-mère suffit à arracher mon esprit du cloaque immonde qu'était ma vie de flic. Pendant un instant, Stevenson et le bureau 202 s'effacèrent. Je me revis courant vers elle à travers les herbes hautes, par cette chaude après-midi, l'appelant : « Didi ! Oh, Didi ! », avant de la prendre par la main pour qu'elle se lève de sa chaise et vienne prendre le thé que ma mère avait servi sur la terrasse – la théière, le pain, le beurre, la confiture et le gâteau étaient disposés sur une nappe recouvrant une table en fer peinte en vert.

Ce dont je suis sûr, c'est que si ma grand-mère avait été à ma place, en ce moment, si c'était elle qui avait eu à enquêter sur la mort de Carstairs et Suarez, elle aurait fait exactement ce que j'étais en train de faire – elle était entêtée, indépendante et dévouée, et c'est pourquoi je l'avais toujours tant aimée. Elle ne dit pas un mot quand ses deux fils moururent dans un accident de voiture, mais un cancer que, selon ses médecins, elle avait depuis longtemps sans en avoir jamais parlé, se déclara soudain à cause du choc. Elle dut être hospitalisée peu après les obsèques de ses fils. Sentant, ainsi qu'elle le confia à ma mère, que son opération avait échoué, elle demanda qu'on lui apporte tous ses fards. Elle se maquilla, empruntant son miroir à ma sœur, et elle fredonna un air du *Couronnement de Poppée*, son opéra préféré, le matin de sa mort.

Des voix venant de si loin qu'elles sont restées juvéniles volent vers moi en m'appelant, fouillant le dédale obscur de mon esprit, et je comprends enfin que le chagrin provoqué par sa disparition a contribué à faire de moi l'homme que je suis.

Parfois, je me sens tellement oppressé par le crime que je crains de perdre la raison, comme ma femme Edie. Ce n'est pas seulement à cause de la terreur que les circonstances d'un meurtre m'inspirent, mais de la souffrance gratuite qui menace et frappe les gens – voilà ma souffrance. La vie, les êtres, les lieux qu'ils se sont construits, les traces qu'ils laissent derrière eux comme le sillage éphémère d'un navire, la terre elle-même – la vie est si précieuse, je redoute qu'un jour elle m'aveugle, tout comme elle aveugla Suarez.

Mais pour toi, Dora, je nivellerai toutes les injustices, ainsi que je te l'ai promis à la morgue.

(De nouveau, je regardai la photo d'elle prise au *Parallel Club*, quand elle était encore vivante. L'appareil s'était trouvé légèrement derrière elle, non loin du côté droit de son visage, et la lumière du flash faisait ressortir la pâleur, éblouissante, de sa joue, qu'accentuait encore le noir profond de ses cheveux. Ses yeux en amande étaient aux trois quarts ouverts sous ses paupières lourdes, mais ils étaient vifs et brillants ; ils n'avaient pas ce regard vide, absent, que je leur avais connu dans la mort. Dora était très maquillée – je comprenais pourquoi, à présent, bien sûr – et sur l'épreuve monochrome ses lèvres semblaient aussi noires que ses cheveux. Dans sa main droite, elle tenait un microphone que sa bouche, à demi ouverte, effleurait presque tandis qu'elle chantait. En arrière-plan, dans l'axe de l'appareil, on découvrait les tables où s'agglutinaient les truands aux visages impassibles – Parker et Sharpe, les spécialistes de la barre de fer, étaient assis en compagnie de leurs femmes, ainsi que Mike Slattery et Phil le Train, et, bien sûr, le petit homme brun, saisi au vol alors qu'il se détournait instinctivement de l'objectif, que j'avais montré aux Italiens.)

Brusquement, je me sentis épuisé ; nous tentions de faire en quelques heures un travail de plusieurs semaines. Je dis à Stevenson :

– Il y a pas mal de temps qu'on se connaît... Est-ce que je peux te dire une chose qui, pour moi, rend cette affaire unique ? Différente de toutes les autres ?

– Bien sûr. De quoi s'agit-il ? Tu me parais bien solennel.

– Peu m'importe ce que tu penseras de moi quand je t'aurai dit ceci, mais je pense que j'aurais pu tomber...

Le téléphone sonna. Stevenson s'excusa, disant : « Ça va devoir attendre une minute », puis il décrocha. Quand il eut fini d'écouter son correspondant, il reposa l'appareil et m'informa :

– C'était Barry, aux archives.

– Alors ?

– Elle était fichée, tu le savais ?

– Ne me dis rien, fis-je, laisse-moi deviner... Vol et prostitution ?

– Bien joué, dit Stevenson. Trois mois pour l'un, trente jours pour l'autre.

– Comme si elle était la seule, commentai-je. Comme si cela avait de l'importance... (J'ajoutai, ironique :) Les gens aux abois feraient n'importe quoi, de nos jours, n'est-ce pas ?

– Barry essayait seulement de nous aider.

– Oh, je le sais bien. Rien sur Spavento, je suppose ?

– Rien. (Il ajouta :) Qu'est-ce que tu voulais me dire quand le téléphone a sonné ?

La sonnerie retentit de nouveau. Stevenson répondit, écouta, et me tendit le combiné.

– C'est Cryer.

Je pris l'appareil.

– Oui, Tom ?

– On l'a trouvé. Mon photographe a pris un nouveau cliché de lui, mais qui n'est pas comme les autres. Dans celui-ci, on le voit chez lui.

– A College Hill ? Dans la vieille usine de caoutchouc ?

– C'est ça.

– Ça remonte à combien de temps ? demandai-je.

Poussant Stevenson du coude, je branchai le haut-parleur externe pour qu'il puisse suivre la conversation.

– A moins d'une heure. Il a déjà fait toute une série de photos. Il en prend sans arrêt.

– Mais d'où est-ce qu'il peut bien les prendre, bon sang ?

– Il est monté sur le toit de l'immeuble d'en face. La piaule de Spavento a trois grandes fenêtres. D'où il se trouve, mon gars les couvre toutes les trois.

– Tu es en contact avec lui ?

– Oui, fit Cryer. Par talkie-walkie. Je suis en bas, dans la rue. Alors, qu'est-ce qu'on fait ?

– Ne bouge pas. Reste où tu es en attendant qu'on arrive, ce qui nous prendra juste le temps nécessaire pour faire le trajet en voiture. Que fait Spavento, en ce moment ?

– Attends, dit Cryer.

Il y eut une pause pendant que le journaliste contactait le photographe perché sur le toit. Quand Cryer reprit l'appareil, il annonça :

– Il ne fait rien. Il est couché sur un tas de vieux chiffons, dans un coin, et il regarde le plafond ; il a un sac de sport Adidas de couleur noire en guise d'oreiller.

– Bon sang, fis-je, mais où il est, ton photographe ? Dans la pièce avec Spavento, ou quoi ?

– Tu sais, en fait, ça ne change rien, dit Cryer. Avec les téléobjectifs qu'on utilise maintenant, c'est comme s'il était à côté de lui.

Je demandai :

– Où est-ce qu'on te retrouve en arrivant sur place ?

– A la cabine publique, à mi-chemin en remontant College Hill.

– D'accord. (Je dis à Stevenson :) Cette fois-ci, c'est la bonne. Allez, en voiture. (Pendant que nous descendions l'escalier, je demandai :) Il n'y a aucune chance que des hommes à nous se trouvent sur place, par hasard ?

– Comment voudrais-tu qu'ils soient au courant ? Personne ne sait où se trouve Spavento à part toi, moi, et la presse.

– C'est la presse qui m'inquiète. Enfin, en ce qui nous concerne, Dieu merci, nous serons seuls. Je ne veux pas la moindre fuite sur ce qui va se passer.

– Tu as des raisons particulières ?

– Oui, répondis-je, je t'expliquerai plus tard.

La Ford nous attendait sur le parking du commissariat. Je montai à bord, et Stevenson fit de même.

– J'ai des raisons personnelles, je t'expliquerai plus tard, répétai-je.

* * *

Nous avions atteint la rive sud du fleuve quand Stevenson se tourna vers moi brusquement.

– A propos, dit-il, tu as une sacrée bosse dans ta poche droite. Tu es armé, non ?

– Oui, répondis-je, pour une fois.

– Quand as-tu retiré ce pistolet ?

– Je n'en ai pas demandé, répondis-je. C'est mon arme personnelle, un 38.

– Ecoute, fit Stevenson, ça ne me regarde pas, mais tu sais que la loi t'interdit de porter autre chose qu'une arme réglementaire, quand tu es en service ?

– Je sais ce que dit la loi, dis-je d'une voix calme. (J'ajoutai :) Et toi, tu es armé ?

– Non, j'y vais les mains dans les poches, comme tu le fais d'habitude. Je déteste les armes à feu.

– Moi aussi. Mais aujourd'hui, c'est différent.

– Qu'est-ce qu'il y a de différent, dans cette histoire ? s'étonna Stevenson. Spavento n'est ni plus ni moins dangereux que n'importe quel autre fou homicide.

– La question n'est pas là, dis-je. Cette affaire n'est pas comme les autres, c'est tout. Je te le répète, je t'expliquerai pourquoi plus tard, quand nous serons sur place.

– Tu as mené cette enquête d'une autre façon que les précédentes, constata Stevenson, et cela, dès la première minute où on te l'a confiée. Est-ce que, juste entre nous, d'homme à homme, je peux te demander pourquoi ? Est-ce la victime qui est différente ?

– Oui, répondis-je. C'est ça. Pour moi, Suarez est complètement différente des autres victimes.

– Mais pourquoi ?

– Je ne peux pas te le dire. Pour moi, Suarez n'est pas uniquement le dossier A14/87471, elle est bien plus que ça.

– Seulement Suarez ? dit Stevenson. Et le dossier 87472, alors ? Que fais-tu de Betty Carstairs ?

– Elle aussi, bien sûr.

– Mais c'est Suarez, en fait.

– Oui, fis-je. C'est Dora, oui.

– Dora ?

– Je n'ai pas envie d'en dire plus pour le moment. Je t'en prie, n'essaie pas de me cuisiner.

– Sois prudent, conseilla Stevenson.

– Pourquoi ? Ce ne sont pas les gens prudents qui manquent, autour de nous. Il y en a déjà beaucoup trop.

Pendant un moment, nous cessâmes de parler, tandis que nous roulions vers South Circular Road, pour atteindre l'embranchement de Lovelock Road qui menait à College Hill. Dora occupait toutes mes pensées – le journal intime de Dora, les photographies de Dora. Soudain, la pluie se mit à tomber avec violence.

– J'aimerais que tu me dises ce que tu as l'intention de faire, fit Stevenson.

– Dans une minute.

– Le sais-tu toi-même ?

– Oui, fis-je.

Un feu de signalisation passa au rouge, et nous attendîmes dans un silence que seule brisait la pluie sale martelant le pare-brise.

– J'aimerais comprendre.

– Mais tu comprends parfaitement, dis-je. En partie, tout au moins. Par exemple, comment Suarez est morte sous les coups de hache du tueur. Je suis persuadé que son bras a été sectionné à la hauteur de l'épaule parce qu'elle tendait la main vers son assassin, pour le supplier de l'épargner. Quant à la suite, Dieu merci, elle n'en a rien su – le fait qu'il ait bu son sang, se soit masturbé dans ses plaies... Et tout cela, le soir même où elle avait décidé d'en finir de toute façon.

– Oui, effectivement, je comprends. Enfin, je suppose.

– On ne peut jamais supposer, dans notre métier, répondis-je.

Dans ma tête, des scènes, des images s'assemblaient en une mosaïque de l'horreur. Je me revis avec les ambulanciers de la morgue, à qui je disais : « Oui, j'en ai terminé, maintenant, vous pouvez l'emmener », jetant un dernier regard à Suarez, vêtue de ce qu'il restait de sa robe neuve, avant qu'ils ne la recouvrent et la déposent sur un brancard. Je revis les deux bouteilles de vin renversées qui devaient aider Dora à franchir le pas vers l'autre monde, ses chaussures neuves dans un coin de la pièce, le magazine ouvert sur une publicité pour des vacances à Hawaii. Et là, dans ma tête, tandis que je roulais sous la pluie, se dressait son bras intact, d'un blanc mortel, qui semblait nous faire signe d'avancer sans crainte vers un monde nouveau. Et je vis ses cuisses, une fois de plus, sous le tissu mince de la robe, ses cuisses trop lourdes et à présent difformes, congestionnées par le sang accumulé en elles en raison de la position dans laquelle elle était morte. Il y avait d'autres images qui me hantaient encore : son petit poing tout serré au bout de son bras mutilé, celui que la hache avait à moitié séparé du corps ; et ses yeux noirs scrutant pour l'éternité le secret d'un angle vide.

* * *

Après avoir quitté South Circular Road, je commençai à déchiffrer les plaques portant les noms de rue – Neanderthal Avenue, Sobers Street, Gunters Passage. J'informai Stevenson :

– Lovelock Road devrait être la troisième à gauche après le prochain feu rouge.

Cryer se manifesta ; je lui communiquais toujours la fréquence. Il demanda :

– Où êtes-vous, bon Dieu ?

– On est presque arrivés, répondis-je. Pourquoi ? Que se passe-t-il ?

– Comment veux-tu que je t'explique quelque chose que tu n'as jamais vu ?

– Ton photographe est toujours sur le toit ?

– Oui.

– Ses nerfs tiennent le coup ?

– Tout juste.

– Que fait Spavento ?

– On pourrait appeler ça une sorte d'entraînement, dit Cryer.

Malgré le son pourri de la transmission, je me rendais compte que sa voix tremblait.

– On arrive, fis-je. On est à deux minutes.

– Attends-toi à une vision de cauchemar.

– Je suis fait pour avoir des cauchemars, affirmai-je.

– N'allez pas en voiture jusqu'à l'ancienne usine, conseilla Cryer. Mike me dit que Spavento semble nerveux, mal à l'aise. En venant de South Circular Road, il y a un restaurant indien qui vend des plats à emporter, à cinquante mètres sur la gauche. Tu le trouveras tout de suite ; je le vois d'où je suis, il est très bien éclairé.

– On te retrouve là-bas, fis-je. C'est comment, dans

la piaule de Spavento ?

– Abominable, répondit Cryer. Ce qu'il est en train de faire dépasse l'imagination. De toute façon, Mike dit que c'est trop répugnant pour qu'il tire les épreuves, et je ne pourrais jamais en faire un article pour le journal. Ça relève de Krafft-Ebing.

J'aperçus la boutique indienne.

– Ne t'inquiète pas, on est arrivés, dis-je. A tout de suite, Tom.

10

Avec la plus grande prudence, le tueur observait la rue, en contrebas, depuis l'angle extrême du châssis. Il se trouvait derrière l'une des trois fenêtres sans vitres – celle du milieu – de ce qui avait été l'atelier de l'ancienne usine de caoutchouc. Sans savoir pourquoi, il se sentait nerveux. Il se répétait qu'il était vraiment bien caché, et qu'il n'avait donc rien à craindre ; mais cela n'y changeait rien. Instinctivement, il sentait qu'une menace planait sur lui.

Comme il le faisait toutes les trois heures, il avait interrompu son entraînement pour une pause de quinze minutes, qu'il chronométrait grâce à sa montre multi-fonction en plastique. Il venait de poser soigneusement en équilibre, dans son coin, son dispositif spécial, constatant avec satisfaction que les rayons rouillés étaient couverts de sang. Son seul regret, c'était qu'il n'y eût personne pour le regarder : les assiettes posées à même le sol aux quatre coins de l'atelier ne contenaient aucune tête, pour le moment. En rangeant l'engin contre le mur noirci par l'incendie, il posa ses lèvres épaisses sur les tiges d'acier pour goûter son propre sang. Puis, après avoir regardé par la fenêtre, il recula lentement jusqu'à un endroit de l'atelier que les rayons du soleil et la lumière des réverbères n'atteignaient jamais, et d'où il pouvait voir la rue en restant dans l'ombre.

Il souffrait atrocement après cette dernière séance, mais, hochant légèrement la tête comme s'il se parlait à lui-même, il accepta le fait, sachant que la douleur était nécessaire – de même que le désir de création, celui de destruction l'emporte sur tous les autres. Il rouvrit sa braguette, dont il venait à peine de remonter la fermeture à glissière, et son regard plongea dans les profondeurs de son pantalon pour le simple plaisir du spectacle ; au milieu de l'amas de sang qui tapissait l'entrejambe de son survêtement, il ne restait pratiquement plus rien de son phallus, sinon quelques lambeaux écarlates – le goût de la souffrance est un penchant dont on ne peut bientôt plus se passer.

– Je me sens vraiment affûté, maintenant, murmura-t-il. En pleine forme.

Quelques heures plus tôt, il avait éprouvé le besoin de faire un saut jusqu'à un bar appelé *le Coup Double*, pas très loin, dans Oakley Grove. Il avait donc mis ses chaussures de sprinter, les neuves, qu'il avait trouvées à Brent Cross, et il s'y était rendu en petites foulées. Ni l'alcool, ni la compagnie des clients du bar ne l'avaient jamais intéressé ; mais, bien qu'apparemment impassible, il prenait plaisir à observer l'effet que ces deux éléments produisaient sur les autres gens, ainsi que celui provoqué par sa propre apparence. Jamais il ne pourrait partager leur mode de vie – la simple idée d'avoir affaire à eux lui donnait des frissons, bien qu'il eût à sa disposition une panoplie d'attitudes, copiées avec soin, et suffisamment convaincantes pour attirer une victime. Son physique avantageux pouvait lui donner un aspect sérieux, séduisant ; seulement, c'était courir un risque mortel que de chercher à savoir ce que cachait cette image, ou même de briser son élan ou de s'opposer à lui de quelque façon que ce fût ; si les morts parlaient, treize cadavres auraient pu en témoigner. Il était né pour rester seul, à l'écart des autres, dans le noir ; alors, il se vengeait de temps en temps sur l'une de ces créatures, quand la férocité de son désir l'exigeait, et que son entraînement le lui permettait. A cause de ce châtiment qu'il s'infligeait, lorsqu'il parvenait à attirer et à capturer une victime, toutes les formes d'exécution étaient permises.

Il tuait aussi pour vivre : regardez Roatta. Comme tout le monde, il devait bien vivre, lui aussi.

A l'instant, il venait de regarder sa nouvelle voiture, garée dans la rue. Après un accident, il avait dû abandonner la Fiat. Il l'avait remplacée par une jolie Golf Volkswagen de 1988, très propre, de couleur gris métallisé, immatriculée dans le Kent, repérée peu de temps avant en face du *Coup Double*. Son propriétaire – du style cadre moyen, apparemment – était entré au pub et avait commandé un verre de Chianti au bar, d'une voix aimable et légèrement snob.

Le tueur avait examiné soigneusement la Golf, puis il s'était dit que oui, finalement, elle lui conviendrait tout à fait. La voiture lui plaisait. Les garnitures intérieures étaient de couleur pâle, mais cela n'avait pas d'importance ; dans son sac, il avait un morceau de tissu éponge qui éviterait les taches de sang sur le siège du conducteur. Il pensait à tout.

Quand le propriétaire de la Golf, ayant fini son verre, se leva et quitta le pub, le tueur le laissa partir, puis lui emboîta le pas. Il avait soudain envie d'aller faire un tour en voiture, quelque part dans la campagne, au calme, pour se décrasser les poumons. Il alla se poster sur le trottoir, non loin de la Golf. Un type à moitié soûl, passant près de lui d'un pas mal assuré, lui dit en le croisant :

– 'Scuse-moi, mon pote, mais t'as les couilles qui saignent.

– Merci du renseignement, répondit le tueur.

– Faut pas trop forcer sur ces petites mécaniques, mon vieux, c'est la règle d'or, plaisanta l'autre, avant de disparaître en titubant dans la nuit.

– Je n'oublierai pas, dit le tueur.

Heureusement pour l'ivrogne, son attention était mobilisée par la voiture ; brusquement, il n'avait plus qu'une envie : la posséder.

Le propriétaire de la Golf s'approcha de son véhicule, les clés à la main. Il était sur le point d'ouvrir la portière quand le tueur s'approcha d'une démarche souple, sur ses semelles de caoutchouc, et apparut brusquement, telle une ombre, tout près de lui – si près que l'odeur du tueur était perceptible.

– Qu'est-ce que vous voulez ? demanda l'homme.

– Votre voiture, seulement. Heureusement pour vous.

Par-derrière, le tueur enserra le cou de l'inconnu dans un bras qui semblait aussi puissant qu'un câble d'acier, en veillant bien à ce que son visage reste dans l'ombre. Sous la pression, l'homme devint écarlate, puis il vira au rouge sombre, comme une ampoule de chambre noire. Le tueur s'empara des clés ; puis, du dos de la main, il frappa l'homme en travers du visage ; l'autre s'écroula. A son annulaire, le tueur portait un anneau orné d'une grosse pierre, un faux rubis aux angles vifs. Il ne le quittait jamais, en souvenir de l'épouse qu'il n'avait jamais eue.

* * *

Et maintenant, la Golf était sous ses fenêtres, sa carrosserie impeccable scintillant sous les réverbères, avec seulement quatre-vingts kilomètres en plus au compteur, et pas une égratignure pour autant. Il était simplement allé faire un tour, roulant au hasard ; il s'était accordé un intermède pendant son entraînement.

La journée avait été froide mais ensoleillée, lumineuse ; à présent, la nuit envahissait rapidement College Hill, et cela provoquait chez le tueur un curieux sentiment de tristesse, de vacuité, d'abattement. Brusquement, il éprouvait cette impression horrible, jamais ressentie auparavant, que sa vie n'avait plus de sens. Vivement, il se retourna pour regarder son reflet, dans un fragment de vitre resté en place dans un angle de la fenêtre, et y trouver un certain réconfort. Mais à cause de la position du soleil couchant, il ne parvint pas à voir de lui-même une image nette. Il fit le tour de tout son rituel magique habituel – ses formules, ses femmes, ses meurtres, sa beauté physique – mais cette fois sa magie lui fit faux bond, se déroba ; elle semblait lui dire adieu, pour partir ailleurs.

A cet instant, alors qu'il sentait la chance l'abandonner, et contre sa volonté, lui revinrent en mémoire quelques paroles de chanson, qu'il souhaita aussitôt n'avoir jamais entendues, mais qu'il avait dû saisir au vol quelque part : « Douce Tamise, coule doucement, tant que je n'ai pas fini ma chanson. » Par une association d'idées qu'il n'essaya pas de reconstituer parce qu'il en était incapable, le rythme de ces mots lui rappela non seulement le fleuve, mais aussi une barque, sur l'eau, qui avait l'aspect figé d'une miniature peinte. Il y avait deux personnes dans l'embarcation, un couple... Une barque transportant deux personnes... Alors, par un enchaînement implacable, survint ensuite l'image d'une horloge à balancier. L'horloge était brisée, et, gisant en partie à l'intérieur du coffrage, il y avait quelque chose ressemblant à une vieille femme qui ne sentait pas bon. Le souvenir était récent, saisissant, et neuf, et cela l'inquiéta énormément, à le rendre malade. A cause de lui, il se sentait vieux et laid, bien qu'il n'eût aucun moyen de comprendre pourquoi. Cela le rongeait intérieurement, aussi, parce qu'il n'était pas fait pour avoir des souvenirs. Il ne parvenait pas à imaginer quels souvenirs il aurait eus s'il avait été capable d'en avoir.

* * *

De nouveau, il sentit instinctivement qu'on l'observait – ce qu'il redoutait et détestait le plus. Se glissant latéralement le long du mur, il s'approcha de la fenêtre une seconde fois, mais il ne vit rien d'inhabituel dans la rue, ni aux fenêtres de l'immeuble d'en face.

Quand il était nu, comme en ce moment, et à condition de ne pas regarder ses organes génitaux, il avait un physique apparemment flatteur – petit, mais nerveux et musclé, il aurait pu passer, avec ses cheveux bouclés, pour un apollon de bord de mer. La seule fausse note, c'était l'équipement qu'il portait autour des hanches pour son entraînement. Il ruisselait de sueur, après la dernière séance, et il portait aux pieds une paire de chaussures, flambant neuves, de coureur cycliste – noires avec des bandes rose fluo, cette fois. L'épaisse toison noire de son pubis affirmait sa virilité de manière satisfaisante, remplaçant ce qui avait été la timide présence rosâtre de son pénis qui, tant qu'il existait encore, y cachait son gland minuscule, éternellement tourné sur le côté. Malgré tout, ce détail mis à part, il n'avait aucune raison de ne pas se sentir bien dans sa peau, grâce à sa lente mais sûre prise de pouvoir sur cette partie de son corps par le moyen de l'entraînement et du châtiment. D'ailleurs, dans l'espoir de recréer en lui cette sensation ancienne de profonde satisfaction, il fit claquer sur sa peau brune, en y glissant les pouces, la large bande de cuir qui lui ceignait les reins. Mais l'écho renvoyé par les murs calcinés de l'atelier sonna à ses oreilles comme un brusque éclat de rire, un rire si réaliste qu'il se retourna d'un bond, pour voir si un plaisantin quelconque ne s'était pas introduit dans son repaire.

Agité, anxieux sans savoir pourquoi, il fit à toute vitesse le tour de la pièce – il se déplaçait toujours très vite – vérifiant que la porte menant à l'escalier noirci, toujours bouché par les gravats depuis l'incendie, était bien bloquée. Il ne pouvait pas verrouiller la porte comme il aurait aimé le faire, parce qu'elle n'avait ni clé ni serrure. Il avait déjà vérifié toutes les autres issues tant que la lumière le lui permettait, pour trouver la source de ce message d'alerte que ses sens lui faisaient parvenir. Mais le quartier n'était qu'un entassement de hauts immeubles hérissés de cheminées ; n'importe quel ennemi pouvait facilement y trouver l'endroit idéal pour le surveiller. Il devait se montrer prudent – les précautions les plus simples étaient toujours les meilleures ; il avait appris cela dans son enfance. C'était le seul souvenir qu'il avait de cette période de sa vie ; au pensionnat, après avoir reçu quelques raclées parce qu'il avait pissé au lit, il avait décidé, été comme hiver, de dormir à même le sol, l'extrémité de son pénis dans le goulot d'une bouteille de limonade. Du moment qu'il était le premier levé, dans le dortoir de quarante gosses, il pouvait aller vider aux toilettes le produit de son incontinence.

Son anxiété indéfinissable augmentant sans cesse, le tueur, très agité, enfila une paire de gants et se mit à tourner dans la pièce obscure qu'éclairait seulement le halo diffus de la ville, nettoyant chaque endroit où il aurait pu laisser des empreintes. A un moment, il pissa dans un vieux seau rouillé, à l'autre bout de l'atelier par rapport à l'endroit où il dormait. L'opération le fit gémir de douleur ; il dut tripoter et masser son pénis avec une douceur furieuse jusqu'à ce que, d'une façon ou d'une autre, l'urine parvienne finalement à passer.

S'il le fallait, il pouvait lever le camp rapidement. Il serait obligé de laisser derrière lui l'appareil destiné à son entraînement. L'engin était trop encombrant, et le chargerait inutilement s'il devait fuir. C'était dommage, parce qu'il l'avait amélioré pour en faire exactement ce dont il avait besoin, et le système était bien rodé, à présent. Malgré tout, il pourrait facilement le remplacer en fouillant chez n'importe quel casseur, ou même dans une décharge publique.

11

Je garai la Ford assez loin du restaurant indien, au bas de la côte, à un endroit où, selon la carte à grande échelle dont nous disposions, il était impossible de nous repérer depuis l'immeuble de Spavento. Stevenson et moi sortîmes aussitôt de la voiture, ce qui était une bonne chose car la rue était plutôt calme maintenant qu'il faisait vraiment nuit, et moins il y aurait de mouvement, mieux cela vaudrait. Cryer nous vit arriver depuis l'entrée du petit bar-restaurant et nous adressa un signe, auquel je répondis par la négative, en agitant l'index, dès que je vis à quel point la salle, derrière lui, était bondée. De la main, je lui fis comprendre qu'il devait traverser la rue pour venir avec nous.

Dès que Cryer nous eut rejoints, je lui expliquai :

– Il est impossible d'avoir une conversation là-dedans.

– Où, alors ?

– Sous ce réverbère, pourquoi pas ? Ce sera parfait.

Quand nous y fûmes, Stevenson demanda à Cryer :

– Mais qu'est-ce qu'il peut bien foutre là-haut, bon Dieu ?

– Ça, répondit Cryer en nous tendant une grosse enveloppe. Mike nous a lancé sa bobine de film dans la rue, et voilà les épreuves.

– Avant que je les regarde, dit Stevenson en sortant les agrandissements, est-ce que ces photos sont censées me traumatiser ?

– Qu'est-ce que j'en sais ? fit Cryer. Tout ce que je peux dire, c'est que j'ai une certaine expérience, et pourtant, je suis encore sous le choc.

– C'est parce que tu n'es pas flic, commenta Stevenson.

Divisant le paquet de photos en deux, il m'en passa la moitié.

– Allez-y doucement, conseilla Cryer.

Nous commençâmes à regarder les tirages, et bientôt Stevenson demanda :

– Mais qu'est-ce qu'il essaie de faire ? De l'acrobatie sur un vélo de cirque à une seule roue ?

Regardant par-dessus l'épaule de Stevenson, Cryer expliqua :

– Il n'est pas encore tout à fait installé, sur celle-là.

– Sur les miennes, il est en position, annonçai-je.

Stevenson jeta un coup d'œil aux photos que je tenais.

– Nom de Dieu... laissa-t-il échapper.

– La boucle de fil de fer à travers laquelle il passe est joliment faite, commentai-je, vous ne trouvez pas ?

– Mais à quoi ressemble cette boucle ? demanda Cryer.

– Tu ne vois pas qu'elle a la forme d'un vagin ? Le pénis est coincé au bout de la tige, et ainsi, il est étiré en un semblant d'érection. L'homme, à plat ventre sur la roue sans pneu, roule d'avant en arrière, en équilibre sur ses mains posées à plat sur le sol, comme on le voit ici. De cette façon, il simule l'acte sexuel, et le processus continue jusqu'à ce qu'il jouisse, ce qui peut prendre des heures.

– C'est bon pour les muscles, dit Stevenson.

– Pour tous sauf un, ajoutai-je.

– A quoi sert cette grande ceinture autour de ses reins ?

– C'est pour empêcher la jante de lui scier le ventre.

– C'est aberrant, fit Cryer.

– Bien sûr que oui, dis-je. La douleur est infligée par des gens qui n'ont aucune idée de ce qu'elle représente pour les autres, parce qu'ils se l'infligent à eux-mêmes volontairement. Un homme, un papillon... c'est la même chose pour un bourreau. Chez le psychopathe, la violence remplace l'amour. Ou plutôt, pour lui, la violence, c'est de l'amour. Le psychopathe n'a aucun moyen de savoir ce qu'il fait. Cela mis à part, ajoutai-je, il est parfaitement normal : il conduit sa voiture, il va au travail, il se marie, même, parfois. Il a des gosses, cela marche très bien pendant un certain temps, jusqu'au moment où quelque chose explose en lui, et c'est alors qu'on fait appel à nous. Je suis bien placé pour le savoir.

Stevenson déclara :

– Je ne crois pas à ces photos.

– Il y en a d'autres, fis-je.

– Vous voyez bien qu'on ne peut pas les publier, dit Cryer. La moitié de nos lecteurs aurait une crise cardiaque, et l'autre moitié changerait de journal. On ferait faillite en une semaine.

– Oui, je sais, dis-je. La presse ne peut pas se permettre de trop soulever le tapis. Je t'avais prévenu que cette histoire n'irait pas très loin.

– Au contraire, répondit Cryer, elle va beaucoup trop loin pour nous.

– Bon, fis-je, je ne vais pas rester planté là toute la nuit. On a assez perdu de temps. (Je m'adressai à Cryer :) Montre-nous comment on grimpe sur ton toit ; je veux voir Spavento de mes propres yeux. Ton photographe, là-haut, il a un appareil pour prises de vue nocturnes ?

– Bien sûr.

– Alors, on y va. Il n'y a pas de risque qu'il nous voie ?

– Aucun, dit Cryer. Même en plein jour. On monte par l'escalier de secours, à l'arrière de l'immeuble qui se trouve en face de l'ancienne usine. Le toit est à la même hauteur que l'étage de Spavento.

– Bon. Allons-y.

Sous la pluie, nous nous dirigeâmes vers le bâtiment en question.

Cryer fit remarquer :

– Ça va être dangereux de le faire sortir de là.

– S'il n'a pas envie de nous suivre, dit Stevenson, oui, ce sera très dangereux.

J'ajoutai :

– En tout cas, c'est une bonne chose qu'on ait

regardé les photos de Tom avant, surtout celle où on voit Spavento charger son Quickhammer.

– On y est, dit Cryer. On passe ce portail, on remonte l'allée, puis on contourne l'arrière de l'immeuble et c'est à droite.

– Et pas de lampes torches, surtout, ajoutai-je. Pas la moindre source de lumière.

* * *

Debout dans un courant d'air glacial qui puisait ses forces dans le vent nocturne, le tueur se tenait de nouveau à l'angle d'une fenêtre. Il était revenu pour contempler, selon un angle oblique, la Golf garée dans la rue. Cette voiture, c'était pour lui les ailes de la liberté ; mais elle devenait de moins en moins visible sous la lumière pauvre des réverbères de College Hill, alors que l'obscurité s'épaississait. Il était prêt à lever le camp ; il avait de plus en plus envie de descendre avec son sac Adidas, de prendre la voiture, et de partir aussitôt. Il fit tinter les clés de la Golf dans sa main – elles représentaient le seul moyen d'échapper à ce sentiment oppressant qu'il avait d'être pris au piège et constamment surveillé. Il se sentait poussé à prendre la fuite ; le désir de bouger commençait à agir sur lui comme la vapeur qui chasse le piston. La pression augmentait sans cesse. Il s'était mis un bandage sommaire entre les cuisses. C'est vrai, il était obligé de laisser sur place des objets personnels : l'assortiment d'assiettes, sur le plancher, couvertes de taches anciennes, la roue... Il ne pouvait prendre le risque de sortir dans la rue encombré de tous ces objets. De toute façon, c'était un homme qui aimait voyager avec un minimum de bagages. Et cependant, par-dessus tout, son instinct lui dictait de rester où il était – de ne pas ouvrir la porte et de ne pas sortir, quoi qu'il arrive.

Une étrange lassitude, une sorte de tristesse s'empara

de lui tandis qu'il regardait la voiture, le visage appuyé contre un angle de la maçonnerie de la fenêtre, et il eut la conviction, de plus en plus forte, qu'il avait volé la Golf pour rien. Une voix intérieure lui disait qu'il n'aurait jamais plus l'occasion de s'en servir. Perdu entre les courants contraires de la rage et de la peur, il eut envie de hurler pour se libérer de cette angoisse insidieuse qu'il n'avait jamais éprouvée auparavant. C'était la première fois qu'il était contraint de prendre conscience de sa propre impuissance. Il avait l'impression d'un vide intérieur total, le néant de la chute ; et même s'il l'avait éprouvé de façon fugitive lorsqu'il passait aux actes, il ne l'avait encore jamais senti, comme aujourd'hui, fondre sur lui tel un oiseau noir au bec acéré, battant des ailes, ni le torturer comme l'avaient fait ses périodes de sommeil diffus ou, en de rares occasions, ses rêves obscènes. Cette douleur immobile, apparemment permanente – elle était nouvelle pour lui au sens où il n'en avait jamais pris conscience avant – s'était frayé brutalement un chemin en lui, le laissant aussi vulnérable qu'une vieille porte éventrée, rongée par la pourriture, que personne n'aurait utilisée depuis longtemps. Puis elle avait investi la place, comme un vide béant, pour ne plus en repartir. Cette attaque avait pris le tueur complètement au dépourvu, car elle venait d'une région, et se manifestait d'une façon, contre lesquelles il était sans défense.

L'aspect le plus redoutable de cette expérience qu'il subissait en ce moment, c'était que l'oiseau de proie qui s'était immiscé en lui avait exactement la forme de son enveloppe charnelle, et qu'il essayait de la faire éclater. Il sentait l'animal se débattre à l'intérieur de lui-même, tentant de déployer ses grandes ailes. L'oiseau remplissait très précisément son corps, comme un œuf remplit sa coquille. Pourtant, c'était son contraire. Bien qu'il fût aussi invisible que le tueur l'était à ses propres yeux, l'oiseau se sentait aussi à son aise dans son corps qu'il se sentait lui-même à l'aise dans la douleur. L'animal picorait prestement sa chair de l'intérieur quand il sentait venir l'heure de se nourrir, et le tueur eut la certitude qu'il commençait aussi à lâcher ses premières déjections en lui. C'étaient des excréments constitués de sa propre substance ; l'oiseau se repaissait de son corps musclé et séduisant, puis déféquait en lui, sautillant lentement tout autour de son enveloppe, recrachant des lambeaux pourris de sa chair qu'il n'arrivait pas encore à digérer, ou bien les rangeant quelque part avec son bec pour s'y intéresser plus tard. Le tueur sentit que l'apparition à l'intérieur de son corps de cet oiseau de l'absence signifiait qu'il était lui-même sur la mauvaise pente, flambé, fini, foutu, condamné à se laisser lentement déchiqueter par ce succube pour l'éternité, ce rapace qui se nourrissait à sa guise, selon son bon plaisir, avec délicatesse ou voracité, des morceaux les plus délicats de sa personne sur lesquels il s'était cru le seul, jusqu'à maintenant, à posséder un pouvoir de création ou de destruction. Pour la première fois au cours des trente-huit ans de son existence, il se demanda si sa propre mort ne serait pas préférable à celle des autres, puisque l'avenir ne lui promettait rien d'autre que d'être une proie pourrissante jusqu'au jour où il mourrait vraiment.

Il avait envie d'agir ; mais pour la première fois, la bourrasque de l'action s'engouffrait en lui sans rencontrer de résistance, comme s'il n'était qu'une voile pourrie qu'une rafale déchire en lambeaux, le laissant échoué sur la plage, gîtant dangereusement au-dessus d'une marée rouge sombre. Dans les premières minutes de ce nouvel état, il avait déjà trop perdu de sa force, de sa violence à lutter contre ce qui était en lui. Sans grand espoir, il extirpa de son pantalon les lambeaux de son pénis, pour tenter, à force de les triturer, les malaxer, les étirer, les maltraiter, de provoquer un semblant d'érection, en contemplant, avec une expression d'extase dans son regard vitreux, le ciment noirci du plafond. Après ce qu'il avait fait toute la journée, son sexe ruisselait de sang ; le peu qu'il en restait ne lui offrait pas une prise satisfaisante, si bien qu'à la fin, au comble de la frustration, gémissant, pleurant et bavant de rage, il s'asséna un coup à cet endroit avec l'une de ses chaussures de sprinter dont les pointes s'enfoncèrent dans son épaisse toison noire.

Puis, toujours nu, la taille encore prise dans sa ceinture en cuir, il replaça son dispositif d'entraînement au centre de la pièce, et remonta dessus avec une lassitude qui n'échappa pas aux spectateurs attentifs que nous étions.

Nous l'observions à travers le téléobjectif du photographe.

– Comment allons-nous le faire sortir ? demanda Stevenson.

Je répondis :

– C'est moi qui vais le faire sortir.

Cryer annonça :

– Il remonte sur son engin.

– Bon Dieu, fit le photographe, regardez-le chevaucher sa machine, regardez-le, il y a du sang qui coule partout sur le plancher. (Il mitrailla la scène.) Personne ne voudrait croire une chose pareille, murmura-t-il, s'il n'y avait pas les photos.

– Et sa queue, bon sang, dit Cryer, il est impossible qu'il en reste quoi que ce soit.

– Regarde toi-même dans le viseur, dit le photographe, c'est effectivement le cas.

A tour de rôle, nous nous succédions derrière l'objectif pour surveiller Spavento. Il se déplaçait lentement sur sa roue, d'arrière en avant, propulsant l'engin avec ses mains à plat sur le sol, se maintenant en équilibre sur ses jambes musclées. A chaque fois que son pénis s'abaissait, une partie du membre faisait comme une boursouflure dans la boucle de fil de fer, et était contrainte de frotter de plus en plus fort contre les rayons en mouvement.

– Après ça, dit Cryer, j'en ai pour trois semaines avant de pouvoir regarder en face Angela et les gosses.

– Tu aurais dû choisir la critique littéraire, commenta Stevenson, plutôt que les faits divers.

Le photographe dit :

– Ce pauvre type me fait pitié.

– Il ne faut surtout pas avoir pitié de lui, répliquai-je. Il est responsable de la mort de Carstairs et Suarez, et sans doute de celle d'une douzaine d'autres personnes. Il faut qu'on le coince, et c'est ce qui va se passer. Vous êtes en train de contempler une vision de l'enfer ; ce que vous voyez, c'est la vérité que l'opinion publique, en Grande-Bretagne, refuse de voir imprimée noir sur blanc. Le public ne veut que les grandes lignes des affaires crapuleuses, pas les détails répugnants.

– Bon, fit Stevenson. Alors, qu'est-ce qu'on fait ?

Je répondis :

– On va commencer par renvoyer la presse chez elle.

– Tu ne peux pas me faire ça ! s'indigna Cryer. Pas maintenant !

– Ecoute, Tom, je t'en prie, ne commence pas. Je ne reviendrai pas sur ce que j'ai dit. Je suis désolé, mais c'est comme ça. Tu ne seras pas mis sur la touche pour autant ; je ne laisse jamais tomber les copains. Tu es le seul journaliste sur les lieux, tu as les photos, tu as vécu l'affaire, tu peux écrire tout ce que ton rédacteur en chef te laissera publier.

– Qu'est-ce que je dois dire pour pouvoir rester ?

– Il n'y a pas de paroles qui vont sur cette musique-là, répondis-je. Ça ne marche pas.

– Tu as entendu ce qu'il a dit, intervint Stevenson.

Je proposai :

– Redescendons dans la rue.

En remontant dans sa voiture avec le photographe, Cryer me dit :

– Tu m'as joué un vrai tour de salaud, dans cette histoire.

Me penchant à sa portière, je lui répondis :

– Je te jure bien que non. Tu t'en rendras compte plus tard. J'ai mes raisons. (Après un silence, j'ajoutai :) Je ne sais pas comment te remercier d'avoir repéré Spavento. Tu sais, j'ai une tendresse particulière pour Suarez.

– Quoi ? s'esclaffa le photographe. Pour une morte ?

– Ferme-la, lui dis-je à voix basse. Ferme ta gueule et ne t'avise pas de la rouvrir. (Je dis à Cryer :) Je t'appellerai quand tout sera terminé, Tom ; et puis, on pourra enfin prendre ce fameux repas ensemble, Angela, toi et moi.

– Tu ne viendras pas, fit Tom. Tu ne viens jamais.

Il fit un demi-tour très sec, et je regardai sa voiture s'éloigner dans South Circular Road. Je me retournai vers Stevenson, qui était adossé contre le mur de l'immeuble où se trouvait Spavento.

– Alors ? demanda-t-il. Et maintenant ?

– Le plan est simple, répondis-je. C'est l'exécution qui est délicate. Je vais entrer là-dedans.

Nous étions à l'abri des regards dans un coin très obscur, et nous parlions à voix basse.

– Très bien, fit Stevenson, on y va.

– Non, dis-je. Toi, tu retournes à l'Usine, et tu y vas tout de suite.

Il secoua la tête.

– Pas question, dit-il. Désolé.

J'insistai :

– Spavento est à moi. Suarez et Carstairs, c'est mon enquête.

– Non, répéta-t-il. Impossible.

– Tu ne comprends pas, fis-je. Ecoute, tu as des responsabilités familiales, moi pas. Tu as une carrière devant toi ; moi pas. L'A14 est venu me repêcher sur le sable uniquement parce qu'ils n'avaient pas d'autre abruti à mettre sur l'affaire. J'ai toujours été quelqu'un qu'on peut jeter après usage, aux yeux de nos supérieurs. Et, je te le répète, c'est la seule raison pour laquelle ils font appel à moi – quand j'aurai fini leur sale boulot, ils me foutront à la porte une nouvelle fois.

– Tu dis n'importe quoi, commenta Stevenson. A nous deux, on peut régler son compte à ce dingue, là-haut, mais si tu y vas tout seul, ça peut tourner à l'avantage de l'un ou de l'autre.

– Tu n'as toujours pas compris, insistai-je. Ceci ne peut tourner que d'une seule façon. De nous deux, il n'y en aura qu'un seul qui ressortira vivant. Il n'y aura pas de paperasserie à faire pour clore cette enquête.

– Je crois que tu aimes Suarez, dit Stevenson.

– C'est ce que j'ai essayé de t'expliquer tout à l'heure dans ton bureau. Seulement, quand je l'ai enfin trouvée, elle était morte.

– Bon sang... fit Stevenson.

– Tu es un ami, mais tu ne peux quand même pas savoir ce que je sais, ce que je ressens ; tu n'es pas à ma place. Je vais la venger, à présent, comme j'ai juré de le faire en embrassant ses cheveux. Toi, tu n'as rien vu, rien entendu – alors, pars, maintenant. Ceci va se régler entre moi et le coupable. Je te le répète, de nous deux, un seul ressortira vivant. Alors, va-t-en.

– Au moins, tu es armé, dit-il.

– Je manque d'entraînement, mais j'ai mon arme, et pour la raison que je t'ai donnée, si c'en est une. Maintenant, prends la voiture et va-t-en, les clés sont à l'intérieur.

– Si tu le tues, dit Stevenson, tu n'auras aucun argument valable pour te défendre devant un tribunal.

– Si je meurs, répondis-je, je n'en aurai pas besoin. Si je m'en sors, alors, le seul homme qui pourrait m'envoyer en taule pour vingt ans, c'est toi. Tout repose sur toi, et moi aussi, je me repose sur toi. Sachant ce que tu sais, tu dois prendre la décision qui te paraît la meilleure, mais tu ne m'arrêteras plus maintenant. Mon choix est fait, et je ne changerai pas d'avis. Alors, laisse-moi faire, je t'en prie.

– Je ne peux pas te laisser risquer ta vie comme ça.
– C'est ma vie.
– Je te répète que tu te substitues à la loi.
– Il vaut mieux que ce soit moi qui prenne sa place, plutôt que de laisser sa place vide.
– Ce n'est pas à nous de faire la loi, dit Stevenson, nous ne servons qu'à la faire respecter.
– Suarez était ta sœur, fis-je, ta fille, ta femme.
– Tu n'es pas censé raisonner de cette façon, dit-il, tu es flic avant tout.
– Et si je ne raisonnais pas comme ça, je ne serais pas flic, expliquai-je. Si je voyais les choses autrement, cela ne servirait à rien que je sois flic ou quoi que ce soit d'autre.
– Laisse tomber.
– Non.
– La seule chose qu'on ait à faire, c'est de remonter dans la voiture et d'appeler des renforts. Et puis on attend qu'ils arrivent et qu'ils cueillent le type. C'est pour ça qu'on est payés.
– Non, répétai-je.
Je poussai Stevenson vers la Ford.
– Tu veux bien arrêter de jouer au con ? dit Stevenson. A l'Usine, tout le monde sait qu'ils veulent te reprendre et t'offrir une promotion. Alors, ne fous pas tout en l'air à cause de ce dingue.
– Je n'ai aucune envie d'être promu, répondis-je. L'avancement ne m'intéresse pas.
– Alors, qu'est-ce que tu veux, nom de Dieu ?
– Je ne sais pas si ce que je veux existe, dis-je, mais cela ne change rien au fait que je le désire, et je ne pense pas être le seul dans ce cas. Et n'élève pas la voix, ajoutai-je, je tiens à ce qu'il ne se doute de rien jusqu'à ce que je monte là-haut.

Stevenson vit que les dés étaient jetés ; il avait compris, à présent. Il remonta dans la Ford. En lançant le moteur, il ajouta :
– Je ne rentre pas chez moi, je serai au 202. Appelle-

moi à la seconde même où tu en auras terminé, et on ira prendre le petit déjeuner ensemble. Bonsoir et bonne chance.

* * *

Tandis que je regardais partir Stevenson et que je me préparais à affronter Spavento, je me demandai si les gens heureux qui se sentent vraiment proches les uns des autres sont encore capables de comprendre ce que représente une vie gâchée et assassinée d'une façon répugnante, ou bien s'ils ont oublié la véritable signification de cette maladie mortelle qu'on appelle le désespoir.

Car à présent que beaucoup de gens, et de braves gens, grâce au Ciel, sont bien installés dans la vie après les misérables horreurs de la guerre, ils ne sont peut-être plus capables de s'imaginer acculés à un mur, sans aucune échappatoire. Mais je m'étais engagé dans la police afin de protéger les faibles, dans le même esprit que n'importe quel volontaire servant la même cause dans n'importe quel domaine... sinon que le mien, ce n'était pas l'hôpital, mais la rue.

Si vous voulez affronter le mal, vous devez vivre avec lui et le connaître. Dans mon métier, vous n'avez pas la moindre chance de triompher de ce que vous ne connaissez pas, de l'emporter sur des gens dont vous ignorez la langue ; la marge est très étroite, et par conséquent, le risque de corruption très réel.

J'aimais Dora, non seulement parce qu'elle était belle à mes yeux, mais aussi parce que j'avais honte que nous l'eussions laissée tomber si bas. C'est pourquoi j'étais persuadé qu'au regard de la loi humaine, en allant affronter Spavento maintenant, je tenais au moins le rôle du bouclier qu'elle aurait dû avoir. J'avais même le sentiment que j'accomplissais peut-être un pas vers une époque où d'autres femmes comme Dora seraient à l'abri de la mort atroce dont Betty Carstairs et elle avaient été victimes. Pendant toute la durée de ma propre vie, j'arriverais toujours trop tard, mais il me semblait que je devais appeler de mes vœux un temps où tout cela serait changé, et où nous n'aurions plus à attendre que les gens fussent morts pour obtenir justice en leur nom. Si j'avais le moindre pouvoir de décision, je sais que je créerais des centres où les gens inquiets pour leur vie pourraient trouver un interlocuteur attentif. On analyserait leurs craintes et on prendrait des mesures en conséquence, au lieu de les envoyer paître en leur disant de ne plus faire perdre leur temps aux fonctionnaires de police.

* * *

Il y avait une porte, une lourde porte métallique, qui donnait accès – avant l'incendie – au bâtiment de l'usine. Elle était située tout au bout du quai de chargement des marchandises. Une barre de fer la maintenait fermée, mais il était facile de la franchir, car la partie inférieure du panneau métallique, à moitié arraché du mur de ciment, pendait dans le vide, accrochée à ses gonds. Avant d'entrer, je vérifiai mon arme, puis je la logeai entre mon ventre et mon pantalon, juste devant ma hanche droite, coinçant le pan de ma veste dans ma ceinture, à l'arrière, pour qu'aucun obstacle ne vienne s'interposer entre ma main et la crosse. J'étais mort de peur. Un bref éclair de ma lampe torche me permit de voir que l'escalier, devant moi, qui commençait au-delà du pont-bascule, à côté du bureau des expéditions, bien que noirci par le feu, était en béton et apparemment intact. Un chat miaula en mineur et s'enfuit vers les toilettes éventrées, et je commençai à monter, assez vite, mais en tendant l'oreille. A travers les châssis métalliques tordus des fenêtres, entre les étages, la ville jetait des lueurs bleues et orangées, et les sons qui montaient d'elle évoquaient un homme bâillonné qui tente de parler. Mais en moi, Dora lisait les pages de son cahier d'écolière : « Quand j'étais petite (j'avais huit ou neuf ans), mon père nous emmena tous en Espagne. Un jour, quittant mes parents, je partis à l'aventure et me retrouvai dans un grand jardin abandonné ; et là, dans un creux, entre des rochers où des oliviers parvenaient encore à pousser, il y avait un tout petit ruisseau qui sortait du sol en glougloutant pour se jeter dans un bassin à peine plus grand qu'un miroir à main. Je m'accoudai sur le bord pour contempler l'eau, me demandant ce qu'il allait advenir de moi. Je n'ai jamais oublié cet instant, sans doute parce que je l'ai vécu dans ce pays dont le sang, en partie, coule dans mes veines. »

J'escaladai un étage de plus, et là, dans un recoin de l'escalier calciné, la voix perdue de Dora résonna en moi pour la première fois, haute et claire, mais imprécise, comme si elle essayait de me remercier, de me tendre la main pour m'aider et être secourue.

Elle fut heureuse, je pense, que je l'aie entendue, et je chuchotai : « Dora, veille sur moi. » Et, sentant son sourire me traverser de part en part, je compris qu'elle était pour toujours délivrée de cette terre, et que je m'en tirerais, moi aussi, grâce à elle.

J'aurais aimé, me dis-je soudain en montant l'escalier sans bruit, que Dora ait pu connaître ma sœur Julie. J'ai toujours aimé Julie. Elle habite tout près d'Oxford, et c'est le seul membre de ma famille encore vivant. Car j'étais sûr que si Dora, dans sa détresse, s'était adressée à elle, Julie l'aurait fait asseoir dans le fauteuil du salon, près du radiateur électrique, et lui aurait préparé une tasse de thé ou versé un verre de whisky, tout comme Betty Carstairs l'avait fait. Elle n'aurait rien demandé à Dora – Julie ne pose jamais de questions – et finalement, Dora se serait confiée à elle comme une femme peut se confier à une autre femme, et lui aurait dit tout ce qu'elle avait envie de dire. Julie l'aurait aidée d'une façon dont Betty Carstairs n'aurait jamais été capable parce qu'elle était trop âgée, alors que Julie n'avait que cinq ans de plus que Dora. Quoi qu'il en soit, si les deux femmes s'étaient rencontrées à temps, Dora serait encore en vie aujourd'hui, j'en suis persuadé, et j'aurais pu la recueillir chez moi. Mais en attendant, Julie l'aurait logée dans la chambre du grenier dont je me servais toujours les rares fois où je prenais des congés. Quant à son état de santé, Julie connaissait de nombreux spécialistes à Oxford, car elle faisait des travaux de secrétariat dans de nombreux hôpitaux de la ville, pendant le temps libre que lui laissait son emploi à la mairie. Julie est une grande fille fraîche comme une pomme, douce et intelligente ; les femmes de cette trempe sont rares en Grande-Bretagne, de nos jours, et c'est aussi ma sœur que j'adore, nous avons toujours été très proches. A nous deux, nous aurions sauvé Dora. Mais il était trop tard, à présent.

Qu'avait encore dit Dora ? « Nous sommes tous faits pour donner ce que nous avons. (Sois patient, mon amour, avait-elle écrit, jusqu'à ce que je puisse affronter ma fin ; ce sera une grande délivrance pour moi, mais je ne crois pas que tu puisses le comprendre.) J'ai toujours redouté les grandes questions, et maintenant, elles viennent à moi, elles m'envahissent alors que je m'apprête à quitter mon corps grossier et malade, et à présent je prie, tout en me préparant, pour que rien, absolument rien de moi ne subsiste après ma chair. Mon Dieu, je vous en supplie, exaucez-moi. Tout ce que je désire, c'est disparaître totalement. Est-ce trop demander ? »

Nous sommes tous bien trop loin les uns des autres. « Car, avait-elle écrit, une nuit, Jésus est venu à moi dans un rêve, telle une statue vêtue de blanc, et il me dit qu'il était temps pour moi de prendre mon envol, d'utiliser les ailes que j'avais laissées de côté un moment, et de retourner dans mon propre pays. Il me dit que tout irait bien, et me tendit sa main, que je pris ; je n'avais jamais senti une main comme la sienne, et n'en connaîtrai jamais d'autre. » Elle avait ajouté : « J'aimais l'homme de qui ne m'est jamais venu que le péché et le malheur, parce qu'il était encore plus malheureux que moi. Je lui ai seulement demandé, encore et encore, d'essayer de ne pas me faire de mal. Mais je sais qu'il va me faire du mal. »

Dora avait conclu : « Après avoir perdu ce que je pensais être mon honneur, je suis descendue dans la rue pour gagner de l'argent. Au début, je croyais que cet argent m'aiderait à reconquérir mon honneur, mais je ne réussis qu'à l'y perdre davantage. Puis je me dis qu'il existait peut-être, dans notre cas, un honneur d'une espèce différente. Et je suppose que je devais, en partie au moins, avoir raison. Car après quelques années, je découvris qu'à défaut de ce sentiment, c'était le sens de l'honneur qui réapparaissait. C'est vrai, il me heurta de plein fouet comme une hirondelle blessée, mais quand mon honneur me revint ainsi, bien mal en point, je le vis d'une tout autre façon que si je ne l'avais jamais perdu. »

* * *

Le tueur avait cessé tout entraînement. Il se tenait immobile, toujours nu, les reins serrés par sa large ceinture, dans l'obscurité de la pièce contre laquelle luttait la lueur des réverbères. La bouche légèrement ouverte, il se demandait s'il n'avait pas entendu un bruit dans l'escalier, une sorte de léger frottement qu'il n'avait jamais remarqué à une heure pareille, pour autant qu'il ait bien entendu quelque chose, car il n'en était pas encore sûr. Les Noirs et les autres habitants du quartier aimaient venir dans la vieille usine pour tout démolir, mais ils ne se gênaient pas pour faire du bruit pendant leurs expéditions ; cela ne l'avait jamais dérangé. Mais cette fois, il s'agissait d'autre chose : un frôlement discret. Ce n'était peut-être rien. Ou bien cela provenait d'une paire de chaussures gravissant l'escalier avec légèreté, mais d'un pas décidé.

Les femmes ! Ses anciennes conquêtes ! Parfois, elles revenaient pour le hanter. De temps à autre, il percevait leurs voix éteintes et lointaines dans le silence qui l'entourait ; il fronçait les sourcils en entendant l'écho des protestations rauques, étranglées, qui étaient sorties de leurs bouches au moment de mourir. Il revoyait encore, comme un jet de bile remontant dans la bouche après un mauvais repas, un nez plongeant dans un cendrier publicitaire, sur la table de nuit d'un hôtel minable ; dans sa tête, il était encore poursuivi, quelquefois, par un cliquetis de chaussures à talons sur le trottoir, par l'odeur de leur parfum et de leur transpiration, par toute la folie de l'œuvre de sa vie.

Soudain, il rota. Il venait d'avaler une petite lamelle de sa propre merde qu'il avait mise de côté dans un sac en coton. C'était tout ce qu'il se permettait quand il était en période d'entraînement et de punition. Il était incapable de se demander pourquoi il s'infligeait tous ces sévices, quel résultat il recherchait ou ce qu'il voulait prouver, à part, bien sûr, l'harmonie de son ossature, de ses membres, la beauté de ses cheveux bouclés, et sa condition physique impeccable que nc gâtait pas un seul gramme de graisse. Il ne comprendrait jamais que pour les autres, il paraissait voûté, fatigué, qu'il mettait tout le monde mal à l'aise avec ses yeux vides et morts, ses cheveux sales, ses pantalons souillés. Les interminables histoires qu'il racontait au bar étaient insupportables, car il ne parlait que de lui-même, revenait sans cesse de façon obsessionnelle sur la mort et le châtiment, et se vantait de préférer baiser un chien qu'une femme. Ce n'était pas le genre de propos que la plupart des clients avaient envie d'entendre quand ils descendaient au pub pour vider une chope ou deux.

Mais le tueur, alors qu'il tendait l'oreille aux bruits de l'escalier, sentit tout à coup la fatigue l'envahir, en même temps qu'il subissait la souffrance provoquée par sa dernière séance sur la roue. Car à présent, sans façons, sans y être invité, le terrible oiseau de proie s'était de nouveau installé en lui. L'animal, encore plus noir qu'avant, se comportait avec une rare insolence, et se déplaçait à l'intérieur de son corps d'une façon provocante et délibérée ; agressif, il sautillait et se retournait bruyamment, arrangeant à son gré, avec son bec de rapace, ses ailes empoisonnées, grasses et luisantes, aux plumes vertes et pourpres. C'était sa présence qui créait cet état d'épuisement chez le tueur, le vidant de sa force, de son agilité, de sa beauté. En état de choc, terrifié, il attendait, face à la porte, tandis que l'oiseau, indépendant, continuait son œuvre en lui. Même avec le Quickhammer à la main, il avait le pressentiment, vague mais angoissant, que s'il arrivait quelque chose cette fois-ci, il ne s'en sortirait pas. Toute la journée, il s'était senti surveillé par une présence invisible, et bien qu'il tentât de se persuader qu'il était aussi rapide, aussi agile, aussi en forme qu'il l'avait jamais été, il avait la conviction intime – maintenant que sa raison de vivre, celle qui se trouvait entre ses jambes, était à moitié détruite – qu'il pourrait bien échouer, tomber, et mourir.

* * *

S'il y avait bien une question qui m'intriguait, c'était celle-ci : comment Suarez et Spavento avaient-ils pu, au cours de leurs relations, avoir jamais connu ce qu'était l'amour ?

Mais c'est Dora elle-même qui m'avait fourni l'explication, grâce à un message qu'elle lui avait écrit sur une serviette en papier, et qu'elle avait conservé dans son carton à Empire Gate : « Tu m'as toujours attirée en dépit de tout – je sais que nous pouvons nous aider l'un l'autre. »

Pourtant, la seule chose que le tueur se rappelait d'elle de temps à autre, c'était le claquement sec de la hache sectionnant son bras à la hauteur de l'épaule, quand elle avait tenté de le raisonner.

Tandis que je m'approchais, dans le noir, du repaire de Spavento, Dora me parla. Elle me dit :

– Tout va bien, j'ai accompagné Betty jusqu'à la fin, et nous nous sommes soutenues mutuellement, même à travers les flammes. Elle se repose, à présent. (Elle ajouta :) C'est merveilleux de savoir que tu nous aimes.

– C'est vrai, je t'aime.

– Notre porte est toujours ouverte.

– C'est la trouver qui est difficile.

– Elle est là.

– J'aurais tant voulu te connaître pendant que nous en avions le temps, dis-je.

– C'est toujours la même chose, fit-elle, on n'a jamais le temps.

– Pourquoi, Dora ?

Mais elle répondit seulement :

– Au revoir, et bonne chance.

Tout comme Stevenson l'avait fait.

* * *

En approchant de l'étage de Spavento, je découvris, bien avant de l'atteindre, que sa porte située environ deux mètres au-dessus de moi était ouverte. Dans l'obscurité, elle découpait un rectangle pâle, éclairé par les lumières de la ville. Je m'assurai que mon arme n'était pas tenue trop serrée dans ma ceinture, qu'elle sortait facilement, juste comme je le désirais, puis je franchis les dernières marches. Quand Spavento parla, quelque part dans la pièce obscure, pour m'annoncer qu'il était armé, je lui répondis :

– Je suis officier de police, et j'ai un mandat d'arrêt contre toi. Alors, si tu as une arme à feu quelconque, fiston, jette-la.

– Avec moi, ça ne prend pas, dit Spavento.

Et il fit feu dans la direction où il pensait que je me trouvais.

Son arme n'était certainement pas le genre de joujou dont on soulage un joueur en tendant le bras par-dessus une table de canasta. La balle était énorme. Elle s'écrasa contre une poutrelle en fer de l'escalier, derrière moi ; des fragments du projectile déchirèrent le silence de l'étage désert avec un gémissement strident, provoquant des dégâts considérables dans le décor de plâtre et de verre déjà en piteux état. Une pluie de débris se mit à dégringoler, tintant et rebondissant en avalanche jusqu'au rez-de-chaussée.

Je ne sortis pas mon arme, mais j'entrai directement dans la pièce. J'étais dans un état second où plus rien n'avait d'importance. Je demandai à Spavento :

– Tu me vois ?

– Je te vois.

– Alors, dans ce cas, tu sais que je ne suis pas venu les mains vides. (Armant le pistolet, j'annonçai, comme si je présentais deux personnes l'une à l'autre dans une soirée mondaine :) Ceci est un Smith et Wesson calibre 38.

– Tu es flic ? demanda Spavento.

– Mon joli, répondis-je, dans la situation où tu te trouves maintenant, ce que je suis n'a plus aucune importance pour toi. Je suis là, c'est tout ce qui compte.

– Pourquoi ?

– Suarez, fis-je. Carstairs.

– Qu'est-ce que tu vas faire pour elles ? dit-il, en me visant dans le noir.

– Je vais te tuer. Maintenant, ou bien tu jettes ce flingue ridicule que tu tiens là, ou bien tu t'en sers. Allez, vas-y ! hurlai-je. Comme ça, on verra bien qui est le plus rapide, bon Dieu !

Il me visa, hésita, puis se tourna à demi.

– Très bien, dis-je, si tu n'as pas l'intention de te servir de cette saloperie, balance-la par terre, vas-y, je n'ai pas toute la nuit.

Spavento lâcha le Quickhammer.

– J'aimais Dora, dit-il, je ne pouvais pas la laisser tranquille. (Il ajouta, avec une pointe d'orgueil embarrassé :) Elle m'aimait aussi, bien sûr.

– Je sais, fis-je. J'ai pu le constater à la morgue. N'entrons pas dans les détails.

Je m'approchai de lui. Pour la première fois, je remarquai à quel point le tueur et la pièce elle-même sentaient mauvais.

– A quoi servent toutes ces assiettes posées par terre ? demandai-je.

– Ça n'a rien d'un secret, répondit-il. C'est là que je mettais leurs têtes, pour qu'elles puissent me regarder pendant que je me punissais.

– Combien en tout ?

– Dix. Douze, peut-être. Je ne suis pas sûr.

– Que devenaient les têtes quand elles en avaient assez de te regarder ?

– Ma foi, tu sais ce que c'est, fit-il. Confidentiellement, elles finissaient par puer tellement que j'étais obligé de les balancer à la poubelle. C'est dommage, mais c'est comme ça.

– Si on simplifiait les rapports entre le juge, le jury et l'accusé ? proposai-je. Après tout, nous sommes tous dans la même pièce, alors, bavardons un moment avant de prendre des décisions.

Spavento ne semblait pas avoir d'objection. Il se contenta de dire :

– Excuse-moi si je me tiens les couilles un moment, je saigne plutôt beaucoup, à cet endroit.

Je ne fis pas attention à lui ; je fouillais une pile de vieilles guenilles avec le canon de mon arme. Je finis par lui demander :

– Qu'est-ce que ça fait là, cette collection de vieux caleçons ?

– C'est mes souvenirs, répondit-il. Tu sais, comme un genre d'album de photos. Je les tripote, je les renifle de temps en temps, quand l'envie m'en prend, je les passe en revue. Ça me rappelle des choses qui se sont passées.

– Tu aurais vraiment dû te faire soigner, dis-je, mais c'est trop tard maintenant. (J'ajoutai d'un ton sec :) Lève-toi !

Spavento était allé s'asseoir sur le tas de loques qui lui servait de lit ; les cuisses écartées, il décollait du bout des ongles des croûtes de sang séché collées à l'entrejambe de son survêtement, les examinait, les reniflait, allant même jusqu'à les lécher, parfois. Mais la lumière terne des réverbères se réfléchissait quand même sur le métal du Quickhammer, qui se trouvait trop près de Spavento à mon goût. Je répétai, plus fort que la première fois :

– J'ai dit : debout !

Avec la rapidité du serpent, il se jeta vers son arme, mais je le visais déjà au cœur.

– Laisse tomber, Tony, dis-je, tu ne pourras pas y arriver.

– Tu n'as pas peur que je te balance la dum-dum numéro deux ?

– Non, fis-je. Allez, lève-toi.

Quand il fut de nouveau sur ses pieds, je lui lançai :

– Maintenant, reprends ton flingue. Vas-y, ramasse-le.

– Pourquoi ? demanda-t-il.

– Ne pose pas de questions, fais ce que je te dis.

Spavento ramassa le Quickhammer. Je poursuivis :

– Maintenant, Tony, je veux que tu serres bien la crosse entre tes doigts.

Tandis qu'il tenait fermement son arme, j'ajoutai :

– A présent, tu pourrais tirer sur moi si tu voulais, n'est-ce pas ? Tu serais mort avant d'avoir pressé la détente, mais tu pourrais quand même essayer.

Il ne répondit pas. Je continuai :

– Voilà ta seconde chance. Est-ce que tu vas me tuer avec ce flingue, oui ou non ?

– Non, fit-il.

– Parce que tu as peur de le faire ?
– Non, répéta-t-il.
– Très bien, dis-je. Alors, tu peux lâcher ton arme, si tu veux. Jette-la n'importe où, c'est ça, vas-y.
Spavento lança le Quickhammer à travers l'atelier ; l'arme fit un vacarme impressionnant en tombant sur le sol, dans la pièce sombre et silencieuse où nous parlions à voix basse.
– Bon, fit-il. Et maintenant ?
Je répondis :
– Approche-toi de la fenêtre, pour que je puisse te viser correctement.
Il se dirigea vers la lumière.
– Juste une chose, dit-il.
– Tu réclames des faveurs, maintenant ?
– Deux. D'abord, ne regarde pas mon sexe.
– D'accord, dis-je. Si c'est ce que tu veux, déshabille-toi en me tournant le dos, et je vais t'envoyer ces jolies chaussures cyclistes toutes neuves. Tu pourras te couvrir avec. Attache-les simplement à la ceinture en cuir que tu as sur le ventre.
Quand il fut prêt, je demandai :
– Alors ? Ta seconde faveur ? Ne sois pas trop gourmand.
Spavento répondit :
– Fais vite, avant que j'aie le temps de réfléchir.
J'avais déjà visé ; faisant feu aussitôt, je l'abattis. Ma balle le frappa dans la partie supérieure gauche de la poitrine, les murs en béton amplifiant le vacarme de la déflagration. Le visage du tueur prit une expression sévère, outrée, comme s'il était rentré chez lui pour trouver sa femme au lit avec son frère. Sa main droite, déjà morte depuis un quart de seconde, se plaqua contre sa blessure tandis que la violence de l'impact le faisait pivoter sur lui-même, tel un danseur de tango tournant deux fois plus vite que la musique. Puis il s'écrasa contre le mur, et tomba par terre, à quatre pattes, dans la position accroupie d'un coureur pris d'une torpeur

subite. Ses doigts griffèrent activement le sol pendant une seconde ou deux, comme s'il essayait d'écrire quelque chose, mais ils s'immobilisèrent au moment où j'allumais ma lampe torche pour voir s'il avait besoin d'un coup de grâce.

Otant le chargeur de l'arme, je le laissai tomber au fond de ma poche en même temps que le 38. Je ne ressentais absolument rien.

Un jeune sergent en uniforme, qui semblait frais émoulu de l'école de police, apparut dans l'encadrement de la porte, accompagné de deux autres officiers. Il se précipita vers le cadavre pour l'examiner avec sa lampe. Quand il fut satisfait, il se redressa, et, se tournant vers moi, me demanda :

– C'est vous qui avez tiré ?

– C'est exact, répondis-je.

– Vous êtes officier de police ?

– Oui, fis-je.

Je lui montrai ma carte.

– Légitime défense, n'est-ce pas ?

– Les faits parleront d'eux-mêmes.

– Avez-vous tiré ce coup de feu avec votre arme de service ?

– Non, dis-je, avec mon arme personnelle.

– Je vois, fit-il.

Il tendit la main.

– Je regrette, mais il va falloir me la confier.

Je lui donnai mon 38.

– Mais n'oubliez pas le 9 millimètres, là-bas, dans le coin, ajoutai-je.

– Les autres sont en route. (Il toussa avant d'ajouter :) Vous allez devoir nous suivre, je crois bien.

Alors, je mis mes mains dans mes poches et je suivis le sergent jusque dans la rue où il pleuvait à verse. C'était l'aube du premier mars, une saison de tempêtes, et une sorte d'ouragan soufflait de l'est, remontant la Tamise. Pour la première fois de ma vie depuis que je m'étais cassé le bras, à l'âge de seize ans, en jouant au football, j'avais les larmes aux yeux. Mais mes larmes n'étaient pas pour moi – elles étaient pour la colère légitime du peuple.

RIVAGES/NOIR

1. Jim Thompson : *Liberté sous condition*
2. Charles Williams : *La Fille des collines*
3. Jonathan Latimer : *Gardénia rouge*
4. Joseph Hansen : *Par qui la mort arrive*
5. J. Van de Wetering : *Comme un rat mort*
6. Tony Hillerman : *Là où dansent les morts*
7. John P. Marquand : *Merci, Mister Moto*
8. John P. Marquand : *Bien joué, Mister Moto*
9. David Goodis : *La Blonde au coin de la rue*
10. Mildred Davis : *Dark Place*
11. Joan Aiken : *Mort un dimanche de pluie*
12. Jim Thompson : *Un nid de crotales*
13. Harry Whittington : *Des feux qui détruisent*
14. Stanley Ellin : *La Corrida des pendus*
15. William Irish : *Manhattan Love Song*
16. Tony Hillerman : *Le Vent sombre*
17. Hugues Pagan : *Les Eaux mortes*
18. John P. Marquand : *Mister Moto est désolé*
19. Donald Westlake : *Drôles de frères*
20. Jonathan Latimer : *Noir comme un souvenir*
21. John D. Mac Donald : *Réponse mortelle*
22. Jim Thompson : *Sang mêlé*
23. William McIlvanney : *Les Papiers de Tony Veitch*
24. William McIlvanney : *Laidlaw*
25. Diana Ramsay : *Approche des ténèbres*
26. Donald Westlake : *Levine*
27. James Ellroy : *Lune sanglante*
28. Harry Whittington : *Le diable a des ailes*
29. John D. Mac Donald : *Un temps pour mourir*
30. J. Van de Wetering : *Sale temps*
31. James Ellroy : *A cause de la nuit*
32. Jim Thompson : *Nuit de fureur*
33. J. Van de Wetering : *L'Autre fils de Dieu*
34. J. Van de Wetering : *Le Babouin blond*
35. Tony Hillerman : *La Voie du fantôme*
36. W. R. Burnett : *Romelle*
37. David Goodis : *Beauté bleue*
38. Diana Ramsay : *Est-ce un meurtre ?*

39. Jim Thompson : *A deux pas du ciel*
40. James Ellroy : *La Colline aux suicidés*
41. Richard Stark : *La Demoiselle*
42. J. Van de Wetering : *Inspecteur Saito*
43. J. Van de Wetering : *Le Massacre du Maine*
44. Joseph Hansen : *Le petit chien riait*
45. John D. Mac Donald : *Un cadavre dans ses rêves*
46. Peter Corris : *La Plage vide*
47. Jim Thompson : *Rage noire*
48. Bill Pronzini : *Hidden Valley*
49. Joseph Hansen : *Un pied dans la tombe*
50. William Irish : *Valse dans les ténèbres*
51. John D. Mac Donald : *Le Combat pour l'île*
52. Jim Thompson : *La mort viendra, petite*
53. J. Van de Wetering : *Un vautour dans la ville*
54. James Ellroy : *Brown's Requiem*
55. Jim Thompson : *Les Alcooliques*
56. W. R. Burnett : *King Cole*
57. Peter Corris : *Des morts dans l'âme*
58. Jim Thompson : *Les Arnaqueurs*
59. J. Van de Wetering : *Mort d'un colporteur*
60. W. R. Burnett : *Fin de parcours*
61. Tony Hillerman : *Femme qui écoute*
62. Kinky Friedman : *Meurtre à Greenwich Village*
63. Jim Thompson : *Vaurien*
64. Robin Cook : *Cauchemar dans la rue*
65. Peter Corris : *Chair blanche*
66. David Goodis : *Rue Barbare*
67. David Goodis : *Retour à la vie*
68. Barry Gifford : *Port Tropique*
69. J. Van de Wetering : *Le Chat du sergent*
70. Joseph Hansen : *Obédience*
71. Roger Simon : *Le Clown blanc*
72. Robert Edmond Alter : *Attractions meurtres*
73. Charles Williams : *Go Home Stranger*
74. John D. Mac Donald : *L'Héritage de la haine*
75. David Goodis : *Obsession*
76. Joseph Hansen : *Le Noyé d'Arena Blanca*
77. Jim Thompson : *Une combine en or*
78. Bill Pronzini : *La nuit hurle*

79. Joseph Hansen : *Pente douce*
80. Peter Corris : *Le Garçon merveilleux*
81. J. Van de Wetering : *Cash-cash millions*
82. Charles Williams : *Et la mer profonde et bleue*
83. Jim Thompson : *Le Texas par la queue*
84. Jim Nisbet : *Les damnés ne meurent jamais*
85. Howard Fast : *Sylvia*
86. Charles Willeford : *Une fille facile*
87. John P. Marquand : *Rira bien, Mister Moto*
88. Chester Himes : *Qu'on lui jette la première pierre*
89. Dolores Hitchens : *La Victime expiatoire*
90. William McIlvanney : *Big Man*
91. Masako Togawa : *Le Baiser de feu*
92. James Crumley : *Putes*
93. Geoffrey Homes : *Pendez-moi haut et court*
94. Geoffrey Homes : *La Rue de la femme qui pleure*
95. George C. Chesbro : *Une affaire de sorciers*
96. Tony Hillerman : *Porteurs-de-peau*
97. James Ellroy : *Clandestin*
98. Tony Hillerman : *La Voie de l'Ennemi*
99. Charles Willeford : *Hérésie*
100. James Ellroy : *Le Dahlia noir*
101. J. de Wetering : *Le Chasseur de papillons*
102. Peter Corris : *Heroïne Annie*
103. Jim Nisbet : *Injection mortelle*
104. Joseph Hansen : *Le Garçon enterré ce matin*
105. Helen McCloy : *La Somnambule*
106. Howard Fast : *L'Ange déchu*
107. Barry Gifford : *Sailor et Lula*
108. Kinky Friedman : *Quand le chat n'est pas là*
109. James Ellroy : *Un tueur sur la route*
110. Tony Hillerman : *Le Voleur de temps*
111. Peter Corris : *Escorte pour une mort douce*
112. James Ellroy : *Le Grand Nulle Part*
113. Tony Hillerman : *La Mouche sur le mur*
114. George V. Higgins : *Les Copains d'Eddie Coyle*
115. Charles Willeford : *Miami Blues*
116. Robin Cook : *J'étais Dora Suarez*
117. Daniel Woodrell : *Sous la lumière cruelle*

RIVAGES/MYSTÈRE

1. Rex Stout : *Le Secret de la bande élastique*
2. William Kotzwinkle : *Fata Morgana*
3. John P. Marquand : *A votre tour, Mister Moto*
4. Rex Stout : *La Cassette rouge*
5. John Dickson Carr : *En dépit du tonnerre*
6. Rex Stout : *Meurtre au vestiaire*
7. Joséphine Tey : *Le plus beau des anges*

Achevé d'imprimer le 21 juillet 1991
sur les presses de l'Imprimerie «La Source d'Or»
63200 Marsat
Dépôt légal Juillet 1991
Imprimeur N° 4024